QUANDO O VENTO SUMIU

Graciela Mayrink

QUANDO O VENTO SUMIU

L&PM EDITORES

Texto de acordo com a nova ortografia.

Capa: Idée Arte e Comunicação
Preparação: Marianne Scholze
Revisão: L&PM Editores

CIP-Brasil. Catalogação na publicação
Sindicato Nacional dos Editores de Livros, RJ

M423q

Mayrink, Graciela,
   Quando o vento sumiu / Graciela Mayrink. – 1. ed. – Porto Alegre, RS: L&PM, 2015.
   264 p. : il. ; 21 cm.

   ISBN 978-85-254-3274-2

   1. Ficção brasileira. I. Título.

15-23950   CDD: 869.93
                                      CDU: 821.134.3(81)-3

© Graciela Mayrink, 2015

Todos os direitos desta edição reservados a L&PM Editores
Rua Comendador Coruja, 314, loja 9 – Floresta – 90.220-180
Porto Alegre – RS – Brasil / Fone: 51.3225.5777 – Fax: 51.3221.5380

PEDIDOS & DEPTO. COMERCIAL: vendas@lpm.com.br
FALE CONOSCO: info@lpm.com.br
www.lpm.com.br

Impresso no Brasil
Inverno de 2015

Para minha irmã Flávia, uma leitora que não gosta de clichês.

Quem dirá aonde o vento te levará?
Quem dirá o que te arruinará?
Eu não sei em qual direção o vento soprará
Quem saberá quando chegou a hora?
Não quero te ver chorar
Eu sei que isto não é um adeus

"Kite", U2 (tradução livre)

Não tenho como me esquecer daquele dia, daquele reencontro depois de tantos anos. Pensei que o tempo curaria as feridas, diminuiria a dor e amorteceria os sentimentos, mas isso não aconteceu. Acho que nunca acontece. Os sentimentos não mudam após muitos anos, apenas ficam ali, adormecidos, esperando o dia em que tudo virá à tona novamente. Aquele foi o dia.

SUZAN ENTROU NA CAFETERIA APRESSADA, apertando o casaco contra o corpo para se proteger do frio. Embora já fosse o começo da primavera, as temperaturas ainda estavam baixas, exigindo mais do que uma simples blusa de mangas compridas. Ficou alguns segundos quieta, olhando ao redor. Apesar de ser sua terceira visita àquele país, sentia como se fosse a primeira vez. Para ela, a Alemanha era assim: mágica. A viagem fora planejada para comemorar seu aniversário de trinta anos. Alguns anos antes, a ideia teria sido fazer uma grande festa quando atingisse tal idade; mas, agora, só queria paz e sossego – e a Alemanha era o único local que lhe proporcionava essa sensação. Amava aquele país, único sob vários aspectos, mas, principalmente, no sentido pessoal. Não havia parentes seus lá, mas o lugar começou a fazer parte de sua vida em uma época especial.

Encaminhou-se para o caixa e pediu um chocolate quente em alemão perfeito. Aprendera a língua havia alguns anos, antes de abrir sua agência de viagens. Não era uma agência grande, ainda pagava uma parcela da dívida do empréstimo junto ao banco, mas, aos poucos, as contas estavam sendo quitadas. Realizar o sonho de infância fora um marco em sua vida.

Suzan sentou-se a uma mesa no canto e ficou observando as pessoas. Na primeira vez em que visitara Berlim, estava tão assustada por mal falar alemão que não curtiu tanto a viagem.

A segunda vez foi com uma das excursões que sua agência organizou, e eram tantos problemas para resolver que quase não conseguiu aproveitar a cidade. Agora, voltava à Alemanha para um mês de férias, dias suficientes para conhecer com calma as principais cidades do país.

Olhando o movimento a sua volta e ao mesmo tempo remexendo os folhetos de turismo que trouxera na bolsa, viu um homem entrar na cafeteria e fazer o mesmo gesto que ela: puxar o casaco para perto do corpo e proteger-se do frio. Suzan achou a cena engraçada, mas, quando reparou melhor, espantou-se ao reconhecê-lo.

– Não pode ser... – disse baixinho para si mesma.

Após tantos anos, aquele rosto voltou como um turbilhão a sua cabeça. Ficou alguns instantes em choque; era muita coincidência ele estar ali, naquela cidade, na mesma época em que ela. Justamente ele, o motivo para ela amar tanto aquele país: Renato. Não havia como errar, sem dúvida alguma. Um pouco mais velho, mas ainda aquele rosto perfeito, com traços mais maduros, aquela pele que ainda guardava um bronzeado de praia. O cabelo loiro escuro agora era penteado para baixo, como um homem de trinta anos usaria, e não mais para cima, espetado, como o dos jovens de vinte. Definitivamente, era a mesma pessoa de seu passado: seu amigo e amor da juventude.

Ele foi até o caixa e comprou alguma coisa. Esperou um tempo, pegou um copo de café com uma das atendentes e virou-se para procurar uma mesa. Seus olhos se encontraram com os dela, mas ele não demonstrou reconhecimento e foi caminhando para o lado oposto.

– Renato? – chamou Suzan, timidamente.

Ele se virou e a olhou. Ficou um tempo com a testa franzida, espremendo os olhos até seu semblante se transformar em surpresa.

– Meu Deus, Suzana?

– Sim. – Ela se levantou e ele foi em sua direção. – Não perdeu a mania de me chamar de Suzana?
– Meu Deus, meu Deus. – Ele sorriu. Os dois ficaram abraçados por alguns segundos. – Que coincidência, o que você faz na Alemanha?
– Estou de férias, hoje é meu último dia aqui em Berlim, depois vou visitar outras cidades.
– Boa escolha. Eu amo esse país.
– Eu sei.
– Sim, claro! Lembro do quanto você quis saber da minha primeira viagem para cá, de vermos as fotos juntos, eu, você e o Mateus. Como pude esquecer?
Suzan fez um sinal para que ele se sentasse à mesa que ela ocupava.
– E você? Está de férias também?
– Estou. Minha esposa queria ir para a Itália, mas fui firme. Eu não voltava à Alemanha há muito tempo. Aliás, a única vez em que vim para cá foi naquele ano. Estava sempre pra voltar, mas a cada hora uma coisa diferente acontecia.
Suzan tentou sorrir naturalmente, mas saber que Renato se casara a surpreendeu. Na verdade, ela não sabia mais coisa alguma sobre ele, então não era de se estranhar o fato de ele ter seguido em frente.
– Puxa, faz tanto tempo que não a vejo. Você praticamente não mudou nada, Suzana.
– Você também não, nem a mania de me chamar de Suzana mudou – disse ela. Eles ficaram se olhando, calculando mentalmente o tempo que estiveram afastados um do outro. – Não sabia que você tinha se casado.
– Sim, já faz alguns anos. Minha esposa está no hotel, descansando, está grávida do nosso primeiro filho. Acredita que vou ser pai?
Ela percebeu o rosto de Renato se iluminar quando falou do filho e sentiu uma pontada de inveja da alegria dele.

— Realmente, é uma grande mudança.
— E você, se casou?

Ela demorou a responder e olhou para baixo, sentindo seu coração apertado. Decidiu desconversar:

— Acredita que consegui abrir minha agência de viagens?
— Isso é ótimo! — Renato ficou contente pela antiga amiga, e ela sentiu que a felicidade era verdadeira. — Fico feliz que tenha realizado seu sonho.

Ele balançou a cabeça, encarando Suzan, e respirou fundo. Ela percebeu o sorriso ir embora de seu rosto.

— E o pessoal da universidade? Tem falado com alguém?
— Não. Depois que tudo aconteceu, que perdemos contato, eu me afastei de muita gente. Quando me formei, não vi mais motivo para continuar encontrando o pessoal.
— Entendo. — Ele deu um sorriso de camaradagem e segurou uma das mãos de Suzan. — Eu sinto muito a sua falta, da nossa amizade. Sinto muita falta do Mateus. Quando éramos mais jovens, nunca imaginei que um dia perderíamos o contato. Achei que nós três seríamos amigos até ficarmos velhinhos.
— Eu também pensei isso, e sinto falta de vocês, mas as coisas mudam. Aquele dia marcou nossas vidas.
— Aquele dia?
— O dia em que nossa amizade acabou.
— A amizade não acabou.
— Acabou, Renato. Olhe para nós, há anos não nos falamos. Não sabemos nada da vida um do outro. Eu, você e o Mateus, não somos mais o que éramos antes. Depois que nos separamos, tudo acabou, mas acho que não tinha como continuar. — Ela soltou a mão dele e olhou para baixo. — Depois que tudo aconteceu...
— Quanto tempo faz? Dez, onze anos?
— Por aí...

CAPÍTULO 1

ERA O PRIMEIRO DIA de aula na Universidade da Guanabara, o segundo ano de Suzan, que havia prometido a si mesma que, desta vez, tudo seria diferente. Estudaria mais, se dedicaria mais ao curso, arrumaria um estágio e, claro, conquistaria definitivamente o coração de Renato. Esse seria o seu ano e ninguém mudaria isso.

Ela respirou fundo e olhou para a entrada da universidade, um complexo de prédios localizado em um amplo terreno no início do Recreio dos Bandeirantes, na zona oeste do Rio de Janeiro. Levantou a cabeça e entrou com passos decididos, ajeitando o comprido cabelo preto que voava com o vento abafado do calor que fazia na cidade. Caminhou pelo pátio que ligava os prédios, mas não viu seus amigos. Frustrada, foi até a lanchonete, onde encontrou Mateus sentado, lendo um livro.

– Ei, Mateus.

– Oi. – Ele deu um sorriso ao vê-la. Os dois se abraçaram e ela se sentou na cadeira em frente ao amigo. – Como foi de férias?

– A mesma coisa de sempre. – Ela fez uma careta. – Falei para meus pais que pela última vez fico o mês todo de janeiro e o Carnaval com eles em Recife.

– Pensei que você gostasse de lá.

– Eu gosto, mas chega uma hora que cansa. Também queria ficar um pouco no Rio.

– Hum... Mas, e aí? Pronta para mais um ano de Turismo?
– Sim. E você? Pronto para mais um de Engenharia Civil?
– Estou mais do que pronto. Não sei o Renato – disse Mateus, rindo.
Suzan olhou em volta.
– Ele ainda não chegou.
– Quem? – Ela se fez de desentendida.
– O Renato. Ele me ligou ontem, disse que não viria à aula hoje. Foi pegar onda.
– Ah, sim, claro. Ele fica dois meses na Alemanha e a primeira coisa que faz, quando volta, é ir pegar onda.
– Estava frio lá. – Mateus juntou seu material espalhado em cima da mesa. – Ele nos chamou pra ir até a casa dele à tarde, para ver as fotos. Se quiser, dou uma carona para você.
– Não precisa, vou almoçar por aqui e depois tenho de ir até Ipanema ver umas coisas, de lá para a casa do Renato é perto.
– Beleza, nos encontramos lá, então.
Suzan concordou com a cabeça e deu um longo suspiro.
– Você acha que ele arrumou uma alemã?
– Você quer mesmo saber?
Ela soltou o ar dos pulmões e olhou para ele, desanimada.
– Não... Eu só queria que ele reparasse em mim.
Suzan baixou a cabeça, colocando-a entre os braços. Mateus entendia o que ela sentia e o que queria. Ele passou a mão nos longos cabelos pretos dela, tentando lhe dar algum conforto.
– Para ele, você é uma amiga.
– É, eu sei. Apenas uma amiga.
A conversa dos dois foi interrompida por Eulália, que se aproximou da mesa.
– Suzan, querida, aceita alguma coisa?
– Não, obrigada, tia Eulália.
– Meu filho nem oferece nada.
– Estou de folga hoje, mãe. – Mateus se levantou e deu um beijo na mãe. – Na hora do almoço eu venho dar uma ajuda

na lanchonete, agora preciso ir para a aula. À tarde vou lá no Renato.
Ele se despediu, e Eulália e Suzan ficaram observando Mateus se distanciar.

– Você tem um filho de ouro – disse Suzan.
– Eu sei. – Eulália balançou a cabeça e voltou a atender os estudantes, que se reencontravam na lanchonete após as férias.

*

A cobertura da família Torres ocupava o último andar de um prédio na orla do Leblon. Suzan estava parada em frente à porta do apartamento, imaginando se, caso se casasse com Renato, iria morar em um lugar chique como aquele. Provavelmente em um melhor, já que ela imaginava os dois bem-sucedidos. Mas não se importaria de morar no Leblon. Embora gostasse da Barra da Tijuca, o bairro da Zona Sul sempre teria aquele ar de Quinta Avenida.

– Ei, Suzana! – saudou Renato.

Suzan balançou a cabeça e se perdeu nos braços do amigo. Ficou um tempo ali, sentindo o coração dele bater, e se perguntou se ele sentia o seu batendo forte também. O cheiro de Renato era inebriante, e ela achou que jamais conseguiria se soltar dele.

– Senti saudades – disse ela, entrando.
– Eu também.
– Quando vai parar de me chamar de Suzana?
– Quando a cara que você faz por causa disso deixar de ser engraçada.
– Nunca, então.

Ele foi em direção ao quarto e Suzan o seguiu. Ao chegar lá, ela viu Mateus sentado no chão, encostado no armário, vendo as fotos da viagem de Renato no tablet.

– Não acredito que vocês não me esperaram! – Ela fez cara de brava e se sentou ao lado de Mateus enquanto Renato deitava na cama.

– Comecei a ver agora. Na verdade, só vi a primeira foto – explicou Mateus, enquanto se virava para Suzan. – E a festa de sábado, você vai?

– Que festa? – Renato franziu a testa.

– Do Otavinho, esqueceu?

– Puxa, é mesmo, como fui me esquecer? A festa dele bomba, sempre no primeiro sábado de março, desde a época do colégio.

– Encontrei o Otavinho hoje lá na universidade – disse Mateus. – Falou para pegar os convites na quarta. Não sou muito de festa, vocês sabem, mas o Otavinho faz questão de que estejamos lá, então não tenho muito como escapar. Pelo menos não vou sozinho, você vai comigo, certo, Suzan?

– Sim, claro! Não se esqueçam de pegar o meu convite – pediu ela.

Renato se levantou e foi até os amigos, sentando-se ao lado de Suzan.

– Claro, não vamos nos esquecer de você. Agora vamos ver as fotos – disse Renato, dando um abraço apertado e um beijo no rosto de Suzan. Mateus tentou não prestar atenção à cena, mas não conseguiu se concentrar nas fotos.

*

Helena e Antônio estavam na cozinha quando Suzan chegou em casa. Os dois conversavam e bebiam vinho enquanto Helena pegava alguns pratos no armário.

– Oi, querida, chegou quase junto com a pizza – disse Helena, olhando rapidamente para a filha.

– Oi, mãe, oi, pai. A pizza está cheirosa.

– Como foi o primeiro dia de aula? – perguntou Antônio. Ele roubava algumas azeitonas da pizza disfarçadamente, para que Helena não percebesse.

– Quem liga? Quero saber como foi o reencontro com o Renato – disse Helena.

– O que é isso, Helena? Estou perguntando da universidade, o que importa é o futuro da nossa filha – repreendeu Antônio, sem muito sucesso.

– Ora, mas é justamente no futuro dela que estou pensando. Um futuro na família Torres. – Helena se virou para Suzan.

– Deixe sua bolsa no quarto e venha nos contar como foi na casa do Renato.

Suzan já estava se afastando da cozinha quando a mãe falou a última frase. Ela era apaixonada por Renato, mas a insistência de Helena para que o namoro acontecesse logo às vezes a irritava.

Antes de ir para seu quarto, parou em frente à porta da irmã e ouviu uma música lá dentro. Suzan não a conhecia, mas sabia que era do One Direction, grupo pelo qual Rebeca era apaixonada. Tentou se lembrar se aos dezesseis anos ela também tinha vários ídolos musicais, mas a única imagem que lhe vinha à mente era Renato na época do colégio. Balançou a cabeça, tentando espantar o pensamento. Não dava para ficar só imaginando como seria sua vida ao lado dele, precisava focar em outras coisas, mas era difícil. Renato tinha uma presença forte aonde quer que fosse.

– Ei, Beca, posso entrar? – perguntou Suzan, já entrando no quarto da irmã, que estava deitada na cama. Nas paredes, vários pôsteres do One Direction disputavam espaço com outros de Taylor Lautner e Liam Hemsworth.

– Xuxu, era exatamente de você que eu precisava! – Rebeca levantou-se rápido da cama e foi até a bolsa pegar um papel.

– Preciso que assine isto, urgentemente.

– O que é? – Suzan franziu a testa enquanto desdobrava o papel.

– Uma repreensão da escola. – Rebeca fez uma careta, suspirou e pulou em cima da cama.

– Uma repreensão? Mas esta é a sua segunda semana de aula. O que foi agora?

– Ah, você sabe como a diretora é, aquela bruxa chata. Você estudou lá também. Ela cai na conversa dos professores malas e aí fica de olho em mim, não posso suspirar que ela já vem me enchendo. Hoje, foi porque cheguei alguns minutos atrasada à aula de Biologia. Foram só cinco minutos!

Suzan sabia como a antiga escola era rigorosa. Perdera a conta das vezes em que Renato e Mateus haviam comparecido à sala da diretora para ouvir intermináveis sermões que ela adorava dar nos alunos.

– Papai sabe?

– Mas é claro que não, Xuxu! Tá doida? Ele não pode ficar sabendo, nem a mamãe, imagina?! Ela me mata. – Rebeca se levantou novamente e ficou ao lado da irmã. – Vai, assina aí de qualquer jeito, como se você fosse a responsável por mim, a diretora nem vai saber se é você ou a mamãe.

– Você devia contar pro papai, acho que ele não vai ligar – disse Suzan, enquanto se debruçava sobre o papel. Não era a primeira vez que Rebeca levava uma repreensão da diretora por escrito, já não se lembrava mais quantas vezes a irmã chegara em casa no ano anterior com um papel similar, precisando de uma assinatura sua para os pais não descobrirem.

– Ele pode não ligar, mas vai contar para a mamãe, que vai me esfolar viva. Imagina, uma repreensão na segunda semana de aula? Ela me mata.

Suzan terminou de assinar a folha de papel e ouviu sua mãe gritar lá da cozinha para as duas irem jantar.

– Ela está doida para saber o que rolou na casa do Renato, não falou em outra coisa o dia todo – disse Rebeca, virando os olhos.

– Não aconteceu nada, ele acabou de voltar de férias, e também o Mateus estava lá. Ela acha o quê? Que ele iria me agarrar ou coisa parecida?

– Acho que ela esperava alguma "coisa parecida"...

Mateus parou o carro em frente à lanchonete da Universidade da Guanabara e ficou esperando pela mãe. Colocou "Kite", do U2, para tocar. Desde que sua vida mudara radicalmente, essa música o acalmava. Ficou prestando atenção à letra, que já conhecia de cor, e pensando na vida. Gostara de reencontrar Suzan e passar a tarde na casa de Renato, mesmo que a atenção dela tenha sido toda para o amigo. Ele já se acostumara com a situação e não se importava em ter apenas a amizade dela, se era o máximo que ela podia oferecer.

– Demorei? – perguntou Eulália, entrando no carro.

Ela reparou na música, mas não disse nada. Há anos havia desistido de tentar convencer o filho a deixar de escutar aquela canção, mas ainda se preocupava com o fato de ele ser muito quieto e pouco sociável. Sabia que a timidez de Mateus era uma forma de defesa contra os problemas de seu passado.

– Não, cheguei agorinha mesmo – disse Mateus, ligando o carro.

– Amanhã meu carro volta do conserto e você não vai mais precisar dar uma de motorista – disse Eulália, tentando descontrair o filho.

– Não me importo de ser seu motorista.

– Eu sei. E como foi na casa do Renato?

– Foi legal, ele tirou muitas fotos na Alemanha.

– Um dia você ainda vai voltar a fazer várias viagens para o Exterior. – Eulália sorriu e passou uma das mãos no cabelo preto do filho.

– Eu não ligo, você sabe – Mateus deu de ombros.

– Sim, mas você ainda vai conhecer o mundo todo.

Os dois ficaram em silêncio até chegarem em casa. Após conseguir vender a lanchonete da escola e usar o dinheiro para montar uma outra na universidade onde seu filho foi estudar, Eulália limpou a poupança e comprou um apartamento em um dos vários condomínios de prédios que tomaram conta do

Recreio dos Bandeirantes, para estar perto do emprego e também do filho. O que mais lhe importava era acompanhar Mateus, ficar a seu lado, o apoiando e incentivando. Terminar de criar Mateus sozinha fora uma dura batalha em sua vida, mas ela havia feito um bom trabalho e estava feliz com isso.

– E Suzan? – perguntou Eulália, enquanto abria a porta do apartamento.

– O que tem ela?

Mateus parou no meio da sala, antes de ir para seu quarto. Sabia que a mãe perguntava porque se preocupava com ele. Ela era, antes de tudo, sua grande amiga, a única para quem podia abrir seu coração. Não havia como falar de seus sentimentos para os amigos.

Ele gostava muito de Eulália. Mesmo com os problemas com seu pai, com muita dedicação e determinação ela conseguira manter o padrão de vida que sempre tiveram. Quando seu pai os deixou na mão, parecia que não conseguiriam sobreviver um ano por conta própria, mas sua mãe abdicou da vida fútil que levava e o surpreendeu ao comprar a lanchonete do colégio onde ele estudava e ao se mostrar uma boa administradora. Contratempos iniciais a assustaram, mas ela soube dar a volta por cima. Assim que o filho foi aprovado na Universidade da Guanabara, um ano antes, Eulália vendeu a cantina da escola, pegou todas as economias e apostou na abertura de uma nova lanchonete na instituição de ensino superior, sem se importar com o fato de que já havia outras, e não se arrependeu. O esforço valera a pena, e o retorno financeiro começava a aparecer.

– Como ela estava à tarde? – perguntou Eulália, tirando Mateus de seus pensamentos.

– Você sabe. – Ele ficou quieto alguns instantes, mas Eulália conseguiu detectar uma enorme tristeza em seu rosto. – Deslumbrada com o jeito do Renato, o sorriso do Renato, a voz do Renato. O mesmo de sempre.

– Isso vai mudar um dia, também.

– Quem sabe... Talvez sim, talvez não. Pelo menos eu tenho a amizade dela, não quero perder o que temos, você sabe. Prefiro ser amigo do que não ser nada. – Ele suspirou. – Vou dormir. Boa noite, mãe.

– Boa noite – disse Eulália, vendo o filho ir para o quarto.

– Você ainda vai ser muito feliz – completou, para o vazio que ficou na sala.

CAPÍTULO 2

HELENA ESTAVA NA VARANDA do apartamento na Barra da Tijuca, tomando seu café preto, forte e amargo, sem açúcar nem adoçante. Gostava de ficar ali, vendo o pouco movimento da pacata rua onde morava. O Jardim Oceânico, um sub-bairro na extremidade leste da Barra, só permite prédios baixos, o que a agradava, pois diminuía aquele caos urbano constante das grandes cidades e dava um ar de paz à casa.

Como fazia todos os dias ao se sentar na varanda, pensava no casamento de Suzan com Renato, que esperava planejar em breve, quando foi interrompida pelo marido.

– Já estou indo para o trabalho.

– Pensei que hoje iria mais tarde.

– Não, hoje não posso. Temos uma reunião para decidirmos os últimos ajustes da obra do shopping, aquela que vai começar no Recreio dos Bandeirantes.

– Ah.

Helena sorriu, lembrando-se de sua mãe, que sempre a alertara de que não haveria futuro se casasse com aquele homem. Mesmo após todo o escândalo envolvendo o acidente provocado por Paulo, seu ex-noivo, que resultou na morte de um jovem ao dirigir embriagado, a mãe dela não queria ver a filha ao lado de Antônio. Preferia que Helena esperasse o julgamento de Paulo e continuasse com ele, devido à forte influência da família do rapaz. Já Antônio vinha de uma família de classe média, sem o dinheiro e a posição que Paulo trazia, mas Helena não quis esperar a decisão da Justiça, certa de que o noivo seria condenado. Quando resolveu terminar o relacionamento antes de se queimar por estar ao lado de um inconsequente, viu em Antônio uma saída para sua tristeza.

E ele podia ser um banana, como sua mãe dizia, mas com um empurrãozinho estava indo longe. Foi Helena quem o incentivou a entrar em contato com a Construtora Torres, anos antes, e mal se conteve de alegria quando o marido conseguiu o emprego de engenheiro na empresa. A família Torres era uma das mais prestigiadas da alta sociedade do Rio de Janeiro, pessoas para se ter no círculo de amigos, e, embora ela ainda não fosse íntima de Loreana, sua filha já frequentava aquela casa graças à amizade com o filho dela, Renato.

– Estou indo.

– Espere! – Helena se levantou e se aproximou de Antônio. – Não se esqueça, seja sempre firme e prestativo. Você precisa se destacar dos outros funcionários.

– Eu já sou o engenheiro responsável pela obra. – Ele teve vontade de rolar os olhos, mas sabia que Helena não iria gostar desta reação.

– Eu sei, querido, mas nunca se sabe. Com certeza tem mais alguém de olho nessa posição.

– Bom, acredito que devo ficar com o cargo. O Rogério até falou que vai colocar o Renato como meu estagiário direto – disse Antônio, já saindo.

– Ei, calma aí! – Helena segurou o braço do marido. – O que você disse? Como assim? Como você não me conta uma coisas dessas?

– O Rogério falou rapidamente comigo ontem. Ele ia conversar com o Renato assim que voltasse de viagem, mas ainda não falou com o filho sobre o assunto.

– Hum... Isso pode nos ajudar. – Helena tamborilou os dedos na bochecha, pensando, e olhou o marido. – Lembre-se:

sempre que der fale de Suzan, de como ela é uma boa menina, uma pessoa maravilhosa, como ela adora crianças, essas coisas todas, tudo que ajude o Renato a perceber que ela é a mulher ideal para casar.

Desta vez, Antônio não conseguiu se controlar e rolou os olhos após o comentário de Helena. Ela fechou a cara, e ele saiu antes que a esposa voltasse a dar mais conselhos sobre seu trabalho.

– Eu sei, eu sei – disse ele, levantando a mão para mostrar que a conversa havia terminado.

*

Rogério passava geleia em uma torrada e observava o filho devorar um croissant. Perguntou-se quando o menino havia crescido tanto; nos últimos anos, Renato só comia e surfava. Não era mais o seu garotinho, e estava na hora de colocar um pouco de responsabilidade em sua vida. "Chega de pegar ondas o dia todo, até porque aquele pessoal da praia com quem anda não é muito boa companhia", pensava. Ele precisava de um rumo. Se Loreana, pelo menos, parasse de se ocupar com roupas, cabelos, dietas e ginástica e prestasse mais atenção ao filho, talvez ele não ficasse o tempo todo na praia. Pelo menos os amigos do colégio, que seguiram com Renato na universidade, eram pessoas boas, das quais Rogério gostava.

Começou a pensar nos amigos de Renato. Suzan era uma garota dócil, obviamente apaixonada pelo seu filho, mas só o desmiolado não via isso. Se não se preocupasse tanto com as ondas do mar, talvez percebesse a paixão da menina por ele. Já Mateus era um garoto exemplar. Desde pequeno se mostrava responsável e estudioso, sempre tirando notas altas. Graças aos esforços na escola, passara em uma boa classificação na universidade, o que lhe valera uma bolsa de estudos. Sempre fora um dos melhores alunos, seja na escola ou faculdade, apesar dos problemas que teve no começo da adolescência com o pai. "Por que o Renato também não pode fazer um pouco de esforço, como o amigo?", indignava-se, mas sabia que era pelo fato de o filho ter tudo fácil. Isso, definitivamente, precisava mudar.

– Renato, quero que passe na construtora depois da aula. Renato parou com um pedaço de croissant a caminho da boca. Ele olhou para o pai com a expressão de quem sabia que boa coisa dali não viria, e Rogério chegou a achar a cena divertida, mas não demostrou.

– Passar lá?

– É. O Antônio vai começar a checar tudo para o começo da obra de um shopping no Recreio, e quero que você fique ao lado dele para começar a aprender sobre o assunto.

– Ficar colado no cara? – Renato franziu a testa.

– É, pode-se dizer isso.

– Mas por quê?

Rogério suspirou e pensou que poderia pegar o filho pelos braços e sacudi-lo para que ele acordasse para a vida, mas Renato não era mais um menino, já havia crescido, e muito, e não seria correto.

– Porque eu sou o dono da construtora e você é meu único herdeiro. Ora, Renato, você precisa começar a aprender na prática tudo sobre a empresa, chega de ficar o dia todo na praia.

Rogério se levantou, como que para dizer que o assunto estava encerrado.

– Aproveite e comece a pensar na minha sugestão de es tudar fora.

– Mas eu já estou na universidade.

– Não importa. Podemos tentar um intercâmbio, algo do tipo. Ou você começa de novo. Não há nada que não possa ser arranjado, e uma educação no exterior pode ser algo útil.

Rogério foi para o quarto, e Renato entrou em pânico. Trabalhar na construtora era a última coisa que queria naquele momento. Adeus, praia. Adeus, ondas. Adeus, liberdade no Rio de Janeiro. E o pai ainda continuava com a insistência em mandá-lo estudar fora, longe dos amigos e da cidade que tanto amava. Começou a roer uma das unhas e a andar pela sala.

– O que foi, meu filho? – perguntou Loreana, ao chegar à sala e ver Renato aflito. Ela raramente tomava um café da manhã completo, apenas comia uma vasilha com cereais em seu quarto, tudo para ficar em forma. No momento, usava uma roupa de ginástica, pronta para ir à academia ali perto, mas o filho não reparou.

– É o meu pai, ele quer que eu vá trabalhar na construtora.

– Bem, acho que já é hora, não?

Renato aproximou-se de Loreana e segurou os dois braços dela, assustando-a.

– Mãe, por favor, me ajude! Eu não quero ir para lá, não agora. Ainda é cedo, eu não sei nada de engenharia.

– Mas você não faz faculdade disso? – Loreana pareceu confusa, e Renato se perguntou se algum dia alguma coisa entraria na cabeça dela. Às vezes, sua mãe podia ser tão fútil e superficial que não percebia a gravidade da situação em que ele se encontrava.

– Estou começando o segundo ano! – disse Renato, talvez um pouco alto demais. – Eu só sei teoria e nada mais. Aliás, não sei nada de teoria também, não tivemos muita coisa no primeiro ano, só matéria básica.

– Então, meu filho, ir para a construtora pode ajudar.

Renato largou a mãe e respirou fundo. Ele se afastou dela antes que perdesse a cabeça. Por que pediu ajuda a Loreana? Ela provavelmente seria a última pessoa a entender seu conflito e jamais o ajudaria a chegar a uma solução.

– Não posso fazer feio lá, sou o filho do dono. Todos os funcionários vão estar de olho em mim.

Sentou-se no sofá e pôs a cabeça entre as mãos. Loreana ficou parada, olhando-o, até se sentar ao lado dele e puxá-lo para perto.

– É uma boa oportunidade, mas, se você acha que ainda é cedo, fale com seu pai.
– Ele não entenderia.
– Claro que ele vai entender. Qualquer pessoa gostaria de ir para a construtora agora, mas, se você não se sente preparado, diga que prefere deixar a vaga para alguém que possa aproveitá-la melhor, que possa fazer a diferença no trabalho. De qualquer forma, você vai herdar a empresa mesmo.

Loreana levantou-se, e Renato abriu um sorriso. Como sua mãe, com toda aquela superficialidade, podia falar coisas sábias?

– É isso! Mãe, você é um gênio – disse Renato, dando um beijo em Loreana e indo até o quarto dos pais.

*

No fundo da sala de aula, Mateus viu Renato entrar e sorriu com a reação do professor, que não gostou da interrupção.

– Pensei que não viria hoje – cochichou com o amigo.
– Quase não vim. – Renato fez uma careta ao se sentar na carteira ao lado de Mateus. – Escute, tenho uma coisa para dizer a você.

Mateus olhou Renato e depois o professor.

– Melhor deixar para o final da aula.
– Ah, que se dane esse cara. – Renato apontou para o professor lá na frente. – O que acha de um estágio na Construtora Torres?

Mateus levou alguns segundos para processar a informação, virando-se para Renato com um misto de alegria e espanto no rosto.

– É sério?
– Seríssimo. Meu pai quer um estagiário para o pai da Suzana nas obras de um shopping aí, eu pulei fora e indiquei você. O velho gostou da ideia. Claro que não foi tão fácil convencê-lo, mas joguei uma lábia e ele caiu na parada.

– É claro que eu quero! – disse Mateus, alto, e percebeu o olhar de reprovação do professor. Inclinou-se um pouco e começou a sussurrar para Renato. – Mas por que você não quer o estágio?

– E ficar sem pegar onda? Tá louco?

– O mundo não é feito de sombra e água fresca.

– Mas podia ser... Bem, estou pensando no meu futuro. Você já entra lá na empresa, vai aprendendo tudo o que tem de aprender e, quando eu assumir aquilo, coloco você para administrar a construtora e ganhar dinheiro, enquanto passo meus dias na praia.

– Vejo que planejou tudo.

– Com certeza.

Mateus ficou pensativo, imaginando o quanto sua vida poderia mudar para melhor com aquele estágio.

– Minha mãe vai enlouquecer de felicidade quando souber – comentou ele.

*

Helena andava de um lado para o outro, esperando Antônio. Ela precisava saber se Rogério havia falado com Renato, mas, justamente naquele dia, o marido decidira chegar mais tarde em casa.

Já estava a ponto de enlouquecer quando escutou o barulho da chave na fechadura e viu Antônio entrar no apartamento.

– Até que enfim!

– Pensei que você estaria no quarto a uma hora dessas – disse Antônio, jogando o terno e a pasta no sofá.

– Não consegui deitar pensando na reunião de hoje.

– Que reunião? Não sabia que você tinha uma reunião hoje – comentou Antônio, indo até a cozinha pegar um copo de água. Helena foi atrás.

– Eu não, você! – Helena se controlou. Às vezes, precisava concordar com sua mãe, Antônio era um banana.

— Ah... Foi tranquila.
— E então? O Rogério falou com o Renato?
— Falou, mas ele não vai trabalhar comigo. O Mateus vai ser o novo estagiário.

Helena arregalou os olhos e levou uma das mãos à boca, atônita.

— O Mateus? Aquele marginalzinho? O Rogério é maluco de colocá-lo na empresa? E o que aconteceu com o Renato?

Helena praticamente berrava, e Antônio foi fechar a porta que ligava a cozinha à sala para que as filhas não escutassem a conversa.

— Fale baixo, Helena, ele é amigo da Suzan. E não é marginal coisa alguma.
— Filho de marginal, marginalzinho é.
— Ele é um bom garoto, você sabe disso. Há quanto tempo ele é amigo da Suzan? Ele frequenta nossa casa há anos e nunca fez nada. — Helena parecia não ouvi-lo, e Antônio a fez se sentar em uma das cadeiras da mesa da cozinha. — Parece que foi o Renato quem indicou o Mateus. Eu não entendi direito, mas ele conseguiu convencer o pai a colocar o amigo no lugar dele. Disse que o Mateus pode aproveitar melhor esta chance do que ele ou alguma coisa do tipo.

— Meu Deus, o mundo está doido — murmurou Helena.

Ela ficou em silêncio, pensando, e Antônio se perguntou se ela ficaria com muita raiva caso ele saísse dali naquela hora e fosse para o quarto. Como seria bom entrar no chuveiro naquele momento e esquecer das paranoias de sua mulher. Ele quase podia ouvir as engrenagens do cérebro dela funcionando. Suspirou.

— Espere aí. Talvez não seja tão ruim. — Um sorriso se abriu no rosto de Helena. — Toda vez que a Suzan vai encontrar o Renato durante o dia, esse marginalzinho está junto.

— Ele não é marginal — disse Antônio, sem ser ouvido por Helena.

— Mas, se ele estiver trabalhando na construtora durante a tarde, então a Suzan vai sempre encontrar o Renato sozinha. Talvez seja uma bênção o Mateus estar assumindo o estágio, e não o Renato.

— Sim, sim, claro, o universo todo está conspirando para que nossa filha se case com o Renato – comentou Antônio, em tom de sarcasmo.

— E não é? – disse Helena, feliz.

Antônio rolou os olhos, um gesto que estava cada vez mais frequente em sua vida com Helena, e saiu da cozinha, deixando-a lá, só. Um banho realmente ajudaria a terminar bem aquele dia.

CAPÍTULO 3

MATEUS ESTAVA UM POUCO NERVOSO com o seu primeiro dia de estágio na construtora. O fato de ficar ligado diretamente a Antônio ajudava; ao contrário da mãe, o pai de Suzan sempre fora simpático e agradável. Tinha certeza de que Helena não gostava muito dele, embora não soubesse o motivo. Desconfiava ser devido aos problemas do pai dele, o que provavelmente era verdade, mas, ao contrário da mulher, Antônio sempre conseguira olhar para Mateus sem ver o pai dele ali.

– Animado? – perguntou Antônio, aproximando-se.

– Sim, senhor. E um pouco nervoso.

– Nada de senhor, me chame de Antônio.

Antônio olhou o rapaz e sentiu um pouco de pena. Helena era sempre dura com Mateus, mas ele conseguia admirá-lo pelo esforço de vencer na vida e deixar o passado para trás. Antônio se via um pouco naquele garoto e sabia que Mateus iria longe.

– Fique calmo, não é nada muito complicado. Bem, algumas coisas são, mas você vai mais observar. Aproveite para tirar o máximo de tudo.

– Vou fazer isso.

– Agora, venha que vou lhe mostrar as plantas da obra, está tudo na sala de reuniões.

*

Renato observava o mar, sentindo o sol queimar de leve a sua pele. Lembrou-se de Mateus trabalhando na empresa e sentiu pena do amigo, embora soubesse que era o que ele queria. E se lembrou também de que, naquele momento, ele é que devia estar lá no ar-condicionado do escritório, usando uma camisa social e tomando café ruim enquanto os engenheiros debatiam por horas sobre a construção do novo shopping. Estremeceu só de pensar.

– E aí, cara? Beleza? – perguntou Montanha.

Renato olhou o amigo de praia, que estava em pé ao seu lado. Montanha era alto e forte, vivia para ir à academia. Eles se conheciam havia muitos anos, seus pais eram grandes amigos, e, assim como Renato, Montanha vinha de uma família rica e não queria nada com o trabalho.

– Beleza, senta aí.

Montanha fincou a prancha de surf na areia, sentou-se ao lado de Renato e ficou olhando as ondas.

– Cadê sua amiga gatinha? Não veio hoje?

– A Suzana? Suzan?

– É, uma dessas duas aí.

– Elas são a mesma pessoa.

– O nome dela é Suzana Suzan? – Montanha franziu a testa, pensando que este não era um nome que combinasse. Mexeu um pouco na areia, enquanto sentia a brisa do mar.

– Não, o nome dela é Suzan, mas eu a chamo de Suzana. Sacou?

– Saquei – disse Montanha, embora não tivesse entendido nada. – Ela é gatinha.

– É, mas não é para o seu bico.

– Quem decide é ela. – Montanha riu alto. – Tá de pé a festa de sábado?

– Claro!

– Vai estar cheio de gatas. – Montanha ficou olhando o mar, quieto. Depois de um tempo, se levantou. – Cara, o mar hoje tá animal. Vou lá pegar uma onda, você não vem?

*

Já fazia uma hora que Suzan estava em seu notebook, vendo as novidades nas redes sociais. Não havia nada interessante, apenas postagens de volta às aulas e algumas amigas comentando a festa de Otavinho. Ela viu que Renato postou uma seleção de fotos da viagem para a Alemanha quando a janela do chat de Mateus se abriu.

Mateus Alves
Oi, tá fazendo o q?

Suzan Carvalho
Nada, só vendo as novidades na internet

Mateus Alves
Ah... e a tarde, como foi?

Suzan Carvalho
Tranquila, fui ao shopping

Mateus Alves
Hum... pensei que iria à praia com o Renato

Suzan Carvalho
Vontade não faltou, mas ia só ele e o Montanha, aí já viu... ninguém aguenta o Montanha o dia todo

Mateus Alves
Hahahahaha mas o Renato estaria lá

Suzan Carvalho
Sim, mas iria pegar onda e o Montanha ia ficar me alugando, com certeza

Mateus Alves
É, com certeza... mas e aí, fez o q de bom no shopping?

> **Suzan Carvalho**
> Fiquei quase a tarde toda na livraria, namorando uma coleção de livros de viagem que foi lançada. São dez livros sobre a Europa, lindos D+, capa dura, todos ilustrados e com várias dicas

> **Mateus Alves**
> Ah, então já sabe o q pedir de aniversário pros seus pais

> **Suzan Carvalho**
> Quem me dera... nem tem como meus pais me darem, são caros D+

> **Mateus Alves**
> Q pena...

> **Suzan Carvalho**
> Sem problema, vou juntar grana pra comprar um dia hehehe

> **Mateus Alves**
> :) bom, vou sair agora pra jantar. Bjos

Assim que Mateus saiu, Suzan se lembrou de que não perguntou sobre o primeiro dia no estágio. Balançou a cabeça, com raiva do esquecimento, mas falaria com o amigo no dia seguinte. Desligou o notebook e ficou olhando uma foto na estante, na qual estava com Mateus e Renato. Reparou na beleza de Renato, que não se cansava nunca de olhar. O cabelo loiro escuro dele estava para cima, como sempre usava, e ela deu um leve beijo na imagem. Depois, olhou Mateus, com algumas mechas do cabelo preto escorrendo pelo rosto. Ele também era bonito, não tanto quanto Renato, mas conseguia chamar a atenção. Suzan tentou se lembrar de quantas vezes vira Mateus com alguma garota.

Foram poucas e apenas uma namorada. Percebeu que não sabia muita coisa sobre os sentimentos do amigo; quando estavam juntos, era ela quem mais falava, Mateus apenas escutava e opinava. Talvez a introspecção fosse por causa dos problemas do pai dele.

Foi acordada de seus pensamentos por Rebeca entrando no quarto e pulando em sua cama, que rangeu por causa do movimento brusco.

– Xuxu, preciso de conselhos sentimentais.

– Ih, veio falar com a pessoa errada. – Suzan abaixou a tela do notebook e virou-se para a irmã, ainda sentada na cadeira. – Se eu fosse boa nisso, já estaria namorando o Renato.

– Ora, não vem ao caso. – Rebeca fez uma careta, e Suzan percebeu que ultimamente a irmã adorava fazer caretas quando falava. – É o seguinte: tem um carinha novo na escola, a coisa mais fofa do mundo, ele entrou agora, é do último ano, e ele é lindo!

– Hum, e você quer conquistá-lo?

– Claro! Todo mundo quer, mas ele é meu, eu sinto. Sinto que fomos feitos um para o outro e preciso fazer com que ele também perceba isso.

Suzan riu da irmã e gostou de ela ter ido procurá-la. Até pouco tempo, Rebeca era uma adolescente um tanto rebelde, que quase não conversava com Suzan, a não ser quando precisava de uma assinatura para as repreensões da escola.

– Beca, quero muito ajudar, mas também estou atrás de alguém que me ajude com o Renato. Eu não sou muito boa nessas coisas do coração.

– Bem, a mamãe está doida para ajudar você. Ela sempre tem planos mirabolantes para o assunto "Renato" – disse Rebeca, rindo.

– Não ela. Se fosse pela mamãe, eu já teria me declarado para o Renato faz séculos.

– E não seria uma boa?

Suzan ficou pensativa. Tentou se imaginar chegando perto de Renato e contando o quanto o amava, o quanto ele era importante em sua vida. Não, jamais conseguiria fazer isso, poderia colocar tudo a perder. Se ele a rejeitasse, a amizade dos dois nunca voltaria a ser o que era agora.

– O que você sabe desse carinha do colégio?

– Hum... Basicamente, nada, só que ele é lindo, fofo e estuda no terceiro ano. Não sei nem direito por que ele veio fazer o último ano no colégio, acho que brigou na antiga escola ou os pais mudaram de bairro ou cidade. Não sei ao certo, cada pessoa fala uma coisa. – Rebeca se levantou e se aproximou da irmã, pegando o porta-retratos que tinha a foto de Suzan com Mateus e Renato. Logo depois, voltou a se sentar na cama. – Como você soube que estava apaixonada pelo Renato?

Antes de responder, Suzan se lembrou da primeira vez que vira Renato. Ela sentira uma atração de imediato e soube que ele estaria presente em sua vida por muito tempo.

– Foi quando mudamos de escola, lembra? O papai começou a trabalhar na construtora e, quando a mamãe soube que o chefe dele tinha um filho da minha idade, quis mudar a gente de colégio.

– Nossa, é mesmo! Nem me lembrava mais. Ela queria que você ficasse amiga dele.

– É. Acho que ela nem imaginava que aconteceria logo.
– Suzan foi para junto da irmã. Rebeca pegou um travesseiro e o abraçou, ajeitando-se na cama para dar espaço a Suzan. – Eu estava com raiva de mudar de colégio porque tinha um carinha de quem eu gostava na nossa antiga escola. Pensei que eu não fosse gostar do Renato, que ele seria um riquinho esnobe, mas, quando cheguei lá e vi que seu melhor amigo era o Mateus, mesmo com todos os problemas que ele tinha, soube que seríamos amigos, porque o Renato não se importava com o que tinha acontecido com o pai do Mateus.

– Eu não me lembrava.

– Na verdade, eu nunca te contei.
– É, não éramos tão amigas na época. – Rebeca fez outra careta e Suzan quase falou para a irmã parar, mas desistiu. Elas nunca foram muito unidas, e não seria bom começar essa nova fase da amizade já criticando Rebeca.
– Não. Você era nova, tinha o quê? Doze, treze anos?
Rebeca acenou, concordando.
– O Renato se aproximou de mim em um dos intervalos de aula. Eu ficava sempre sozinha, as meninas da escola eram meio metidinhas, não queriam muita conversa comigo. É claro que eu também não dei espaço, estava com tanta raiva daquele colégio que não queria falar com ninguém.
Foi então que Renato se apresentou. Suzan lembrava-se daquele momento como se tivesse acontecido no dia anterior. Ela o achou lindo e percebeu que todos na escola olhavam a cena. Queria ser amiga dele, o cara mais popular do colégio.
– No início, o Mateus quase não falava comigo, ele era muito tímido. O Renato falava mais, e logo criamos um vínculo grande quando ele soube que meu pai trabalhava para o pai dele.
Suzan ficou em silêncio, e Rebeca olhava para o ar-condicionado, que fazia um pequeno barulho.
– Você não respondeu minha pergunta.
Suzan ficou pensativa, tentando se lembrar de quando percebeu que realmente gostava de Renato como homem, e não como amigo. Já fazia tantos anos que era como se tivesse se apaixonado à primeira vista.
– Eu não sei quando percebi que gostava dele. Acho que foi com a convivência. Desde o início, eu achava o Renato gatinho, mas na primeira vez que o vi com uma garota senti aquela dor no coração, então acredito que deve ter sido nesse dia que percebi que gostava dele de verdade.
– Ah, eu não quero ver meu deus grego com outra, não! – disse Rebeca. – Eu tenho de conquistá-lo.

– Bem, você pode começar encarando esse deus grego e ver se ele olha de volta. Se sabe quem você é, se nota a sua presença. Porque, se ele não der a mínima para você, então fica mais difícil.

– É um saco, sabia? Por que que o cara que a gente gosta não pode gostar da gente no mesmo instante?

– Queria saber a resposta – disse Suzan, olhando a foto de Renato ao lado do notebook.

CAPÍTULO 4

MATEUS ESTAVA TERMINANDO DE SE ARRUMAR quando escutou Eulália abrindo a porta do apartamento. Ele colocou uma camisa preta, pegou o vidro de perfume e foi até a sala.

– Chegou tarde – disse ele, esguichando perfume no pescoço.

– Sim, uma das funcionárias faltou hoje.

Eulália sentou-se no sofá, tirando as sandálias. Mateus vinha percebendo o quanto a mãe estava cansada nos últimos meses, mesmo durante as férias da universidade, quando o movimento na lanchonete caía consideravelmente.

– Já falei para não trabalhar mais aos sábados, afinal de contas, foi por isso que a Kátia virou gerente, pra você ter o fim de semana livre.

– Eu sei, querido, mas é a primeira semana de aula, até as meninas pegarem o ritmo do trabalho vai demorar ainda alguns dias.

– Então deixa que eu vou lá sábado – disse Mateus, indo para o seu quarto colocar o vidro de perfume de volta no armário. Eulália foi atrás dele.

– Não, você já tem o estágio durante a semana, os sábados são para descansar e passear.

Mateus balançou a cabeça, sabendo que não adiantava falar sobre a escala de sábado com a mãe, ela jamais permitiria que ele fosse trabalhar no fim de semana. Olhou para o relógio e pegou a chave do carro que Eulália colocou em cima da mesa da sala.

— Bem, por falar em passear, já está na hora de ir pegar a Suzan para a festa do Otavinho.

Mateus deu um beijo na bochecha da mãe e foi em direção à porta, mas Eulália segurou seu braço.

— Preciso falar com você.

Ele franziu a testa e olhou para ela. Estava mais abatida do que o normal, e parecia um pouco aflita.

— O que foi?

— Aconteceu uma coisa e não sei como te contar, porque não sei qual vai ser a sua reação. Eu devia ter falado antes, mas não era nada concreto.

— O que aconteceu, mãe? Você está me deixando nervoso.

Eulália deu um longo suspirou e fechou os olhos. Quando olhou para Mateus, ele percebeu que ela estava prestes a chorar.

— É o seu pai... Eu recebi um telefonema, ele vai ser solto.

Foi como se um buraco tivesse se aberto sob seus pés e ele sentisse o mundo o engolindo. Mateus sentiu-se como se todo o seu sangue tivesse sido drenado para fora do corpo e seu coração parasse de bater. Ficou um pouco zonzo, como se vivesse um pesadelo.

— Ele o quê? — sussurrou.

Desde os quinze anos Mateus vivia sem o pai e, a partir do momento em que ele saíra de sua vida, seu maior medo era que Vagner fosse solto. Agora, seu pior pesadelo estava acontecendo.

— Ele vai ser solto sexta-feira.

— Sexta? Nesta sexta? Sexta que vem, daqui a uma semana? — gaguejou, nervoso.

— Sim.

— Ele vai ser solto sexta-feira, em menos de uma semana, e eles avisam só agora? — gritou Mateus. Percebeu Eulália estremecer e tentou diminuir o tom de voz. — Não deveriam ter avisado antes?

– Foi avisado. – Eulália viu o rosto de Mateus mudar de fisionomia. – Eu falei que já sabia, mas não era nada concreto.
– Falou? Quando? – Mateus estava confuso e não conseguia pensar em mais nada. Sentou-se no sofá e sua mãe fez o mesmo, segurando uma de suas mãos.
– Recebi um telefonema do advogado algum tempo atrás, falando da possibilidade de ele ser solto, mas não quis contar nada porque não era certo. Esta semana, ligaram e disseram que ele vai sair na sexta.
– Esta semana? E só me fala agora?
– Meu filho, eu não sabia como falar...
– Meu Deus, meu Deus, eu não acredito. – Mateus baixou a cabeça e logo depois levantou e encarou a mãe. – Ele vai ser solto por quê? Ainda falta algum tempo para terminar de cumprir a pena...
– A cadeia está superlotada, então ele vai sair por bom comportamento.
– Bom comportamento? É uma piada.
– Não fale assim... Ele sempre foi um bom pai e um bom marido. Mas cometeu um erro na vida.
– Um erro que lhe custou caro. E a nós também – disse Mateus, se lembrando de como todo aquele pesadelo começou.

Cerca de quatro anos antes, seu pai se envolvera em um esquema de estelionato. Junto com outros dois advogados da seguradora onde trabalhava, falsificou apólices de seguro, fraudando o recebimento de indenizações inexistentes. O esquema foi descoberto, e Vagner e um dos advogados foram presos, o outro conseguiu desaparecer no exterior e nunca foi encontrado pela Polícia Federal, assim como uma parte do dinheiro desviado. Vagner foi julgado e condenado e, a partir daí, a vida de Eulália ficou ainda mais difícil. Ela precisou trabalhar e terminar de criar Mateus sozinha com o estigma de mulher de ladrão.

– Ele sabe disso.

Eulália tentou sorrir, mas não conseguiu. Mateus ficou um tempo pensando em tudo o que aquela notícia poderia causar em sua vida, e na vida de sua mãe, quando percebeu que estava se esquecendo de um detalhe importante.

– Espere um minuto. Onde ele vai morar? – perguntou, sem obter uma resposta. Mateus sentiu o corpo todo tremer. – Não me diga que ele... que ele vai... vai morar... – gaguejou, sem conseguir terminar a frase.

– Não, não. – Eulália balançou a cabeça. – O advogado me ligou para falar da saída. Conversamos e pedi que ele avisasse a Vagner que nós iríamos discutir o que fazer. Eu não diria nada sem falar com você. Ele pode ir morar com um amigo ou arrumar algum outro lugar.

– Mas é claro que eu não quero! – disse Mateus, alto demais. – Não quero ele aqui.

– Ele é seu pai.

– Não, não é. E você sabe disso. Eu sei que você ainda gosta dele, mas eu não o quero aqui, mãe. Não sob o mesmo teto que a gente.

– Ok, então está decidido – respondeu Eulália. Ela ficou um pouco triste com a reação do filho, mas já imaginava que ele não iria querer Vagner de volta em sua vida.

*

O deputado Otávio Moura morava em uma cobertura na Lagoa Rodrigo de Freitas e se orgulhava daquele apartamento, com uma ampla sala que podia receber até duzentos convidados. E se orgulhava mais ainda de seu filho, Otavinho Moura, que conseguira em poucos anos fazer uma festa que já virara tradição do começo do ano no Rio de Janeiro.

Esperava que o filho, um jovem decidido e determinado, seguisse o caminho da política dentro de alguns anos, e aquelas festas serviam como um bom começo. Os convidados eram pessoas selecionadas, de nível, que poderiam um dia votar em seu

filho e influenciar pessoas. Claro que um ou outro ali não fazia parte da alta sociedade, mas tudo bem. O povo também precisava de um candidato, e Otavinho era o que havia de melhor: bonito, rico e carismático. O deputado já imaginava a carreira que o filho trilharia pela política carioca. Às vezes, chegava mesmo a pensar que o filho poderia vir a ser governador ou presidente.
Otávio Moura olhou para os jovens que agora ocupavam sua sala e sorriu. Acenou para o filho e foi para o quarto, ficar com a mulher, enquanto os convidados se divertiam.

*

Renato estava parado perto da entrada da ampla varanda. Observava as pessoas e, a cada cinco minutos, olhava a porta, impaciente. De vez em quando, cumprimentava alguém, mas não dava espaço para que a pessoa parasse e iniciasse uma conversa. Depois de um tempo, avistou Suzan e Mateus entrando e acenou para os amigos. Suzan foi em sua direção, e Mateus foi até o bar.

– Vocês demoraram – disse Renato, dando um beijo no rosto de Suzan.

– Foi o Mateus, ele se atrasou um pouco.

– Atrasou bastante. – Renato olhou o relógio, como se fosse se certificar do tempo exato que os dois demoraram para chegar. – Estranho, Mateus é o cara mais pontual que existe.

– Eu não sei o que houve, ele não falou. Veio calado da Barra até aqui.

– Hum, então aconteceu alguma coisa.

– Se ele quiser, vai falar. – Suzan deu de ombros. Conhecia Mateus há tanto tempo, sabia que não adiantava pressioná-lo a contar algo de sua vida.

Mateus se aproximou dos amigos na mesma hora em que Montanha foi falar com Renato. Montanha deu um beijo na bochecha de Suzan, que fez uma careta e olhou para Mateus, conseguindo arrancar um sorriso dele.

– E aí, gatinha, pronta pra festa? – disse Montanha
– Não enche a menina – cortou Renato.
– Só estou puxando conversa. – Montanha levantou os braços, como se fosse se defender. Ele se encostou na parede ao lado de Renato e franziu os olhos. – O cabelo daquela menina é colorido?

Todos olharam a pessoa que Montanha indicava, e Renato deu uma gargalhada.

– É a amiga maluca da Suzana.
– Não sabia que a Paulinha vinha, ela faltou à aula a semana toda. Vou lá falar com ela. – Suzan se afastou deles.
– Nunca vi uma menina com o cabelo todo colorido – comentou Montanha.
– Já estamos acostumados, cada dia ela está com o cabelo de uma cor – respondeu Renato.

Montanha ficou calado, olhando para Paula, tentando decidir se achava o estilo dela provocante ou estranho, mas não conseguiu chegar a uma conclusão. Ele balançou a cabeça e olhou para o copo de Mateus.

– O que você tá bebendo, cara? – perguntou.
– Uísque.
– Hum, cheio de marra. Vou lá pegar um para mim. Esta festa, por enquanto, está meio caída.

Montanha se afastou. Renato ficou observando Mateus, que não falou nada.

– Aconteceu alguma coisa?

Mateus demorou alguns segundos para responder. Estava olhando para baixo, enquanto passava um dedo pela borda do copo.

– Aconteceu.
– E?
– E não quero falar agora. – Mateus suspirou e se virou para o amigo. – Não estou legal pra falar sobre isso aqui.

— Ok, você que sabe. Pode passar lá em casa amanhã, se quiser.
— Quero, sim. Amanhã à tarde vou lá.
Os dois ficaram calados, observando as pessoas. Mateus não conseguia parar de olhar para Suzan, enquanto Renato avistou uma garota na varanda, cercada por amigas.
— Quem é aquela? – perguntou para Mateus.
— Qual delas?
— A loira de cabelo liso.
— Todas são loiras de cabelo liso.
— A de vestido azul.
— Não faço a mínima ideia. Nunca vi.
Renato chamou Otavinho, que estava perto deles.
— Quem é aquela ali, a de vestido azul?
— Hum, não sei o nome, só sei que é caloura da universidade.
— Poxa, cara, me apresenta.
— Vamos lá. – Otavinho foi saindo, com Renato atrás dele.
— Você não vem? – perguntou Renato.
— Não, vou ficar aqui esperando a Suzan.
Mateus viu Otavinho e Renato começarem uma conversa animada com as meninas na varanda e soube que não falaria novamente com o amigo naquela noite. Ele terminou a bebida do copo e estava prestes a voltar ao bar quando Suzan apareceu.
— Cadê o Renato? – perguntou.
— Ali. – Mateus mostrou o grupo de meninas na varanda e viu Suzan perder a cor do rosto. Ele sabia como ela estava se sentindo, queria ajudá-la, mas naquela noite não tinha condições de fazer nada por ela. Os dois ficaram quietos por alguns minutos. – Sinto muito.
— Tudo bem, já estou acostumada. – Suzan deu um sorriso sem graça e se encostou na parede, ao lado de Mateus.
— O que acha de cairmos fora?
— Da festa?

– Sim. Não estou com cabeça para isso tudo aqui, você sabe que não curto festas, prefiro ficar mais na minha. Pensei em dar uma volta na Lagoa.

Suzan olhou novamente para Renato e então balançou a cabeça.

– Ok.

Os dois deixaram a festa sem se despedir de ninguém. Caminharam pela Lagoa Rodrigo de Freitas por alguns minutos e depois se sentaram na grama. Por ali havia casais namorando, pessoas brincando com seus cachorros e amigos conversando. Mateus e Suzan ficaram quietos e ele se levantou para comprar uma lata de cerveja.

– Você volta dirigindo? – perguntou Mateus, mostrando a cerveja para Suzan.

– Sim, claro. Mas vamos fazer como?

– Você me deixa em casa e leva meu carro. Amanhã eu pego. – Ele deu de ombros. – Já bebi na festa e não quero voltar dirigindo para o Recreio, mas realmente estou precisando beber hoje. – Ele deu um gole na cerveja e se sentou ao lado de Suzan. – Quer falar sobre a festa?

– Não. – Ela suspirou, olhou em volta e encarou o amigo. – Quer falar sobre o que está te incomodando?

Mateus deu outro gole na cerveja. Havia uma mistura de sentimentos dentro de seu corpo, mas ao mesmo tempo era como se uma calma tomasse conta dele, por estar ali, ao lado dela.

– Sim e não. É complicado, e ao mesmo tempo não.

– Bem, entendi tudo. – Os dois riram. – Se não quiser falar, tudo bem.

– Eu quero, é só que... – Ele deu de ombros. – Na verdade é algo que me assombrou a vida toda e agora apareceu para se tornar real. É o meu pai.

Mateus imaginou que Suzan estivesse curiosa, e até mesmo um pouco espantada. Desde que a conhecera, nunca havia falado de seu pai. Era um assunto doloroso, e ela sabia disso.

Mateus tinha certeza de que Renato contara para Suzan sobre o que acontecera com Vagner, e não se importava. O fato de ela saber e tratá-lo como um amigo de verdade, sem ligar para o assunto, o deixava feliz.

– Aconteceu algo? – perguntou Suzan.

– Sim. Minha mãe me avisou hoje que ele será libertado na sexta.

– Sexta? Esta sexta agora? – Ela se mostrou espantada.

– É. Eu também tive essa reação.

Ficaram em silêncio enquanto Suzan assimilava a notícia. Ela pegou a mão dele, que se sentiu feliz com o gesto.

– E é algo bom? O que você acha disso tudo?

– Eu não sei. – Ele balançou a cabeça. – Fiquei furioso quando ela me contou. Foi logo antes de vir pra cá, por isso me atrasei. Nossa, fiquei com muita raiva.

– Pensei que você queria seu pai de volta.

– Eu queria, mas não saindo da prisão. Queria ele quando era mais novo, antes de fazer essa droga toda. Agora, não quero mais.

– Não fale assim, Mateus. Ele é seu pai.

– Ele deixou de ser quando roubou dinheiro da seguradora.

– Mateus parou de falar quando sentiu seus olhos úmidos. Respirou fundo e olhou para Suzan. Não se importava que ela o visse chorar. – Eu idolatrava meu pai, mas tudo desmoronou quando ele foi preso. Eu tinha quinze anos e enfrentei uma barra no colégio. O Renato me ajudou, foi o único. Num momento, estava tudo bem. No dia seguinte, minha vida virou de cabeça pra baixo. E foi ainda pior para minha mãe. Ela teve que se matar de trabalhar todos esses anos para consertar o estrago que ele deixou.

– Deve ter sido difícil.

– Foi. – Ele enxugou o canto do olho com a manga da camisa. – E agora que nossa vida está melhor, ele quer voltar. Sem chance.

– Ele vai morar com vocês?

– De jeito nenhum!

Mateus soltou a mão de Suzan e enxugou o rosto com a camisa. Deu mais um gole na cerveja e se deitou na grama. Suzan se deitou bem ao lado, colocando a cabeça em cima do braço dele. Ele a abraçou e os dois ficaram olhando o céu. O contato do corpo dela, o calor que vinha dele, o ajudou a relaxar.

– Posso fazer uma pergunta?

– Claro – disse Mateus. – Pode me perguntar o que quiser.

– Uma vez o Renato me contou que sua obsessão pela música "Kite" é por causa do seu pai. Ele não explicou o motivo, só que a música o acalmava. Eu a acho linda, mas nunca quis perguntar o que a canção significa pra você, pra não trazer alguma lembrança ruim.

Mateus ficou alguns instantes olhando o céu, concentrado na lua cheia, sentindo o corpo de Suzan entre seus braços.

– Quando meu pai foi preso, descobri essa música numa entrevista antiga com o Bono. Ele falou que "Kite" era uma canção sobre se desapegar de alguém que não queremos deixar partir, se desapegar de qualquer tipo de relacionamento. Ele escreveu pensando na irmã, que não precisava mais dele, e, na época, seu pai estava morrendo de câncer, e Bono não conseguia aceitar que ele partiria em breve. Era do que eu precisava. Encontrei a letra na internet e percebi que se encaixava na minha vida. Quando escutei a música, senti que algo dentro de mim se acalmou, então meio que virou minha trilha sonora. Triste, né?

Suzan ficou quieta, as palavras de Mateus pairando no ar. Desde que o conhecera, tentava imaginar o quanto fora difícil para ele o pai ter sido preso, mas era uma daquelas coisas que só se aprende vivendo, e ela esperava nunca aprender.

– Eu não sei nem o que falar.

– Não precisa falar nada. Só de me ouvir, de estar aqui, já ajuda bastante. – Ele a abraçou mais forte. – Acho que depois dessa bomba você nem se lembra mais da festa.

Ela riu, uma risada com um misto de alegria e tristeza.

– Fazer o quê? Acho que já me acostumei a ver o Renato com outra, e é isso que dói.
– Você tem de esquecer.
– Eu sei. Mas falar é fácil, né?
– É – respondeu Mateus, pensando nos próprios sentimentos. Também queria esquecer seus sentimentos por Suzan e, ao mesmo tempo, não. Era bom gostar dela, era fácil. Ela era alegre, amiga, divertida, bonita. Mas doía ver que só tinha olhos para Renato.
– Você já teve preguiça da vida? – perguntou Suzan, acordando Mateus de seus pensamentos.
– Preguiça da vida? – Ele franziu a testa. – Como assim? Você quer dizer desistir de viver?
– Não, não desistir da vida. Apenas preguiça dela, do que está acontecendo, de tudo.

Ele ficou quieto por um instante, mexendo na latinha de cerveja, agora vazia.

– Acho que não. Bom, não sei bem o que você quer dizer, mas acho que não.
– Não, nunca teve. Senão, saberia o que é. – Ela o olhou, colocando o queixo no peito dele. Mateus sentiu um frio percorrer sua espinha com a proximidade do rosto de Suzan do seu.
– Ultimamente, ando com muita preguiça da vida, sabe. Aquela sensação de que não importa o que eu faça, vai tudo continuar assim, sem nada interessante acontecendo.

Ela terminou de falar e voltou a se deitar no braço dele.

Bem, às vezes a vida pode te surpreender.
– Assim espero. – Ela sorriu e deu um beijo no rosto dele, levantando-se. – Assim espero. Vamos embora?

CAPÍTULO 5

A MANHÃ DE DOMINGO era um dos momentos de que Mateus mais gostava. As preocupações da semana anterior já estavam resolvidas e as da próxima só seriam pensadas à tarde. Mas aquele domingo foi diferente de todos, por causa da notícia do retorno de Vagner.

Como sempre fazia, Mateus foi de bicicleta até o calçadão da praia do Recreio para alguns quilômetros de paz. Embora a praia estivesse cheia para um final de verão, ele conseguiu pedalar sem se preocupar com os pedestres invadindo a ciclovia sem olhar para os lados. Desta vez, não marcou quanto tempo ficou ali, apenas tentou espairecer e se concentrar nas músicas que tocavam no celular.

Um pouco antes da hora do almoço, voltou para casa e encontrou Eulália na cozinha.

– Oi, mãe – disse, dando um beijo nela.

– Oi, querido. O almoço está quase pronto.

– Beleza. Vou tomar um banho. – Ele foi até a geladeira e se serviu de um copo de água. – Na quarta é aniversário da Suzan. Pensei em chamar o Renato pra vir aqui em casa e comemorarmos nós três. Provavelmente, ela não vai fazer nada, nunca faz. Se ela topar, podemos ficar aqui?

– Claro, podem vir, sim. Se quiser, compro algumas coisinhas para comerem.

– Valeu, mãe. – Mateus ia sair da cozinha, mas voltou ao escutar Eulália chamando-o.

– Meu filho, sobre ontem...

– Mãe, não quero falar nisso agora. – Ele balançou a mão.

– Eu vou tomar um banho, a gente almoça e depois vou até a casa da Suzan pegar o carro para ir ao Renato. Já esquentei a cabeça ontem, bebi um pouco e agora não quero brigar.

– Mas, querido, não precisamos brigar.

– Eu sei que você vai defendê-lo e não quero ouvir. Preciso de um tempo.

Eulália assentiu, e Mateus foi para o quarto.

*

Aproveitando que era domingo, Suzan se levantou tarde. Acordara cedo, mas preferiu ficar na cama até a hora do almoço, quando encontrou sua família já sentada à mesa, começando a se servir.

– Pensei que você ia perder o almoço. Sua mãe fez a famosa receita do nhoque de batata baroa da sua vó – disse Antônio.

– Senti o cheiro lá do quarto. – Suzan se juntou a eles e se serviu de um pouco de nhoque. Ao ver o molho quatro queijos com nozes borbulhando na travessa, sua boca se encheu de água.

– Já pensou o que vai querer fazer no seu aniversário? – perguntou Helena.

– Hum, acho que nada. Talvez possamos ir almoçar em um restaurante aqui na Barra, todos juntos, se o papai conseguir sair do trabalho – disse Suzan.

– Claro que sim, eu aviso o pessoal na construtora. Não acho que vá ter algum problema.

– Beleza.

– Mas e à noite, querida?

– Ah, mãe, à noite prefiro sair com os meninos. – Ela olhou para os pais. – Vocês bem que podiam me dar um carro, né?

Antônio balançou a cabeça.

– Nem conte com isso, mocinha. Você sabe que não tenho dinheiro para comprar um carro para você. Já temos dois aqui em casa e, se tiver mais um, serão três IPVAs e três seguros para pagar, sem contar manutenção e gasolina.

– Eu sei, pai, não me importo de ficar usando o da mamãe quando preciso, não me faz falta. Estava só enchendo, vai que dá certo?

– Ok, chega dessa conversa de aniversário. – Helena apoiou o garfo no prato. – Vamos, me conte da festa de ontem – disse, mostrando uma empolgação exagerada.

Suzan deu um sorriso sem graça e se lembrou da noite anterior.

– Foi legal, eu acho. Não fiquei muito tempo lá.

– Como assim, não ficou muito tempo lá? Você chegou tarde. – Helena primeiro ficou um pouco confusa, mas, em seguida, um enorme sorriso surgiu em seu rosto. – Não me diga que você e o Renato se acertaram?

– Longe disso. – Suzan balançou a cabeça. – Acho que ele ficou com uma menina.

– Acha?

– Helena, pare com o interrogatório – disse Antônio. Rebeca observava os três, calada. Tentava não respirar para a mãe não se lembrar de sua presença.

– Antes de sair de lá, vi o Renato conversando com uma menina. Aí, fui embora pra não ver o que não queria.

– Foi embora? Mas você nem sabe se ele ficou com a tal menina.

– Mãe, eu conheço o Renato. O jeito como ele estava com a garota indicava que com certeza iria caminhar pra isso.

– Mas... – Helena começou a falar e parou. Ficou um tempo pensando até erguer uma das sobrancelhas. – Você foi aonde? Com quem?

Suzan suspirou e contou até dez antes de responder, pois sabia que a conversa tinha tudo para virar uma discussão.

– Eu e o Mateus saímos da festa e fomos dar uma volta na Lagoa. Ficamos um tempo lá, conversando. – Ela olhou para a mãe. – Só conversando.

– O quê? Você sai de uma festa na cobertura do Otávio Moura, com vários rapazes ricos, influentes e interessantes, para andar pela Lagoa com aquele marginalzinho?

– Helena, não grite – pediu Antônio, sem sucesso.

– Mãe, pare de chamar o Mateus de marginal. Ele é um amor de pessoa, meu melhor amigo, e estava precisando de mim. E eu dele.

Helena sentiu como se o coração fosse parar de bater. Tentou se controlar, fechou os olhos e perguntou calmamente:

– Precisando de você? O que aconteceu entre vocês?

– Não aconteceu nada. Eu precisava de um amigo para não pensar no Renato com aquela menina. E ele precisava de uma amiga pra desabafar sobre o pai.

– Ele falou do pai dele? – perguntou Rebeca. Todos na mesa a olharam, já que até então ela estava quieta. – O que foi? Vai dizer que vocês não têm curiosidade de saber mais sobre o cara? – Rebeca deu de ombros.

– O pai dele vai ser solto na sexta, e o Mateus estava arrasado – disse Suzan.

– O quê? Aquele golpista vai sair da prisão? Em que mundo vivemos? – Helena se descontrolou e se levantou. Olhou para todos, sentou-se de volta, virou se para Suzan e apontou o indicador para a filha. – Você não vai mais andar com o Mateus agora que o pai dele vai sair da cadeia.

– Era só o que me faltava. – Suzan riu alto. – Não vou parar de andar com o Mateus, ele é meu amigo, eu gosto dele.

– Mas eu não quero você junto dele, ainda mais com esse marginal à solta por aí.

– Mãe, o que mais tem no mundo é marginal andando por aí. – Suzan se levantou, pegou o prato e o copo com suco e foi para o quarto terminar de almoçar.

– Ela tem razão – disse Antônio, enquanto Helena ofegava de raiva.

*

A cobertura dos Torres era um lugar aonde Mateus adorava ir. Não porque o apartamento ficava de frente para a praia do Leblon ou porque fosse um lugar espaçoso e chique, mas porque ali ele se lembrava de que a vida dos outros não era perfeita. É claro que o dinheiro ajudava um pouco, mas Mateus nunca sentira inveja desse fator na vida de Renato porque, mesmo com a prisão do seu pai, Eulália conseguira manter o bom padrão de vida que eles tinham antes. Ele sentia um pouco de inveja ao ver a família Torres reunida, mesmo com seus problemas. Mateus sabia que Rogério tentava ser um pai rígido, sem sucesso, já que Renato conseguia mantê-lo sob controle, e Loreana era uma mãe não tão presente, mas carinhosa com o filho.

E era nisso que pensava quando entrou na sala de estar e encontrou Rogério lendo o jornal e Loreana assistindo a um programa sobre arte na tevê a cabo. Ele achou graça porque praticamente todas as vezes em que ali chegava via aquela cena: Rogério lendo jornal ou um livro e Loreana assistindo tevê.

– Oh, querido, há quanto tempo! – disse Loreana, indo até Mateus. Ela o abraçou forte, e ele retribuiu. O fato de o tratarem como se fosse parte da família era algo que deixava Mateus comovido. Eles podiam ser ricos e importantes, mas não ligavam do filho ter um amigo cujo pai estava na prisão.

– Estive aqui esta semana, mas a senhora não estava.

– Ah, por favor. – Loreana estremeceu. – Já pedi pra não me chamar de senhora, me sinto uma velha.

– Como vai, rapaz? – perguntou Rogério, cumprimentando Mateus com um aperto de mão firme. – Gostando do estágio?

– Sim, muito.

– Sua mãe deve estar orgulhosa. – Loreana sorriu.

— Está. Ela ficou muito feliz quando contei sobre a vaga na construtora.

— Por que o meu filho não é assim? – perguntou Rogério, no instante em que Renato entrou na sala.

— Eu escutei, viu? – Renato e Mateus se cumprimentaram. — Venha, antes que meu pai peça para você me convencer a ir trabalhar na construtora também.

— Eu já tentei. – Mateus olhou para Rogério e levantou as mãos, como se não houvesse nada que pudesse fazer.

— Meu filho se esquece de que não tem como fugir do futuro – disse Rogério alto, enquanto Renato empurrava Mateus para fora da sala.

Entraram no quarto e Renato fechou a porta, sentando-se na cama e colocando um travesseiro na cabeceira para poder ficar encostado. Mateus ficou em pé, com as costas apoiadas na parede ao lado da cama.

— Meu Deus, é isso o dia todo, além da cobrança para que eu vá estudar fora do Brasil. – Ele fez uma careta. – Aonde você se enfiou ontem à noite? Não te vi mais na festa, nem a Suzana.

— Nós fomos dar uma volta na Lagoa, não estava com cabeça para festas. Mas achei que você não perceberia nossa ausência, parecia muito ocupado quando saímos.

— Bem, demorei um pouco. – Renato sorriu, maliciosamente. – Fiquei com a Tatiana ontem, a loirinha do vestido azul. Nossa, ela é gata demais.

Mateus apenas concordou com a cabeça, sem se lembrar muito bem de Tatiana. Ele foi até a escrivaninha e se sentou na cadeira.

— Desculpe te aborrecer num domingo, mas preciso conversar com alguém. Com você, na verdade, que conhece toda a história.

— Cara, você não me aborrece. Bem, aborrece já há alguns anos, então o que é um dia a mais? – brincou Renato, mas logo percebeu que Mateus falava sério. – Foi mal, pode falar. Você sabe que pode contar sempre comigo.

– Sim. – Mateus ficou olhando para as mãos, que estavam cruzadas sobre as pernas. – É meu pai. Ele vai ser solto.

– Putz, que bosta, cara.

– Sim, é bem isso.

– Que droga! – Renato ficou pensando sobre o assunto. Ele era a única pessoa para quem Mateus havia se aberto na época em que Vagner foi preso, foi quem ficou ao seu lado na escola quando todos souberam do assunto.

– Ele sai sexta.

– Sexta agora?

Mateus se permitiu sorrir.

– Todo mundo tem esta reação. É, esta sexta.

– Nossa, mas que droga multiplicada por mil. E aí?

– E aí que eu não sei. Minha mãe veio me contar ontem antes de eu ir para a festa, por isso me atrasei. E por isso não estava no clima de ficar na casa do Otavinho.

– Entendi. Você contou para a Suzana?

– Sim. Acho que foi a primeira vez que falei do meu pai para ela, e espero não tê-la assustado.

– O que é isso! – Renato balançou a mão. – Ela conhece você e sempre foi sua amiga. E ela mais ou menos sabia da história.

– É, imaginei que você já tivesse contado.

Renato negou com a cabeça.

– Não contei tudo. Só o essencial, para entender o que acontecia na escola e na sua vida. Algumas coisas ela já havia visto na imprensa.

– Não tem importância.

Eles ficaram um instante em silêncio, cada um pensando sobre o assunto.

– O que vai acontecer agora? – perguntou Renato.

– Não sei. Fico tentando me convencer de que nada vai mudar, mas sei que é mentira. Vai mudar, só resta saber se é pra pior ou pra melhor.

– E sua mãe, como está?

– Acho que está feliz. – Mateus deu de ombros. – Acho que ela ainda gosta dele.

– Deve gostar. Coitada da sua mãe.

– Sim. Mas já deixei bem claro que não quero ele lá em casa.

– E ele vai morar onde?

– Pouco me importa. Ele deixou de fazer parte da minha vida no momento em que estragou a dele. E a da nossa família.

– Cara, ele é seu pai...

– Não, não é. Você sabe disso, Renato, melhor do que ninguém. Não quero ele lá, sob o mesmo teto que eu. Você sabe o quanto me machucou vê-lo na cadeia e o quanto aquele período foi difícil pra mim. Não quero aquilo de volta de jeito algum.

CAPÍTULO 6

Renato e Suzan conversavam sobre a viagem dele para a Alemanha, enquanto Mateus mexia em um guardanapo. Os três estavam na lanchonete da Universidade da Guanabara esperando a hora de ir para a primeira aula.

– Deixa eu vazar que já estou atrasado – disse Renato, dando um beijo na testa de Suzan.

Ele se afastou e Suzan ficou olhando com uma expressão abismada, logo transformada em indignação. Virou-se para Mateus.

– Eu não acredito que ele se esqueceu do meu aniversário!

– Bem, você sabe como ele é, meio lesado – disse Mateus, sem tirar os olhos do guardanapo em que mexia.

– Isso não é desculpa.

– Não, não é.

– E que história é essa de ir logo para a aula? Por que ele não te esperou?

– Acho que ele vai passar em algum lugar antes.

– Aonde?

– Não sei.

Terminando de beber o resto do suco que havia no copo à sua frente, Mateus pegou suas coisas em cima da mesa e encarou Suzan.

– Bom, eu não esqueci. Feliz aniversário!

Ele sorriu e entregou o bolinho de guardanapo em que estava mexendo desde cedo. Deu um beijo na cabeça de Suzan e saiu antes que ela pudesse falar algo ou olhar a escultura de papel. Ela viu o amigo seguir o mesmo caminho de Renato e só então reparou no que segurava: uma flor. Ele havia feito uma flor de guardanapo. Seus olhos se encheram de água.

*

Mateus entrou na sala de aula e sentou-se na última fileira, ao lado de Renato. O professor já havia chegado, estava passando alguns tópicos sobre Mecânica Geral e olhou para o aluno, mas Mateus não se importou.

– Você se esqueceu do aniversário da Suzan – cochichou Mateus.

Levou alguns segundos para Renato processar a informação, mudando sua fisionomia de confuso para assustado.

– Que droga! A Suzana vai me matar – disse, dando um tapa de leve na testa.

– Talvez não. – Mateus deu de ombros. – Pensei em fazermos algo à noite pra comemorar.

– Boa ideia. Preciso urgente ir ao BarraShopping comprar um presente. – Ele olhou o amigo. – Que vacilo.

– É, mas ainda dá tempo de consertar.

Os dois ficaram alguns minutos em silêncio, prestando atenção à aula, até Mateus se inclinar em direção a Renato e cochichar novamente.

– O que acha de ir lá para casa à noite? Minha mãe se ofereceu pra fazer alguma coisa, a gente fica lá comendo e conversando. Eu ia falar com vocês antes, mas, com a confusão do meu pai, acabei me esquecendo.

– Por mim, combinado. Antes do almoço vou procurar a Suzana para dar os parabéns, aí você vai junto e fala da sua ideia.

– Beleza.

*

Suzan não prestava atenção à aula, apenas mexia e remexia a flor de guardanapo em suas mãos. O trabalho artístico não era profissional, embora as pétalas fossem delicadas e desse para perceber que ele tentara fazer uma rosa, com um longo caule e uma folha na base do receptáculo onde a flor ficava apoiada, mas a intenção era o que mais contava. O gesto a deixara feliz, Mateus sempre fora um grande amigo, uma pessoa com a qual ela podia contar a qualquer momento, e o fato de ele não ter se esquecido de seu aniversário significou muito.

Seus pensamentos foram interrompidos pela chegada de Paula, que se jogou na carteira ao seu lado.

– Você está atrasada. – Ela olhou a amiga, que estava com o cabelo um pouco rebelde e a roupa amassada. – E acho que está de ressaca também, certo, Paulinha?

– Certíssimo. Oh, meu Deus, que dor de cabeça!

Paula colocou a bolsa em cima da carteira e deitou a cabeça sobre ela.

– Seu cabelo ontem estava rosa, e não azul – disse Suzan, achando divertido o jeito maluco da amiga.

– Ah, sim. Tive uma festa ontem e o rosa não combinava com a minha roupa, então mudei para azul.

– Não sei como você consegue essas transformações em poucas horas.

– Anos de prática. Ah, e antes que eu me esqueça, feliz aniversário. – Paula levantou a cabeça, notando a flor nas mãos de Suzan. – Hum, não sabia que o Renato tinha uma veia artística e, muito menos, romântica.

– Quem me dera! – Suzan suspirou. – Foi o Mateus quem fez a flor.

– O Enigmático?

– Enigmático?

– Sim. – Paula levantou a cabeça um pouco mais e espiou a professora de Economia Aplicada ao Turismo, que não prestava a menor atenção à conversa das duas. Ela voltou a deitar a cabeça na bolsa. – É como algumas meninas estão chamando o Mateus aqui na universidade: Enigmático.

– Não acho que ele seja assim.

– Ah, claro, isso é porque ele conversa com você.

Suzan cerrou os olhos. Ela também olhou a professora e se inclinou para conversar melhor.

– Como assim?

– Olha, o cara não fala praticamente com ninguém além de você e do Renato. É bem misterioso, tem aquele quê de inocente e ao mesmo tempo perigoso. Fora que ele é uma gracinha, eu pegava fácil. E não só eu, várias meninas daqui têm uma quedinha especial por ele. Acho que o fato de ele ser assim, enigmático, ajuda.

– Sério? – Suzan ficou alguns segundos quieta. – Nossa, nunca pensei que o Mateus tivesse tantas fãs aqui.

– É porque você só tem olhos para o Renato, aí não saca o outro gatinho que está ao seu lado.

*

A última aula da manhã terminou um pouco depois do horário. Suzan deixou apressada o prédio onde ficava o Departamento de Turismo e foi para o estacionamento. Procurava distraidamente a chave dentro da bolsa quando sentiu alguém segurar seu braço.

– Será que posso dar um beijo na aniversariante?

Ela viu Renato parado, sorrindo. Seu coração disparou e ela retribuiu o sorriso.

– Achei que você tinha esquecido.

– Claro que não. – Ele deu um beijo e um abraço apertado nela. – O que acha de irmos à noite até a casa do Mateus, só nós três? Pra comemorar este grande dia.

– É uma boa.

– Combinado, então.

Ela ficou olhando Renato se afastar, até perceber Mateus ao seu lado.

— Obrigada por lembrá-lo. — A voz não era de raiva, nem sarcástica. Era sincera.

— Como sabe que fui eu?

Suzan virou-se até ficar de frente para o amigo.

— Se ele não lembrou na lanchonete, não era entre uma aula e outra que iria se lembrar. Mas tudo bem. — Ela deu de ombros. — Não tem problema ir para sua casa hoje?

— Não, minha mãe liberou. Comentei que era seu aniversário e ela disse que fará alguma coisa para a gente.

— Valeu. Estarei lá. — Ela foi andando e sentiu que ele ainda a observava. Parou, abriu a bolsa, pegando a flor de guardanapo, e se virou para Mateus. — Obrigada pela flor — disse, fingindo cheirar o presente.

Mateus sorriu e se afastou, indo em direção à lanchonete. Suzan notou algumas meninas observando o rapaz com interesse e sentiu uma pontada de ciúmes. Balançou a cabeça, espantando os pensamentos, e foi encontrar os pais para almoçar.

CAPÍTULO 7

Eulália terminou de arrumar os salgadinhos na mesa e esfregou as mãos. Havia pedido que uma das funcionárias da noite a substituísse durante o dia, para ter a tarde livre e poder ajeitar tudo em casa. Não se importava de fazer isso e trabalhar à noite, ainda mais naquela quarta-feira, quando o motivo da troca era a felicidade de Mateus.

Pegou a bolsa, foi até o banheiro, bateu na porta e esperou alguns instantes até o filho abrir.

– O que foi? – perguntou Mateus, colocando apenas a cabeça para fora.

– Já deixei tudo pronto, os salgadinhos que comprei estão em cima da mesa. Estou indo senão vou chegar atrasada.

– Valeu. – Ele sorriu com a disciplina de Eulália. Mesmo sendo a dona da lanchonete, ela trabalhava com afinco e responsabilidade. Deu um beijo rápido na mãe e voltou para dentro do banheiro.

Eulália pegou a chave do carro e abriu a porta do apartamento, dando de cara com Suzan, que levou a mão ao coração.

– Desculpe, assustei você?

– Não, tia. – Suzan sorriu, sem graça. – Um pouco. Já ia tocar a campainha.

– Bem, agora não precisa mais. Pode entrar, o Mateus já terminou de tomar banho, daqui a pouco ele estará aqui na sala.

Suzan entrou e virou-se para Eulália.

– Não vai ficar?

– Não, vou para a lanchonete. Troquei o turno com uma funcionária.

– Oh, meu Deus, não acredito! – Suzan sentiu seu rosto corar. – Que vergonha, tia, te dando trabalho.

– Imagina, querida. Eu gosto de preparar uma reuniãozinha de amigos, ainda mais para você. Fiz tudo com o maior prazer.

– Obrigada.

– Feliz aniversário. E divirta-se – disse Eulália, fechando a porta do apartamento.

Suzan entrou e viu a mesa preparada com alguns salgadinhos e pequenos sanduíches. Ela sorriu e roubou uma bolinha de queijo.

– Mateus? – chamou, sem sucesso.

Suzan colocou a bolsa em cima da mesa de centro que havia entre a tevê e o sofá, onde se sentou. Estava perdida em seus pensamentos quando viu Mateus entrar na sala, enrolado em uma toalha branca e enxugando os cabelos com outra.

– Mãe, você viu a minha camis... – Parou a frase no meio ao ver Suzan sentada no sofá, olhando para ele.

– Oi – disse ela, um pouco sem graça. Já havia visto Mateus sem camisa, mas acabando de sair do banho e enrolado em uma toalha era a primeira vez, e ela teve a impressão de que o rosto dele ficou vermelho.

– Desculpe, achei que minha mãe ainda estava aqui – disse Mateus, torcendo nervosamente a toalha com que havia secado o cabelo. – Já volto.

Suzan começou a rir baixinho e se lembrou de Paula falando sobre Mateus mais cedo. Ele era charmoso e realmente tinha um corpo bonito, com a barriga definida por causa das vezes em que andava de bicicleta na praia ou jogava futevôlei com Renato. Era engraçado ter de ouvir sua amiga comentar a respeito dele para perceber o quanto Mateus chamava a atenção. E o quanto ela estava certa: ele tinha uma certa aura enigmática.

– Oi, desculpe meu estado de antes – disse Mateus, entrando novamente na sala, agora vestido.

– Imagine, já te vi sem camisa – respondeu ela, omitindo a parte da toalha para não deixá-lo ainda mais sem graça. Os dois trocaram olhares, sem falar nada, e Suzan reparou que os olhos dele estavam mais tristes do que o normal. Ela balançou a cabeça, como que para acordar. – Eu roubei uma bolinha de queijo.

– Pode roubar quantas quiser, são para você mesmo.

– Se eu ficar comendo agora, quando o Renato chegar não tem mais nada.

– Ele já deve estar chegando – disse Mateus, e a campainha tocou em seguida. – Não disse? *Timing* perfeito.

Mateus foi abrir a porta. Os dois se cumprimentaram, e Renato foi até Suzan, abraçando-a.

– Foi mal o atraso, mas o trânsito para vir da Zona Sul até a Barra e o Recreio está cada dia pior.

– Eu falei para você vir do shopping direto para cá – disse Mateus, sentando-se no sofá ao lado de Suzan. Renato permaneceu em pé.

– Eu sei, devia ter feito isso, mas quis passar em casa antes. – Renato entregou o presente para Suzan. – Espero que goste, o Mateus me ajudou a decidir. Não sou muito bom com essas coisas.

Suzan sorriu e pegou o embrulho. Tirou o papel e se viu diante de um quadro que retratava o Portão de Brandemburgo.

– É lindo.

– Peguei uma das fotos que tirei na viagem para a Alemanha, ampliei e mandei emoldurar.

– Adorei, ficou muito bonito – disse Suzan. – Vou pendurar no meu quarto.

– Bem, agora o meu presente. Espero que goste também – disse Mateus, indo até o quarto e voltando com um pacote grande e quadrado.

Suzan abriu o embrulho e arregalou os olhos. Virou-se para Mateus e deu um forte abraço no amigo.

– Não acredito, você comprou a coleção de livros de viagem que eu tanto queria! – disse, soltando-se de Mateus.

– Sabia que era algo que você queria muito.

– E como! Você é louco, isso custa caro para caramba.

– Nada que dez vezes no cartão não resolva. – Ele sorriu, e os dois ficaram se encarando. Mateus quis abraçar Suzan mais uma vez, mas Renato o interrompeu, pegando um dos livros das mãos dela.

– Alemanha? Puxa, devia ter dado estes livros para a Suzana antes da minha viagem – comentou Renato, enquanto folheava o livro.

– Foi lançado só agora – respondeu Mateus.

– Bem, vamos comer? – perguntou Renato, devolvendo o livro para Suzan.

*

Era para ser mais um dia normal, como todos os outros. Pelo menos foi o que Mateus pensou naquela sexta-feira, durante as aulas. Ele deixou a sala, ao se despedir de Renato, e foi até a lanchonete procurar a mãe.

O local estava cheio naquele horário, vários alunos almoçavam por ali ou apenas conversavam enquanto tomavam um suco. Mateus viu Suzan e Paula sentadas junto a uma das mesas mais distantes e acenou, mas não foi até elas.

– Kátia, você viu minha mãe? – perguntou para a gerente da lanchonete, que estava encostada no balcão.

– Ela já foi embora.

– Já? Mas ela não me falou nada. Aconteceu alguma coisa?

– Acho que não – respondeu Kátia, observando uma garçonete atender um grupo de rapazes. – Ela só falou que precisava ver algumas coisas e foi embora.

– Ok.

Mateus se afastou do balcão e foi andando em direção a Suzan, tentando imaginar o motivo que poderia ter feito sua mãe sair mais cedo do trabalho. Ela raramente fazia isso, só quando tinha assuntos importantes para resolver. Ele estava no meio do caminho quando parou ao se lembrar de algo, sentindo tudo girar ao seu redor. Rapidamente, virou-se e correu em direção ao estacionamento.

*

– O que foi isso? – perguntou Paula.
– Não sei. Ele vinha pra cá, mas, de repente, saiu correndo. Não entendi. – Suzan deu de ombros.
– Quando eu falo que ele é enigmático, você não acredita.
Paula bebeu um pouco de suco de laranja e Suzan ficou calada, tentando entender a reação de Mateus. Então se lembrou da noite do seu aniversário e começou a rir.
– Que foi, ficou doida?
– Não, Paulinha. É que me lembrei de uma coisa. Ia contar ontem, mas você não veio, e hoje já havia me esquecido. Aliás, por que você faltou ontem?
– Ah, por causa da comemoração do seu aniversário.
– Meu aniversário? Mas eu fui comemorar na casa do Mateus.
– Sim, mas nem por isso deixei de comemorá-lo. Fui encontrar uns amigos e fizemos alguns brindes a você.
– Você é doida.
Paula terminou de beber o suco e olhou a amiga.
– Mas o que você ia falar?
– Ah, sim, fui para a casa do Mateus, comemorar com ele e o Renato.
– Hum... Rolou uma pegação a três? – disse Paula, com um tom de malícia na voz.
– Não, cruzes! Você só pensa besteira? Só ia falar que vi o Mateus de toalha e me lembrei de você na hora.
– Oh, meu Deus, imagina aquela coisa perfeita de toalha.
– Paula suspirou e ficou tentando visualizar o que Suzan havia

falado. – Ele é altamente pegável. Não sei o que você está fazendo perdendo tempo com o Renato.

Suzan riu e balançou a cabeça.

– Ele pode ser pegável, como você diz, mas é meu amigo.

– E daí? O Renato também é e você aceitaria dar uns pegas nele na boa.

– É diferente.

Paula pegou a bolsa.

– Ok, sua sonsa, fica aí sonhando com o Renato e deixa o Mateus pra galera – disse, dando um tapa de leve na cabeça de Suzan antes de se afastar da lanchonete.

*

Mateus entrou em casa e viu o que temia ver: seu pai ali, no meio da sala, sentado no sofá conversando com a sua mãe. Ele ficou parado, com a respiração presa. Mal podia acreditar, era o que já previra, mas no fundo tinha esperanças de estar errado. Só que não estava: seu pai havia saído da prisão e fora diretamente se encontrar com sua mãe.

– O que ele está fazendo aqui? – gritou Mateus, encarando a mãe. Evitou olhar para Vagner, mas percebeu o quanto ele envelhecera durante o tempo em que ficou preso.

– Calma, meu filho. – Eulália já estava de pé, aflita, e seu pai se levantou em seguida.

– Oi, Mateus, quanto tempo – disse Vagner.

Mateus o ignorou.

– Eu falei que não queria esse cara aqui. – Mateus olhava para a mãe e apontava para o pai. Ele tentou falar mais baixo, mas era difícil.

– Ei, eu... – Vagner começou a falar, mas Eulália fez um sinal para que ele ficasse quieto. Ela se aproximou de Mateus.

– Ele é seu pai.

– Não, não é. – Mateus respirou fundo e encarou o pai pela primeira vez. – Ele deixou de ser meu pai quando foi para a cadeia – disse, virando-se para a mãe. – Eu precisei dele durante esses quatro anos e ele não esteve aqui. Aguentei muita coisa na escola, tive de crescer e amadurecer antes de todo mundo, passei a adolescência sem um pai presente. Eu sofri, você sofreu. Tivemos de abrir mão de muita coisa e batalhamos para chegar até aqui. Não vou deixar que ele volte agora e encontre tudo bonitinho, prontinho, para estragar novamente. Eu não preciso dele agora. Quando precisei, ele não estava aqui. Não preciso mais, tenho você. Espero que ele não se demore.

Mateus encarou Vagner e foi para seu quarto.

CAPÍTULO 8

O CALOR NAQUELE FIM DE TARDE de março estava forte, o que tornava o ar-condicionado algo essencial. Sentada no sofá da sala, Suzan observava a mãe fazer cachinhos no cabelo da irmã, com a ajuda do *babyliss*.

Rebeca estava empolgada com a festa que teria à noite, mas tentava não demonstrar claramente para Helena não perceber. Suzan já havia notado e sabia que, assim que os cachos estivessem prontos, a irmã a puxaria para o quarto. Também pensou em sair, encontrar os amigos, mas Mateus não atendia o celular e Renato disse que já havia programado algo para aquela sexta-feira com o pessoal da praia, e ela não se animou a ir. Se pelo menos Mateus fosse, mas, sem ele, aguentar o Montanha a noite toda estava fora de questão.

Ela estava perdida em pensamentos quando seu pai entrou na sala, vindo do trabalho.

– Ora, que surpresa encontrar todas reunidas – disse Antônio, colocando a pasta em cima da mesa e aproximando-se da família.

– Mamãe está arrumando meu cabelo – comentou Rebeca, com um sorriso no rosto.

– Como foi o trabalho, querido? Alguma novidade? – perguntou Helena.

– Não. – Antônio foi até a cozinha e voltou com um copo de água. – Ah, Suzan, na verdade tenho uma pergunta para você.

O Mateus não apareceu na construtora hoje e minha secretária não conseguiu localizá-lo. Você sabe o que aconteceu?

– Sério? – Suzan franziu a testa. – Estranho, o Mateus é a pessoa mais responsável que conheço.

– Eu também estranhei. Ele está há pouco tempo no estágio, mas parece não combinar muito com ele essa atitude de sumir.

– Ah, vocês querem o que de um rapaz desses? – Helena tinha um tom irônico na voz.

– É sério, mãe. Ele não faria isso, e avisaria se fosse faltar. Eu sei que você não gosta dele, mas o Mateus é um cara legal e responsável. Alguma coisa aconteceu. – Suzan ficou calada por alguns instantes, lembrando-se da reação estranha que o amigo tivera na lanchonete.

– Não era hoje que o pai dele ia sair da prisão? – perguntou Rebeca. Suzan a fitou e arregalou os olhos, espantada.

– Meu Deus, é isso! Eu preciso falar com ele – disse Suzan, correndo para o seu quarto na mesma hora.

– Ora, quando digo que não dá pra confiar num marginalzinho, vocês não acreditam – disse Helena, com um sorriso sarcástico no rosto.

– Chega! Deixe o garoto em paz. Era só o que eu precisava para terminar um dia estressante, ouvir você criticá-lo mais uma vez.

Antônio largou o copo com força na mesa e saiu da sala, enquanto Helena o olhava, espantada pela reação inesperada do marido. Rebeca apenas deu de ombros.

*

O quarto estava abafado, e a primeira coisa que Suzan fez foi ligar o ar-condicionado, sentindo o suor escorrer por suas costas, sem saber se era por causa do calor ou do nervosismo. Tentou novamente o celular de Mateus, que caiu na caixa postal. Deixou uma mensagem pedindo para que ele retornasse o contato, mas sabia que isso não aconteceria naquele dia.

Enquanto andava de um lado para o outro, aflita e tentando não roer as unhas, pensou em ligar para a casa do amigo, mas desistiu. Não sabia o que dizer a Eulália, nem se ela ia atender. Pior: o pai de Mateus poderia atender. Decidiu ligar para Renato, ele saberia o que fazer numa situação dessas.

– Fala, Suzana! – Renato atendeu com a voz empolgada. Ao fundo, Suzan pôde distinguir o barulho de vozes e risos e se lembrou de que ele estava em um bar na Zona Sul.

– Oi, Renato. Você tem notícias do Mateus?

– Não. Falei com ele de manhã, na aula. Por quê?

Suzan suspirou e se sentiu culpada por saber que iria estragar a noite de Renato.

– Meu pai disse que ele não apareceu hoje na construtora, e você sabe que isso não é coisa do Mateus. Aí me lembrei de que o pai dele sairia hoje da cadeia.

– Putz! – Renato ficou em silêncio. Suzan percebeu as vozes se distanciando e imaginou que ele estava saindo do bar. – Cara, Suzana, que droga, hein? Nem me lembrei disso.

– Eu também não. Para ser sincera, foi a Beca quem lembrou. Tentei falar com o Mateus, mas o celular está indo direto para a caixa postal.

– Vou tentar ligar para a casa dele, ver se alguém atende. Cara, que droga.

Renato desligou o celular e se virou para o bar. Lá dentro, seus amigos conversavam animadamente. Ele acenou para Montanha, indicando que ficaria ali fora ainda por algum tempo.

O celular de Mateus só caía na caixa postal, como Suzan avisara. Renato respirou fundo e ligou para a casa do amigo. Depois de um longo tempo chamando, já ia desistir e desligar o telefone quando Eulália atendeu.

– Alô, tia? É o Renato.

– Oi – disse Eulália, e Renato percebeu um tom de choro na voz.

– É... O Mateus está? Não consigo falar no celular dele. – Eulália ficou em silêncio, e Renato imaginou que ela estava pensando no que responder. – Eu soube do Vagner – disse ele, encorajando Eulália a entrar no assunto, se quisesse. – Só estou preocupado, querendo saber como vocês estão.

– Ah, estamos indo, obrigada por ligar. O Mateus está no quarto, já tentei fazê-lo sair de lá, mas acho que hoje não vai ter como.

– Será que se eu fosse aí, ele fala comigo?

– Já está tarde pra você vir daí da Zona Sul, não quero sua mãe preocupada.

– Imagina, tia. Nunca é tarde. Posso pegar a Suzana, talvez ajude.

Eulália ficou mais um instante calada.

– Tenho medo de virem à toa.

– Não faz mal. Daqui a pouco estamos aí.

*

O vestido preto estava em cima da cama, mas Suzan ainda tinha dúvida se o colocava ou não. Era simples, mas bonito, e ela se sentia confortável usando aquela roupa, embora a noite estivesse muito quente e talvez um vestido mais fresco fosse uma opção melhor.

Enquanto tentava se decidir, foi até o banheiro escovar os dentes e pentear o longo cabelo preto, decidindo-se por prendê-lo em um rabo alto, que não iria fazê-la suar.

Voltou para o quarto e pegou um outro vestido no armário, mais fresco do que o preto que estava em cima da cama. Dentro de vinte minutos Renato iria pegá-la, mas ela não pensava nele, só tentava imaginar como Mateus estava se sentindo naquele momento.

– Xuxu, como estou? – gritou Rebeca, ao entrar no quarto.

Suzan terminou de se arrumar e observou a irmã. O penteado que a mãe fizera realçou o rosto de Rebeca, e o vestido branco e azul a deixou muito bonita.

– Está linda.

– Você acha que o Caio vai gostar? – perguntou Rebeca, olhando-se no espelho que havia atrás da porta do quarto da irmã.

– Quem é Caio?

– O meu deus grego, te falei dele.

– Ah, sim. Claro que vai gostar. – Suzan se sentou na cama, empurrando o vestido preto para o lado. Reparou nas caretas que Rebeca fazia em frente ao espelho e resolveu conversar sobre o assunto. – Beca, você é minha irmã e eu te adoro, então o que vou falar é para o seu bem, não estou criticando. É sobre suas caretas.

– O que têm elas? – Rebeca se virou para Suzan.

– Bem, você está fazendo careta demais ao falar.

– Ah, qual o problema? O Caio adora!

– Sério? – Suzan se espantou.

– Seríssimo! Um amigo dele comentou com a Paty que ele acha que eu fico fofa demais com as minhas caretas. Então, estou praticando.

– Ok.

Suzan balançou a cabeça, pensando que havia gosto para tudo. Rebeca se aproximou dela e se sentou em frente à irmã.

– Eu vou me declarar para ele hoje.

– Você o quê?

– Ah, ele gosta das minhas caretas e a Paty disse que ele nos intervalos das aulas só fica me olhando. Então, se o Caio não tomar uma atitude, eu tomo.

– Você é doida.

– Não, só não quero ficar igual a você, anos e anos sofrendo pelo mesmo cara.

Suzan sentiu uma pontada no peito ao ouvir o que Rebeca falou, ficando um pouco triste.

– Desculpe, Xuxu, não queria te magoar. – Rebeca pegou as mãos da irmã e sorriu.

– Não magoou. É que a verdade dói e você está certa.

– Então, vai se declarar para o Renato?

– Não sei se teria coragem. E se ele só gostar de mim como amiga?

– Se for esse o caso, você segue adiante. Melhor saber logo se ele gosta de você ou não, para poder procurar um novo amor e parar de sofrer, não acha?

– Talvez. – Suzan sorriu para a irmã.

*

O BMW preto parou em frente ao prédio em que a família Carvalho morava. Suzan entrou apressadamente no carro, sentando-se no banco da frente ao lado de Renato.

– Conseguiu falar com o Mateus?

– Não. Só dá caixa postal.

– Nem imagino como ele esteja agora.

Renato arrancou com o carro, pegando a Avenida das Américas em vez da praia, para chegar mais rápido à casa do amigo.

– Ele comentou alguma coisa antes de hoje?

– Não. Nem me lembrava mais que o pai dele ia ser solto.

– Nem eu. – Suzan olhou a paisagem pela janela, pensando em Mateus. – Deve estar uma barra lá na casa dele.

– A tia Eulália não comentou nada, mas estava com a voz triste.

– Imagino que sim. – Ela ficou um tempo quieta. – Ele quase não fala no pai. A única vez que falou comigo sobre o assunto foi no dia da festa do Otavinho.

– É um assunto de que ele não gosta. Comigo, ele falou poucas vezes, mais quando aconteceu tudo. De uns anos para cá, nem conversava mais sobre isso. Foi muito difícil para o Mateus. A galera do colégio isolou legal o cara, todo mundo olhava como se ele é que tivesse cometido um crime. Eu era o único a defendê-lo e ajudá-lo. Foi um período muito complicado.

Suzan concordou com a cabeça, se lembrando de quando conheceu Mateus, um ano depois da prisão de Vagner, e de como o achara um garoto triste. Ele tinha dezesseis anos na época, mas parecia carregar o mundo nas costas.

– O pessoal ainda ficou no bar? – perguntou Suzan, para mudar de assunto, e também para tentar descobrir exatamente quem estava com Renato.

– Sim. – Ele a olhou de relance. – Você podia ter ido me encontrar, conhece a maioria das pessoas que estavam lá.

– O Montanha foi, certo?

– Sim.

– Bem, resolvida a questão.

Renato começou a rir.

– Ele não ia te agarrar.

– É, mas aguentar ele a noite toda ia ser dose. Quando o Mateus está junto, o Montanha não perturba tanto.

– Hum, então eu não sirvo?

Suzan sentiu as bochechas corarem, e o coração disparou dentro do peito ao ver o sorriso de Renato. De vez em quando, ele alternava o olhar entre ela e o trânsito.

– Claro que serve. Mas o Mateus fica o tempo todo comigo, você dá atenção até para formiga que passa na rua.

– Eu sou sociável, é diferente. – Ele deu de ombros. – Mas sempre falo para o Montanha te deixar em paz.

– É que tem horas em que não estou com paciência para as conversas dele. Não é que ele seja chato, mas é meio tapado. Não posso reclamar, coitado, ele nunca fez nada além de falar umas besteiras, nunca me agarrou.

– Ele sabe que não pode fazer isso, senão vai se ver comigo. Já deixei claro.

Suzan prendeu a respiração depois do que Renato falou. Ficou se lembrando da conversa que tivera com Rebeca. Será que sua irmã estava certa? Se ela se declarasse, teria alguma chance? Sempre teve medo de que uma declaração o afastasse, acabasse com a amizade, mas talvez fosse uma solução. E se ele sentisse o mesmo? O sofrimento acabaria e ela seria feliz. Por que não arriscar?

Eles estavam sozinhos no carro, mas o momento não era apropriado. A cabeça dos dois estava focada em Mateus e não havia clima para aquilo. Mas, no dia seguinte, quem sabe?

*

A porta foi aberta por Eulália, e Renato e Suzan tiveram a mesma impressão: ela parecia ter envelhecido dez anos em um dia. Os olhos estavam visivelmente vermelhos e inchados e ela segurava um lenço em uma das mãos.

– Oi, tia – disse Renato, hesitando, sem saber se a abraçava como sempre fazia ou não.

Suzan sorriu sem graça.

– Eu tentei fazê-lo sair do quarto, mas o Mateus não responde – comentou Eulália, dando espaço para os dois entrarem. – Acho que ele não quer falar com ninguém. Ou é só comigo.

– Iremos ajudar, não se preocupe – disse Renato, tentando controlar a situação.

– Ok. Vou para o meu quarto, acho que o Mateus não vai falar comigo hoje. Espero que vocês consigam conversar com ele.

Eulália deixou os dois na sala e Suzan olhou para Renato, sem saber o que fazer. Ele tentou dar um meio sorriso e foi até o quarto de Mateus. Encostou o ouvido na porta e não escutou barulho algum.

– Mateus? – Renato bateu de leve, mas não obteve resposta alguma. Mateus, sou eu, Renato. Eu e a Suzana estamos aqui, queremos saber como você está.

O interior do quarto permaneceu em silêncio, e Suzan se aproximou da porta.

– Mateus, abre para a gente. Estamos preocupados, tentamos ligar, mas você não responde. Só queremos saber se você está bem – disse ela.

O silêncio continuou e Renato deu um longo suspiro. Ele se virou para Suzan e balançou a cabeça.

– Não é possível que ele não vai abrir!

Suzan sentiu o coração apertado, queria fazer algo, mas não sabia exatamente o quê. Sentia-se impotente e triste pelo amigo. Enquanto pensava em uma solução, escutou o barulho de uma chave girando. Olhou para Renato e um leve sorriso surgiu no rosto do amigo. Os dois viram a porta se abrir devagar e Mateus surgir ali, completamente transtornado. Seu cabelo estava bagunçado e ele ainda usava a roupa que vestira para ir à Universidade da Guanabara mais cedo, a blusa social amarrotada e para fora da calça.

— Vocês não precisavam ter vindo — disse ele, enquanto tirava os fones do ouvido, com uma voz que fez o coração de Suzan se partir.

— Claro que precisávamos — respondeu Renato, abraçando o amigo.

Mateus era a imagem do desolamento. Seus olhos não estavam tão inchados como os da mãe, mas a tristeza era visível em seu rosto.

Quando Renato o soltou, Suzan o abraçou apertado. Ele enfiou o rosto no cabelo preto dela, sentindo o perfume que ela usava, e isso o acalmou um pouco. O abraço foi demorado e, quando eles se soltaram, Mateus entrou no quarto, seguido pelos amigos.

O cômodo não era muito grande, mas tinha espaço para uma cama de casal embaixo da janela, onde Mateus se sentou, uma escrivaninha na parede ao lado da porta e um armário aos pés da cama. Ele se encostou na cabeceira da cama e dobrou os joelhos próximos ao peito, com Suzan ao seu lado, segurando suas mãos. Renato sentou-se na cama em frente a eles. Os três ficaram um longo tempo quietos.

— Nós tentamos te ligar — disse Renato, quebrando o silêncio.

— Eu sei, vi o celular tocando. — Mateus ficou calado. Ele segurava a mão de Suzan com força, enquanto acariciava os dedos dela com seu polegar. — Não tinha condições de atender, me desculpem.

– Não tem de pedir desculpas. – Suzan sorriu e apertou a mão de Mateus, encorajando-o a continuar falando, caso quisesse.

– Eu preciso falar com o seu pai – disse ele, olhando para Suzan. – Não fui ao estágio hoje. Ele deve ter ficado chateado, não dei nenhuma explicação.

– Meu pai entendeu quando soube o que aconteceu. E não precisa pensar nisso agora.

– E seu pai também. – Mateus se virou para Renato. – Ele confiou em mim, me deu essa chance na construtora e eu estraguei tudo.

– Não estragou nada, cara, fica frio que ele vai entender. Ainda não conversamos hoje, mas amanhã falo com ele. Sabe como o velho é tranquilo, relaxa.

– Obrigado. Hoje foi um dia ruim. – Mateus suspirou. – Não sei se ruim é a palavra, mas é que não consigo pensar em nada... Quando acordei, havia me esquecido completamente que dia era até chegar à lanchonete, na hora do almoço. Minha mãe não estava lá, a Kátia falou algo e deu aquele clique. Entrei em desespero, só pensava que precisava vir urgente pra casa.

– Eu também esqueci – disse Suzan, olhando Renato e depois Mateus. – Todo mundo esqueceu. Mas, assim que soubemos, quisemos ver como você estava.

– Não iríamos te abandonar hoje, cara. – Renato deu um tapa no joelho de Mateus, que sorriu.

– Que bom que vocês estão aqui. Não consigo pensar em mais ninguém ao meu lado agora, além de vocês. Mas não sou uma boa companhia. – Ele tentou controlar uma lágrima, que secou com uma das mãos, sem soltar Suzan.

– Você sempre é uma boa companhia. – Ela sorriu e se aproximou dele, dando um beijo em seu rosto. – Se não quiser falar nada, não tem problema, ficamos aqui quietinhos. Ou então podemos escutar "Kite" repetidas vezes. – Os três riram. – Se quiser falar de qualquer coisa, podemos falar besteira. Mas, se quiser falar sobre o assunto, iremos te ouvir a noite toda.

Mateus balançou a cabeça e ficou em silêncio, olhando para as próprias mãos entrelaçadas com as de Suzan.

– Eu quero falar sobre hoje, mas não agora. Não me sinto pronto, ainda. Preciso digerir tudo e parar de chorar quando penso no assunto.

– Não tem problema, vamos falar de outra coisa. – Renato se levantou e andou pelo quarto. Foi até a escrivaninha, pegou uma caneta, que largou em seguida, e ficou mexendo no fio do abajur. – Podemos falar da festa de amanhã, que tal?

Mateus fez uma careta.

– Acho que não vou.

– Ah, claro que vai! Sem chances de você pular fora, cara, a festa na universidade, de boas-vindas, já faz parte do ano letivo, é uma tradição. É como se fosse uma matéria obrigatória na qual a única obrigação é se divertir e esquecer o mundo.

– Eu não tô no clima, você sabe que eu não gosto de festas, comemorações, essa bagunça toda – disse Mateus. Ele soltou a mão de Suzan e passou os dedos pelo cabelo. Em seguida, apoiou o braço nos joelhos dobrados. – A última coisa em que estou pensando agora é farra.

– Mas vai ser legal para você se distrair. – Suzan tentou convencê-lo, mas sua voz saiu um pouco fraca, como se nem ela acreditasse que a festa seria algo bom naquele momento.

– O que é isso, cara, a parada vai ser animal, você precisa ir. A Suzana te dá uma carona, assim você pode encher a cara e esquecer os problemas.

Mateus começou a rir de Renato, que voltou a se sentar na cama. Eles eram muito diferentes, mas a espontaneidade de Renato e o fato de ele não levar a vida a sério faziam com que gostasse ainda mais do amigo. Queria ser mais como ele, viver com mais facilidade e não se preocupar tanto com problemas.

– Não sei se um porre seria uma boa.

– Claro que sim! Nada melhor do que uma bebedeira para esquecer tudo.

– Nada melhor do que uma ressaca para se lembrar por que não se deve beber demais – disse Suzan.

– Falou a dona certinha. – Renato deu um beliscão de leve no braço de Suzan. – Às vezes, beber faz bem.

– Ok, ok, chega dessa discussão altamente inútil. Não vou à festa, nem vou encher a cara.

– Bem, você só pode escolher uma das alternativas: ou não enche a cara ou não vai à festa. Não existe outra opção – disse Renato, que ficou olhando o amigo com um sorriso no rosto.

– Acho que não tenho escolha, então.

– Não mesmo. A Suzana te pega aqui amanhã pra ir à festa, né?

CAPÍTULO 9

A festa na Universidade da Guanabara seria dentro de algumas horas, mas Suzan estava desanimada. Não sabia o que sentia de verdade, só que alguma coisa dizia que ela não deveria ir, que a noite não seria tão boa como todos esperavam. Era algo estranho, uma sensação que raramente tinha, por isso tentava ignorá-la.

– Xuxu! – gritou Rebeca, ao entrar no quarto da irmã.

Sentada na cama, Suzan estremeceu, pois o grito só piorou o que estava sentindo. Rebeca ficou girando em frente a ela, levantando as pontas do vestido bege.

– E aí, Xuxu? O que acha? Estou bonita?

– Está linda, Beca.

– Você nem sabe o que aconteceu. Não consegui falar com você hoje o dia todo por causa da mamãe, que ficou atrás de mim tentando descobrir algo sobre a festa de ontem – disse Rebeca, sentando-se na cama ao lado de Suzan e alisando o vestido.

– O que foi?

– Ontem eu me declarei pro Caio.

Suzan tentou controlar a cara de espanto, mas não conseguiu. Encarou a irmã, que estava radiante.

– Sério? E como foi?

– Deu supercerto, Xuxu! Eu cheguei e falei que achava ele gatinho, que estava feliz por ele ter entrado no meu colégio e que vinha reparando nele há alguns dias.

– Direto assim? Você teve coragem?

– Eu estava decidida, não ia dar mole ou então outra garota podia roubá-lo de mim. Fiquei sabendo que várias meninas da escola estão de olho nele. Claro que não foi tão fácil como parece, mas, resumindo, foi mais ou menos isso o que falei.

– E ele?

– O Caio ficou meio atrapalhado na hora, mas disse que também gostava de mim. Nós ficamos ontem e ele combinou de ficarmos hoje de novo. – Rebeca sorriu.

– Que bom, Beca. – Suzan puxou a irmã para abraçá-la.

– Acho que você deveria fazer a mesma coisa com o Renato.

– Eu não sei...

– Ah, Xuxu, vira a página! Abre o jogo e vê o que ele diz. Se o cara não quiser nada, pelo menos você desencana e parte para outra.

– Que outra?

– Ah, isso você decide depois. Não precisa arrumar outro cara agora, né, é modo de falar. Sacou?

Rebeca saiu do quarto e Suzan ficou pensando no que ela falara. Contagiada pela alegria da irmã, a sensação ruim foi embora e ela soube exatamente o que deveria fazer.

*

Antônio encostou-se na porta da varanda e ficou observando Helena, que estava sentada, olhando a rua enquanto saboreava seu café forte e amargo. Ele respirou fundo e se aproximou. Precisava conversar com a esposa, mas atualmente Helena era uma montanha-russa de sentimentos.

– Querida, posso me juntar a você? – perguntou Antônio, já sentando-se ao lado dela. – Quero falar de ontem, pedir desculpas pelo meu estouro.

– Não foi nada – disse Helena, querendo falar justamente o oposto.

— Foi, sim, e sei que você está chateada. É que sua implicância com o Mateus precisa parar. Ele é um ótimo rapaz e amigo da nossa filha há anos.

— Não gosto que Suzan ande na companhia dele. Veja quem é o pai desse rapaz!

— Uma coisa é o pai dele, outra bem diferente é ele. Nós conhecemos o Mateus faz muito tempo, você já devia ter percebido que ele é uma ótima pessoa.

Helena ficou calada, bebericando o café. Antônio esperou que ela fizesse algum comentário, mas a esposa permaneceu em silêncio.

— Eu gosto muito do Mateus e adoraria que ele fosse namorado da Suzan.

Helena o olhou como se Antônio tivesse falado algo repugnante.

— Você só pode estar brincando!

— Não, estou falando sério. Venho observando o Mateus esses dias na construtora, ele tem feito um excelente trabalho. Não duvido de que vire o braço direito do Renato quando ele assumir o lugar do pai.

— E daí? Disso até chegar a nossa filha é um longo caminho.

Antônio ficou quieto, tentando pensar na melhor maneira de falar com Helena.

— Escute, a Suzan está sofrendo pelo Renato faz anos. É hora de virar a página, você não acha?

— Claro que não! O que falta é o Renato perceber que ela é a mulher certa para ele, e isso não vai demorar. Não pode demorar.

— Olha, eu acho que o Renato não gosta dela assim. Eles são amigos e nunca percebi um interesse maior dele em relação a Suzan. Já o Mateus...

Helena se levantou de uma vez, deixando o café entornar no chão da varanda.

— O que você quer dizer? Que esse marginalzinho gosta da nossa filha? Só em sonhos ele vai ficar com a Suzan.

– Helena, acorde, o Renato não gosta dela. O Mateus pode fazê-la feliz. E se a questão é ela ter um marido importante, eu coloco as minhas duas mãos no fogo que é o Mateus quem vai assumir a Construtora Torres nos próximos anos.

– Não quero ouvir mais essas besteiras – disse Helena, saindo da varanda antes que Antônio pudesse falar mais alguma coisa.

*

O Complexo Esportivo da Universidade da Guanabara ocupava uma ampla área do campus universitário, afastado poucos metros dos prédios principais. Era constituído de uma piscina olímpica, uma quadra de tênis, um campo de futebol e um ginásio para esportes coletivos.

A festa de boas-vindas aos alunos acontecia no sábado da segunda semana de aula e era realizada no gramado em volta da piscina, devidamente cercada, com a intenção de evitar uma invasão dos jovens mais exaltados pela bebida. Sob a tenda colocada ali ficava a pista de dança, ocupada por algumas pessoas que pulavam ao som da música alta.

Suzan e Mateus estavam encostados no bar improvisado, observando quem chegava, esperando por Renato.

– Vai beber o quê, gata? – perguntou o barman, encarando Suzan.

– Tem mate?

– Só cerveja ou refri.

– Um guaraná.

– Eu também quero um – pediu Mateus, recebendo um olhar gelado do barman, que se afastou. – Achei que ele ia me dar um soco.

Suzan começou a rir, e Mateus a acompanhou.

– E como você está?

– Bem, eu acho. – Ele ficou em silêncio.

– Quer falar de ontem?

– Não, ainda não. Hoje fiquei quase o dia todo no quarto ou pedalando pela orla. Não conversei direito com minha mãe, ainda.

– Não precisa se explicar. Pode conversar comigo quando quiser, e se quiser.

Mateus balançou a cabeça, sentindo-se bem com as palavras dela. Passados alguns instantes, o barman voltou com o guaraná, desta vez sem olhar direito para os dois. Mateus deu um gole na bebida e cerrou os olhos.

– Olha a sua amiga Paulinha ali, de cabelo verde.

Suzan viu Paula vindo em sua direção. Ela reparou que a amiga estava realmente com o cabelo verde, combinando com um vestido da mesma cor.

– E aí, galera? Tudo beleza? – Paula parou em frente aos dois.

– Adorei seu cabelo – disse Mateus.

– Isto é sarcasmo? – perguntou Paula, fechando a cara.

– Não, é sério. Não sei como você faz, mas fica natural.

– Já falei a mesma coisa, também não sei como ela faz, mas consegue realizar essas transformações no cabelo do dia para a noite – comentou Suzan.

– Obrigada, adoro saber que ocupo os seus pensamentos – disse Paula, encarando Mateus até ele se sentir um pouco desconfortável. – E também posso falar que adorei seu figurino, Enigmático. Você está uma coisa hoje.

– Enigmático? – Mateus franziu a testa. Paula se aproximou dele.

– E esse perfume, meu Deus? Hoje você está impossível, mais enigmático do que nunca.

– Hã?

Paula se encostou em Mateus e cheirou o pescoço dele, inspirando profundamente.

– Nossa, deixa eu ir ali recuperar o fôlego e já volto.

Paula saiu e Suzan deu uma gargalhada alta. Mateus balançou a cabeça e se virou para Suzan, que enxugava os olhos.

– Só mesmo a Paulinha para me fazer chorar de tanto rir.
– O que ela falou? Não entendi nada.
– Ah, Mateus, qual é? Ela estava claramente dando mole e você não sacou? – disse Suzan, tentando parar de rir.
– É, bem... Isso eu saquei. – Mateus estava um pouco sem graça. – Eu não entendi porque ela me chamou de Enigmático.
– Parece que é assim que as meninas te chamam.
– Sério? Desde quando?
– Não sei, ela me contou essa semana. A ala feminina da universidade te acha bastante enigmático.

Mateus pareceu um pouco confuso. Olhou em volta e, pela primeira vez, reparou que algumas meninas olhavam em sua direção.

– Eu não sou enigmático. Aliás, minha vida é tão simples, não tem nenhum enigma...
– Eu sei, mas eu te conheço. A Paulinha falou que é porque você é na sua, não conversa com ninguém. Aí, já viu, as garotas ficam doidas. – Suzan encarou o amigo e deu um gole no refrigerante. – Parece que tem muita menina por aí que te acha um gatinho e adoraria ficar com você.
– Não faço questão de ficar com nenhuma delas... – sussurrou Mateus. Ele ficou calado e Suzan arregalou os olhos.
– Quem é ela?
– Quem?
– A menina por quem você está apaixonado.

Mateus sentiu o sangue gelar e se engasgou com o guaraná.

– Não estou apaixonado por ninguém.
– Nem vem, você não me engana. Está na cara, você gosta de alguém. Vai, me conta quem é.
– Não é ninguém. E vamos mudar de assunto.
– Ah, não, eu quero falar sobre isso.
– Eu, não. Vamos falar de você e do Renato. Quando você me pegou em casa, disse que a noite hoje seria de decisões, mas não falou mais nada sobre o assunto.

Suzan ficou quieta, balançando a cabeça, como se estivesse decidindo se falava ou não o que tinha em mente.

– Sabe, eu conversei com a Beca e ela me incentivou a abrir o jogo com o Renato.

Mateus prendeu a respiração e sentiu o coração disparar. Um medo cresceu dentro dele.

– Você vai falar para o Renato que é a fim dele?

– Vou. Decidi, depois que a Beca fez a mesma coisa com o cara da escola dela. Deu certo para a minha irmã, pode dar para mim também.

– E se ele não for a fim de você?

– Eu penso nisso o tempo todo.

– E você não tem medo disso estragar a amizade?

Suzan ficou pensativa.

– Sim e não. É o meu maior medo, só que eu preciso sair da situação em que me encontro há anos, entendeu? Não aguento mais ficar sofrendo por ele.

– E se a amizade acabar?

– Não sei. Acho que podemos superar. Vai ser estranho no início, mas somos amigos há muito tempo, a amizade tem que falar mais alto. Ai, Mateus, eu não sei, não é algo fácil, mas preciso definir minha vida. Preciso saber. Foi difícil me decidir, mas acredito que seja o melhor a fazer. E, se ele não quiser, eu desisto de uma vez. – Ela deu de ombros.

Mateus concordou com a cabeça e olhou em direção à entrada do Complexo Esportivo. Ele se virou para Suzan.

– Desiste mesmo?

– Não sei. Não quero pensar que ele vai me rejeitar.

– Acho que você nem vai precisar se declarar.

– Do que você está falando?

Mateus indicou a entrada para Suzan, que se virou e sentiu o corpo gelar, como se o coração fosse parar de bater. Ela deu um passo para trás e sentiu Mateus a segurando, como se estivesse apoiando-a para não cair. Renato acabava de entrar na festa, mais bonito do que nunca. Só que ele não estava sozinho: ao seu lado vinha a loira da festa do Otavinho. Os dois estavam de mãos dadas e parecendo bastante íntimos, com a menina falando coisas no ouvido dele, fazendo-o rir. Mesmo de longe, dava para perceber que ele a olhava com admiração e que ela colocava seu corpo próximo ao dele, encostando a cabeça em seu ombro conforme andavam. Suzan queria sair correndo dali naquele instante, mas os dois vinham em sua direção.

CAPÍTULO 10

A sensação era de que tudo acontecia em câmera lenta. Talvez devido à falta de ar que sentia, Suzan tinha a impressão de estar vivendo um sonho. Ou um pesadelo.

Renato se aproximou sorrindo, sem esconder o orgulho em exibir sua acompanhante. Com algum esforço, Suzan conseguiu ficar em pé sem precisar que Mateus a segurasse.

– Fique calma – sussurou Mateus em seu ouvido, mas Suzan não sabia como. O que queria era sair correndo dali, mas antes que pensasse em qualquer meio de fazer isso Renato parou à sua frente.

– Vejo que trouxe o Mateus direitinho, Suzana – disse Renato, encarando-a. Suzan sorriu, ou talvez tenha tentado sorrir, naquele momento não conseguia se concentrar em nada. – Esta é a Tatiana. Minha namorada.

Renato deu ênfase à palavra namorada, como quem exibe um troféu ou prêmio conquistado, o que deixou Suzan com raiva.

– Acho que já vi vocês na universidade – comentou Tatiana, sendo simpática.

Suzan apenas balançou a cabeça, enquanto Mateus falava algo que ela não entendeu. A próxima coisa que ela percebeu foram os dois amigos se afastando.

– Já voltamos – disse Mateus olhando Suzan, que concordou com a cabeça sem saber direito o motivo. Ela e Tatiana ficaram se encarando, ambas um pouco sem graça.

– O Renato fala muito em vocês – disse Tatiana, quebrando o gelo.

– Somos muito amigos – balbuciou Suzan.

As duas voltaram a ficar caladas, e Suzan dava vários goles no guaraná em uma tentativa de se acalmar.

– Você pareceu um pouco espantada por eu estar com o Renato – disse Tatiana, de forma direta.

Suzan tentou esconder o susto, sem sucesso.

– É que ele não falou nada sobre você para mim, nem para o Mateus, e nós somos os melhores amigos dele. – Ela estava se sentindo desconfortável com aquela conversa.

– Ah – disse Tatiana, sem muita convicção. – Bem, eu estou gostando dele. O Renato é um fofo e percebi o quanto a amizade de vocês é importante para ele, então espero que possamos ser amigas. – Ela sorriu, e Suzan sentiu seu estômago embrulhar.

– É... Bem, com licença.

Suzan saiu dali e seguiu a direção em que Mateus e Renato foram. Não conseguia mais ficar perto de Tatiana. Seu coração estava apertado, sangrando, a cabeça rodava e a respiração falhava. Ela precisava pensar, mas não conseguia.

*

Mateus e Renato pararam atrás de algumas árvores do outro lado da piscina, afastados da festa. O barulho da música ali não era muito alto e apenas um casal passou por eles, procurando lugares mais escuros e desertos.

– De onde saiu isso? – perguntou Mateus.

– Saiu o quê?

– Seu namoro.

– Ah! – Renato sorriu e enfiou as mãos nos bolsos da frente da calça. – Bem, esta semana, depois da festa do Otavinho, eu encontrei a Tatiana algumas vezes na universidade, aí uma coisa levou à outra. Ela é muito gata e combina comigo, então pensei: por que não?

– Achei que você não queria uma namorada.

– Não queria, mas aconteceu. Acho que pode dar certo, e ontem à noite saímos juntos com a galera da praia, antes de eu ir para a sua casa. – Renato deu de ombros. – O que está acontecendo? Qual o problema de eu namorar?

– Nenhum. – Mateus ficou calado, pensando no que dizer. – Só achei que a sua próxima namorada seria a Suzan.

– A Suzana? – Renato arregalou os olhos, espantado, e deu uma gargalhada. – Cara, tá maluco? A Suzana é minha amiga.

– Talvez pudesse dar certo.

– Imagina, ela é como uma irmã para mim. Eu adoro a Suzana e jamais conseguiria ter alguma coisa com ela.

Mateus balançou a cabeça e deu um longo suspiro. Renato se aproximou, espremendo os olhos.

– Qual o problema?

– Nenhum.

– Sério, Mateus, o que tá pegando?

– Nada. Só achei que vocês dois podiam dar certo.

– Que delírio. Nada a ver, cara. – Renato sorriu. – Estou feliz com a Tatiana. No momento, estou curtindo. Agora, que tal a gente voltar pra festa?

*

A intenção não era escutar a conversa dos dois, mas conforme se aproximava dos amigos, Suzan percebeu seu nome sendo pronunciado e ficou mais atenta. Ela parou atrás de uma das árvores a tempo de ouvir o que sempre temeu vindo da boca de Renato. "A Suzana é minha amiga", "ela é como uma irmã para mim", "jamais conseguiria ter alguma coisa com ela." Aquilo não podia ser verdade e ela quis gritar, mas a voz falhou. Foi como se o chão tivesse sumido sob seus pés e o ar tirado de seus pulmões.

Apoiou-se na árvore e tentou recuperar o controle sobre seu corpo, mas parecia impossível. A dor era tão grande e insuportável que Suzan achou que não aguentaria. Seu peito doía e a cabeça latejava. Não conseguiu escutar mais nada do que Renato falava, nem o que Mateus dizia, havia apenas um zumbido em seu ouvido enquanto tentava se acalmar. Ficou parada alguns instantes, que ela não soube dizer depois se foram segundos ou minutos. A vontade era de sumir, gritar, deixar de existir, fazer alguma coisa, pois parecia que sua vida não tinha mais sentido algum, mas nada em seu corpo obedecia ao cérebro.

Sem saber o que fazer, voltou desnorteada para a festa, antes que os dois a vissem ali.

*

A música não era uma das suas preferidas, muito pelo contrário, mas Tatiana queria exibir Renato na frente das amigas, então o puxou assim mesmo para a pista de dança. Ele não ofereceu resistência e ela pensou que também queria exibi-la, o que a divertiu.

– Espero que seus amigos tenham gostado de mim – disse Tatiana, junto ao ouvido de Renato.

– Eles vão gostar.

– Principalmente a Suzan. Quero ser amiga dela – comentou Tatiana, com sinceridade.

Como qualquer mulher apaixonada pelo namorado e atenta a tudo o que acontece com ele, Tatiana havia percebido que Suzan gostava de Renato, mas esperava que o mal-estar entre as duas acabasse e elas pudessem se dar bem. Queria que o namoro desse certo, o que não conseguiria se não se tornasse amiga dos amigos dele.

– Ela vai te adorar. A Suzana é uma ótima pessoa.

– Assim espero – disse Tatiana, sorrindo.

*

Mateus andou muito tempo entre as pessoas tentando encontrar Suzan, e estava quase desistindo quando a viu sentada junto a uma mesa cheia de copos. Ele se aproximou bem quando ela entornava o conteúdo de um deles.

– O que você está fazendo?

– Enchendo a cara – disse Suzan, pegando outro copo. Mateus segurou seu braço antes que ela pudesse beber.

– Enchendo a cara? Pensei que você detestasse bebida alcoólica.

– Só consegui beber dois copos. Mas tem dias em que só o álcool serve.

– O que aconteceu?

Suzan o encarou e ele sentiu o coração fraquejar. Os olhos dela estavam vermelhos e cheios de lágrimas.

– Eu escutei a conversa de vocês.

Ela não precisou explicar, Mateus sabia exatamente a que conversa ela se referia. Ele olhou em volta e não viu ninguém conhecido.

– Vamos sair daqui, não vou te deixar ficar bêbada na frente da universidade inteira – disse ele, já puxando Suzan e se afastando do Complexo Esportivo.

– Eu não quero ir para casa. Não tenho condições de ir para lá agora – disse Suzan, tentando, sem sucesso, controlar o choro e as pernas, que não se mantinham firmes no chão.

– Não vou te levar para a sua casa.

*

Pela primeira vez, Suzan percebeu o quanto o quarto de Mateus era acolhedor. Ela ficou receosa quando soube aonde ele a levaria, mas o amigo explicou várias vezes que Eulália não se importaria e entenderia. E foi o que aconteceu.

Assim que entraram no apartamento, Eulália os recebeu com um sorriso no rosto e deixou Suzan o mais confortável possível. Mateus disse que ela não estava bem para ir para casa e perguntou se havia problema de ela dormir lá. Eulália se mostrou receptiva, não fez nenhuma pergunta, e Suzan ficou pensando se fosse o contrário, se ela chegasse em casa com alguém e dissesse aquilo. Sua mãe iria enlouquecer na mesma hora e fazer uma cena histérica, exigindo saber tudo o que estava acontecendo.

Assim, deitada na cama de Mateus com ele ao lado, as mãos dos dois entrelaçadas, ela só pensava na paz que sentia naquele momento, apesar da tontura por causa da bebida. Sua cabeça doía, mas ela não se importava. O problema era o coração que estava despedaçado.

– Sabe aquela sensação de se sentir especial? – perguntou Suzan, quebrando o silêncio do quarto

– Não sei se consigo entender – disse Mateus, acariciando a mão dela.

– Eu acho que todo mundo tem essa sensação, de que sua vida é especial. De que você está aqui por algum motivo e de que tudo na sua vida vai dar certo.

Mateus deu uma risada irônica.

– Acho que não sou a melhor pessoa para falar sobre isso. Talvez antes eu pensasse assim, mas agora... Não acho que minha vida tenha algo de especial.

– Não é bem a vida, é a pessoa. Sei lá. Também não me sinto assim, não mais. Antes, eu achava que seria feliz, que era alguém especial.

– Você é especial. – Ele a encarou e Suzan sentiu um arrepio percorrer seu corpo. – Você vai ser muito feliz porque é especial. Nunca duvide disso.

Os dois ficaram se olhando por um longo tempo e Suzan notou o quanto ele estava bonito, com o cabelo preto caindo sobre a testa. Seus olhos estavam diferentes, não mais tristes. Talvez um pouco enigmáticos, como Paula falava, e ela sentiu uma forte atração por Mateus naquele momento, uma vontade de encostar em seu peito e se aninhar em seus braços, sentindo o calor do corpo dele. Era como se tudo tivesse parado ao redor e só existissem os dois no mundo. Seu coração começou a bater forte e ela prendeu a respiração, percebendo que eles iriam se beijar. De repente, Mateus se levantou e saiu da cama.

– Bem, vou deixar você dormir. – Ele parou na porta, segurando a maçaneta por alguns segundos. Depois, lentamente, se virou para Suzan. – Sabe, sempre achei você a garota mais legal que já conheci. Talvez você não esteja feliz agora, mas um dia vai ser.

Suzan sorriu enquanto Mateus fechava a porta. Ele foi para a sala e ficou andando em círculos. Estava nervoso e passava as mãos pelo cabelo repetidas vezes. Sem conseguir se controlar, foi até a cozinha e pegou um copo de água gelada.

– Meu Deus! – exclamou, se lembrando do que acontecera há poucos momentos. Ele quase beijara Suzan. Quase. Sabia que não acontecera nada por causa dele, porque ele recuara. O que mais queria era beijá-la, mas não daquele jeito, não porque ela estava chateada com Renato ou um pouco alterada pela bebida e precisava de consolo. Queria beijar Suzan quando ela realmente quisesse, porque era o que ela sentia, e não por causa de um coração magoado.

No quarto, Suzan estava sentada na cama abraçada a um travesseiro, tentando entender o que acontecera.

– Nós quase nos beijamos... – sussurrou, e por um momento soube que não tinha problema algum com aquilo. Ela queria ter beijado Mateus, mas estava confusa se era por causa de Renato ou por causa do momento mágico que os dois tiveram. Não podia negar, havia um clima de romance ali e ela se sentiu atraída pelo amigo. Ou pelas palavras dele.

Suzan voltou a se deitar e apertou o travesseiro. Não conseguiria dormir tão cedo e pensou em ir atrás de Mateus, mas na mesma hora soube que seria um erro. Primeiro, precisava organizar os pensamentos e decidir o que seu coração estava falando e o que, afinal, ele queria.

CAPÍTULO 11

Ao abrir os olhos, Suzan se sentiu um pouco confusa, sem saber onde estava. Piscou várias vezes até reconhecer o quarto de Mateus e depois fechou os olhos. Então, veio tudo como uma avalanche: a conversa entre Renato e Mateus, sua dor ao perceber que Renato jamais passaria de um amigo, a existência de Tatiana na vida dele e depois o clima que rolou com Mateus antes de ela pegar no sono na cama dele.

Ela abriu novamente os olhos, desta vez devagar, sentindo a cabeça doer um pouco. Não havia bebido muito, mas, como não estava acostumada, os dois copos de cerveja foram suficientes. Agradeceu por Mateus tê-la impedido de ficar bêbada.

Com relutância, levantou-se e foi até a porta, abrindo-a com cuidado. Escutou vozes ao longe, do amigo e de Eulália, vindas da cozinha. Respirou fundo e foi até eles.

Bom dia — disse, um pouco sem graça.

– Oi, sente-se e tome café.

Mateus se levantou e puxou uma cadeira para Suzan. Ela sorriu, em agradecimento, e olhou para Eulália.

– Dormiu bem?

– Sim, tia. Mas... Meus pais, preciso avisá-los.

– Não se preocupe, já falei com sua mãe.

Suzan prendeu a respiração e sentiu o medo invadir seu corpo. O que sua mãe estaria pensando?

– Ela deve estar uma fera.

— Não, inventei que você trouxe o Mateus, que havia bebido um pouco além da conta, e acabou ficando por aqui para me ajudar.

Suzan olhou para o amigo, que deu um sorriso com o canto da boca.

— Desculpe – disse ela.

— Sem problemas. Sua mãe não vai me odiar nem mais, nem menos por isso.

— Ela não te odeia.

— Também não morre de amores por mim. – Ele deu de ombros e se levantou. – Estou indo para a praia andar de bicicleta. Vamos?

— Não, pode ir. Vou tomar café e depois vou para casa.

Mateus se aproximou de Suzan e deu um beijo demorado em sua testa.

— Fique bem, viu? – sussurrou e saiu da cozinha.

Eulália observou toda a cena quieta e depois se aproximou de Suzan.

— Quer que eu faça um misto-quente para você?

— Não, estou sem fome. – Suzan serviu um pouco de café. – Tia, posso perguntar uma coisa?

— Claro, querida.

Eulália se sentou à sua frente. Suzan olhou para ela durante um tempo e depois suspirou, enquanto mexia a xícara de café entre as mãos.

— Como se faz para esquecer alguém? Alguém de quem se gosta muito.

— Hum, boa pergunta. Acho que quem descobrir esse segredo vai ficar rico.

Elas riram, e Eulália ficou feliz por ter conseguido descontrair o ambiente.

— Amar é ruim demais.

— Não, não é. Quando é recíproco, é muito bom.

– Mas nunca é recíproco. Sempre quem a gente gosta não gosta da gente.

– Bem, isso acontece com frequência, mas é porque aquela pessoa não é a certa para nós.

– Eu só queria que a dor passasse.

– Acredito que a famosa dica pode valer no seu caso: para curar um grande amor, só um outro maior ainda.

– No momento, não consigo me ver gostando de alguém além do Renato.

Eulália a fez soltar a xícara e segurou suas mãos com ternura. Ela sabia que Mateus não iria gostar do que estava prestes a falar, mas era hora de tentar acabar com o sofrimento do filho e com o de Suzan.

– Você vai encontrar. No momento, está sofrendo por alguém que vê você apenas como uma amiga, mas, se abrir os olhos e tentar enxergar o que acontece à sua volta, vai ver que não é a única a passar por essa situação.

– Não entendi – disse Suzan, franzindo a sobrancelha.

– Olhe, você não é a única apaixonada por um amigo. Existe mais alguém passando por isso. Meu filho também está passando pela mesma situação e a amiga dele não consegue enxergar.

Suzan continuou com a sobrancelha franzida, sem entender o que Eulália falava. Aos poucos, lembrou-se do jeito como Mateus ficou na festa, quando ela insinuou que ele gostava de alguém, e depois do clima entre os dois no quarto. Abriu a boca, espantada, e começou a ter uma vaga ideia do que poderia ser a conversa.

– Você está dizendo que o Mateus... O Mateus gosta de mim?

– Você nunca percebeu?

– Não! Eu nunca notei nada. Sempre achei que ele gostasse de mim como amiga.

– O Renato também acha isso de você.

– Meu Deus! – Suzan se levantou, confusa, aturdida. Agora, muita coisa fazia sentido. – Nossa, tadinho do Mateus. Ele está passando pelo mesmo que eu, e a idiota aqui nunca reparou nada, fico sempre alugando o ouvido dele para falar do Renato.

– Antes de tudo, ele realmente é seu amigo.

– Sim, eu sei, mas que barra! – Suzan andou de um lado para o outro na cozinha, tentando organizar os pensamentos. Depois de alguns segundos, ela se sentou novamente e segurou as mãos de Eulália. – O que eu faço? Não quero que ele sofra.

– Bom, o que acha de tentar dar uma chance a ele?

– Uma chance? Quer dizer, namorar o Mateus?

– Quem sabe? Não era essa a atitude que você queria que o Renato tomasse?

– Eu não sei. – Ela balançou a cabeça, pensando no clima entre eles e no quanto quis beijá-lo na noite anterior. – Não sei mesmo... E se a amizade acabar?

– Você não precisa decidir agora, só pense no assunto. Tenho certeza de que, se você der uma chance, ele vai fazer de você a pessoa mais feliz do mundo. Não é porque é meu filho, mas o Mateus sabe como tratar uma garota. Ainda mais uma tão especial como você.

Suzan sorriu ao pensar no que Eulália falou. Ela queria muito se sentir especial; mais do que tudo, naquele momento, ela precisava disso. E percebeu que jamais havia se sentido assim, jamais algum garoto a havia tratado de forma especial.

*

Domingo era o dia oficial da praia, na opinião de Renato. Não que os outros dias não o fossem, afinal, ele pegava onda praticamente a semana toda, mas domingo era sagrado: precisava sentir a areia sob os pés, o vento despenteando o cabelo loiro escuro e a água gelada do mar em sua pele.

Era no que pensava quando chegou à sala e encontrou os pais, cada um em um sofá diferente. O pai lia o jornal, provavelmente o caderno de economia, e a mãe assistia a um programa de ginástica ou alguma coisa saudável que passava na tevê.

– Já vai surfar? – perguntou Rogério, olhando a prancha que o filho levava e descansando o jornal no colo.

– Sim, vou pegar umas ondas – comentou Renato, dando um beijo na mãe, que estava concentrada na televisão.

– Você passou protetor solar, querido?

– Passei, mãe. – Renato riu das preocupações da mãe. Achava besteira se lambuzar de um creme que iria sair na água em algum momento, já que ele ficava horas no meio do mar, sentado na prancha, mas fazia isso porque Loreana insistia, dizendo que o sol é implacável com a pele.

– Você volta que horas?

– Não sei, pai, vai depender das ondas.

– Pensei em almoçarmos todos juntos por aqui mesmo, em casa. São quase onze horas, que tal umas duas e meia?

– Beleza, estarei aqui nesse horário. – Renato ficou parado, hesitante. Trocou a prancha de surfe de mão. – Talvez eu traga uma pessoa para almoçar.

– Oh, que lindinho, uma namoradinha nova? – perguntou Loreana, tirando pela primeira vez os olhos da tevê.

– É, pode se dizer que sim.

– É aquela sua amiga, a Suzan?

– Não. – Renato franziu a testa. – Por que todo mundo fala como se a gente fosse namorar? Nada a ver, pai, é uma garota da faculdade, mas não a Suzana.

– Mal posso esperar para conhecê-la – disse Rogério, sarcástico, mas ninguém percebeu.

Durante a adolescência, Renato só tivera uma namorada, e Rogério não se esquecia das futilidades e besteiras que a menina falava o tempo todo. Ele tinha noção de que sua mulher não era um primor de inteligência, mas ela sabia quando ficar de boca fechada, ao contrário da menina com quem o filho namorou durante alguns meses.

Renato acenou e já ia sair quando se lembrou de algo.

– Ah, esqueci de contar. O pai do Mateus foi libertado na sexta.

– Ele saiu da prisão? – Loreana voltou a olhar para o filho.

– Sim. Saiu por bom comportamento ou porque a prisão estava cheia, não entendi direito.

– E como o Mateus está? – perguntou Rogério.

– Péssimo.

– Oh, pobrezinho. Chame-o para vir aqui se distrair – disse Loreana.

– Vou chamar. – Renato saiu, deixando os pais sozinhos.

– O Mateus é um bom menino, nem imagino o que deve estar sofrendo – comentou Rogério, mais para ele mesmo, enquanto voltava a ler o jornal.

– Sim, coitadinho, não merece o pai que tem – disse Loreana, assustando o marido, que não percebeu que ela prestara atenção em sua observação.

*

O caminho até em casa podia ser feito em menos de meia hora, mas, devido ao fluxo de pessoas indo para a praia, Suzan gastou mais tempo do que o de costume. Ela não se importou, aproveitou o momento sozinha no carro para pensar na conversa com Eulália.

O que mais queria era alguém que gostasse dela, se sentir amada. Seu desejo era de que a pessoa que estivesse ao seu lado fosse Renato, o que não aconteceria, e agora precisava se acostumar com a nova realidade, por mais difícil que fosse.

O *pendrive* de Rebeca, que estava conectado ao rádio do carro, tocava "Story of My Life", do One Direction, e ela se lembrou do quanto a irmã gostava daquela música. Até então, Suzan nunca havia prestado muita atenção à letra. E percebeu que não poderia ser mais apropriada ao que estava sentindo. A história de um cara que era abandonado por seu grande amor, que não sentia o mesmo que ele. A sensação de estar com o coração despedaçado, vazio, de ter desperdiçado seu tempo por uma paixão que não era recíproca, era perfeiramente adequada. Precisava esquecer Renato e essa, agora, era sua prioridade.

E começou a pensar em Mateus. Nunca havia imaginado o amigo como seu namorado, alguém a quem pudesse amar. Ela o amava, mas não como homem. Isso poderia mudar? Ela sentiu que sim. Após a conversa dos dois na noite anterior, o clima que surgiu e a vontade de beijá-lo, Suzan sabia que era possível. Mateus poderia fazê-la feliz, e o fato de nunca ter passado por sua cabeça namorá-lo não era empecilho. Amava Renato, mas ele não a amava e, agora, descobria que Mateus, sim. Mais do que ninguém, ela sabia o quanto era doloroso esse sentimento de amor não correspondido por alguém que estava presente em sua vida praticamente todos os dias. Por que não lhe dar uma chance? Afinal, era isso que ela queria de Renato e não conseguira.

Ficou com raiva de si mesma por não ter desconfiado antes, mas seus olhos estavam sempre voltados para Renato e não conseguia ver o que acontecia à sua volta. Quando será que Mateus começara a gostar dela? Ele tivera uma namorada alguns anos atrás, e ela sabia que o amigo era apaixonado pela menina, porque sofreu quando o namoro terminou. Suzan o consolou durante dias, até ele ficar melhor. Então, só podia ter sido depois. Mas quando?

A primeira coisa que Suzan notou quando entrou no apartamento foi o silêncio. Fechou os olhos e agradeceu por não ter ninguém em casa, mas logo foi surpreendida por sua mãe, que apareceu na sala.

– Não acredito que você passou a noite na casa daquele marginalzinho.

– Mãe, pelo amor de Deus, chega! – gritou Suzan indo em direção ao seu quarto com Helena atrás.

– Já falei que não quero você enfurnada lá. Ainda mais agora, além de marginal, é um bêbado alcoólatra.

– Ele não é nem bêbado, nem alcoólatra. Muito menos um marginal.

– Bom, filho de marginal, marginal é.

Suzan respirou fundo, soltando o ar lentamente, em uma tentativa clara de se acalmar. Ela se sentou na cama e puxou Helena para se sentar ao seu lado.

– Mãe, o Mateus é uma boa pessoa. Ele é trabalhador, estudioso e responsável. Como você pode não enxergar as qualidades dele? Ele não é marginal, nem alcoólatra. E não foi ele quem passou mal ontem, fui eu.

– O quê?

– O Renato apareceu na festa com uma garota, a mesma com quem ele ficou na casa do Otavinho. Eles estão namorando. Eu perdi a cabeça, comecei a beber, e o Mateus me impediu de ficar bêbada. Só que eu não estava em condições de vir para cá, para um interrogatório seu sobre o Renato ou coisa parecida, e ele me ajudou. Como não queria vir para cá, o Mateus me levou para a casa dele.

– Mas, mas...

Helena tentou assimilar o que a filha ia falando, mas era muita informação ao mesmo tempo. Suzan a encarou, sentindo um aperto dentro do peito. Não havia planejado conversar com a mãe a respeito da noite anterior naquele momento, mas era melhor contar o que ouviu de Renato de uma vez. Seu desejo sempre fora o de ter um relacionamento normal com Helena, trocando confissões e ouvindo os conselhos razoáveis da mãe, e esperava que a decisão de se abrir sobre os problemas de seu coração ajudasse a aproximar as duas.

– Eu estava péssima ontem, muito triste e chateada. E sabe o motivo? Porque descobri que o Renato não gosta de mim. Quer dizer, gosta, mas como amiga, e só. Ontem, tive a certeza de que jamais ficaremos juntos. Eu escutei ele falar isso para o Mateus, ele disse que gosta de mim como uma amiga, uma irmã, e que nunca pensou em mim de outro jeito.

– Não, não, não é verdade. Você é bonita, é atraente, vamos dar um jeito de ele notar você – disse Helena, transtornada, acariciando o cabelo preto da filha.

– Não, mãe, chega. Eu cansei, sabe. Estou cansada de lutar pelo amor do Renato e só sofrer.

– Mas, querida... Espere mais um pouco, ele pode mudar de ideia – disse Helena.

– Depois do que ouvi ontem, eu duvido muito. – Helena se levantou e andou de um lado pro outro no quarto. Suzan suspirou. – Mãe, é difícil, mas infelizmente temos de aceitar. Eu ainda não aceitei totalmente, claro, ainda dói só de pensar em parar de gostar dele. Mas eu não tenho escolha.

– Ele pode mudar de ideia. As coisas mudam do dia para a noite. – Helena ia falar mais alguma coisa, mas desistiu.

– Você acredita mesmo nisso?

Helena não respondeu de imediato. Ela se aproximou de Suzan, voltando a se sentar ao seu lado, e segurou suas mãos.

– Há um tempo atrás eu precisei tomar uma decisão séria, que afetou toda a minha vida. Eu poderia ter me decidido de outro modo, mas na época não pensei muito e segui minha cabeça, em vez do coração e dos conselhos da minha mãe. Fui por um caminho e, até hoje, penso no que aconteceria se eu tivesse escutado o que minha mãe me disse.

– Não estou entendendo nada.

Suzan percebeu a hesitação de Helena, que tentava se decidir se contava ou não o que a afligia. Nunca havia visto a mãe daquele jeito, mas aquela situação de extrema intimidade e confissões não era algo normal em suas vidas.

– Antes de começar a namorar seu pai, eu fui noiva de um outro rapaz, o Paulo. Eu era louca por ele, que vinha de uma família influente como a do Renato. O pai dele era um juiz respeitado. Mas, uma noite, o Paulo bebeu demais, saiu de carro e provocou um acidente. Um garoto, que estava de carona em outro veículo, faleceu, mas a influência da família do Paulo não foi suficiente para abafar o escândalo, porque o pai do menino que morreu era um advogado criminalista famoso. Você pode imaginar o que aconteceu. – Helena parou um pouco para tomar ar e Suzan ficou quieta. Era um momento tenso e íntimo e ela não queria estragá-lo, até porque não sabia o que falar naquela situação. Qualquer palavra poderia perturbar mais ainda a mãe. – A imprensa cercou todo mundo, foi um falatório. Eu devia ter apoiado meu noivo, mas era muito nova, um ano mais nova que você, e senti a pressão dos acontecimentos. Terminei o noivado, embora minha mãe tivesse me aconselhado a não fazer isso. Ela queria que eu esperasse o julgamento, mas eu não aguentei. Fiquei devastada e fui me consolar nos braços do seu pai. O julgamento demorou um pouco, mas chegou, e não sei como o pai dele conseguiu, mas Paulo acabou absolvido. Foi uma bagunça, todos caindo em cima dele, da família. – Helena ficou com o olhar perdido, se remoendo em suas lembranças. Depois de um tempo, ela balançou a cabeça e encarou a filha. – Enfim, isso tudo não vem ao caso, o que estou tentando falar é que eu poderia ter esperado e até hoje me pergunto como minha vida estaria se tivesse feito isso.

– Mãe, não pense assim. Veja sua família, o que você conseguiu! Você não ama o papai?

– Sim, amo, mas é diferente. Eu era louca pelo Paulo, assim como você é pelo Renato. É o que estou tentando explicar, você deve esperar por ele. Deve fazer o que eu não fiz.

– E eu vou esperar eternamente? – perguntou Suzan, um pouco alterada pela emoção do momento e pela decepção das palavras de Renato na noite anterior.

– Não, ele vai notar você. Em breve ele vai perceber que você é a mulher ideal para estar ao lado dele.

– E se isso nunca acontecer? Mãe, já parou para pensar que não era para você ficar com esse Paulo? Que era para ficar com o papai? Quem garante que sua vida seria melhor com ele?

– Eu não sei, e nunca vou saber. Mas você pode esperar. Pode ser feliz. Você não vai desistir dele, eu não vou deixar – disse Helena, alto.

Suzan sentiu o sangue ferver por causa da ordem de Helena, enquanto as palavras de Renato voltavam a sua cabeça em um turbilhão de lembranças.

– Ninguém vai me obrigar a esperar por ele. Chega, mãe, eu já esperei demais, você não percebe isso? Estou cansada de sofrer, chorar e sentir essa tristeza imensa dentro do peito. Ontem descobri que ele não me ama, mas também descobri que outra pessoa me ama.

– Quem? – perguntou Helena, reticente.

– O Mateus – respondeu Suzan, em tom de desafio.

– Ah, era só o que faltava. – Ela se levantou e começou a andar novamente pelo quarto. – Você não vai trocar um menino de ouro como o Renato pelo marginal do Mateus.

– Chega, mãe! Já falei, não o chame de marginal. É engraçado você ficar aí se lembrando do tal Paulo, pensando que sua vida poderia ter sido melhor com ele, enquanto chama o Mateus de marginal. Pelo menos ele não matou ninguém.

Helena a olhou, espantada e chocada pelas palavras da filha.

– Não o compare ao Paulo.

– Não estou comparando, nem conheço esse Paulo. Mas é uma ironia, não acha? Você diz para eu esperar pelo Renato. Quem disse que eu vou ser feliz com ele? Quem disse que um dia ele vai me querer? Já pensou que o Mateus pode ser o que o papai foi para você? Ele é uma excelente pessoa e, enquanto vinha pra cá, pensei seriamente em dar uma chance a ele.

– Nem pense nisso!

– Penso, sim, mãe. Chega de sofrer, de tentar fazer o Renato reparar em mim, o que nunca vai acontecer. Não aguento mais ver o Renato com outra e nunca comigo. Vamos encarar a verdade, ele realmente não gosta de mim. Já o Mateus... ele gosta de mim, mãe, de verdade. E posso ser feliz, ele pode me fazer feliz. Eu quero me sentir especial. Por que você não consegue ver isso, mãe? Eu não aguento mais – disse Suzan, agora um pouco mais baixo. Ela suspirou forte e escondeu o rosto entre as mãos.

Helena parou de andar pelo quarto e ficou olhando a filha, até uma lágrima descer pelo seu rosto. Apesar de tudo, não queria ver Suzan sofrendo.

– Que futuro esse menino pode dar a você, minha filha?

– O passado do pai não vai atrapalhar o futuro dele, o Mateus é o primeiro da turma e faz estágio na empresa do pai do Renato. E, sinceramente, mãe, acho que ele tem mais chances de assumir aquilo tudo lá do que o Renato.

– Será? – Helena se lembrou de que Antônio dissera a mesma coisa no dia anterior e começou a pensar na possibilidade.

– Honestamente? Pouco me interessa. Eu não preciso de homem para me sustentar, você sabe. Sou independente e pretendo ser assim, quero abrir a minha agência de viagens para trabalhar e ter a minha vida. O que preciso de verdade é de alguém que me ame, que faça eu me sentir especial. É o que preciso e acho que ele pode fazer isso tudo por mim. Você nunca quis se sentir especial, mãe? Você nunca se sentiu especial?

Helena a olhou, um pouco perdida. Entendia o que Suzan queria, mas não conseguia avaliar direito o que a decisão da filha poderia causar. Talvez seus planos de um casamento com Renato tivessem fracassado, mas desejava que ela fosse feliz, afinal, ela era sua mãe e queria o melhor para a filha. Perdida e sem saber o que dizer e o que pensar sobre aquela conversa, Helena abraçou Suzan.

CAPÍTULO 12

O QUE PASSAVA PELA CABEÇA DE HELENA era que ela estava vivendo um pesadelo. Como seus planos para Suzan podiam ter dado errado da noite para o dia? Como Renato pôde arrumar uma namorada? Ele não podia ter feito isso, o destino dele era ao lado de sua filha. Por que ele não gostava dela? Por que nem sempre a vida caminha para o rumo que queremos?

Sentada em uma cadeira na varanda, Helena pensou em Suzan namorando Mateus. Nunca fora com a cara do menino, e agora teria de vê-lo como parte da família. Como uma noite pode mudar radicalmente um sonho? Suzan e Renato eram perfeitos um para o outro; já Mateus não se encaixava no cenário. Ou se encaixava? Ela se lembrou das palavras de Suzan, que queria ser feliz ao lado de alguém que gostasse dela, e da comparação que fez com Antônio. Não se arrependia de ter se casado com ele. Apesar dos altos e baixos, eles se davam bem e ela se alegrava pela família que formaram. Será que Mateus poderia ser para Suzan o que seu marido era em sua vida?

– Você está pensativa – disse Antônio, sentando-se ao lado da mulher. Helena virou-se como se ele fosse uma assombração.

– Estou mesmo. Minha cabeça parece que vai explodir.
– O que foi?
– Você conversou com Suzan depois que ela chegou?
– Não. – Antônio franziu a testa. – Por quê?

— Ela me falou um monte de coisas que agora estão martelando na minha mente. Você sabia que o Renato está namorando uma menina?

— Não, como eu iria saber? Esse não é o tipo de assunto que o Rogério discute comigo, oras.

— Imagino que não. Ontem, na festa, ele apareceu com uma namorada nova, e pelo que a Suzan disse não existem mais chances de os dois ficarem juntos. Ela escutou uma conversa dele com Mateus.

Antônio quis corrigir a mulher e dizer que nunca houve uma chance de a filha namorar Renato, mas preferiu ficar quieto porque percebeu que o assunto era sério. Pelo menos para Helena.

— Que conversa?

— O Renato disse algo sobre não gostar da Suzan, não como namorada, e que nunca vai ficar com a nossa filha ou algo parecido, se entendi bem. Por isso ela dormiu na casa do Mateus, porque estava triste e abalada.

— Coitada.

— Sim, mas o pior não é isso – disse Helena, aumentando o tom de voz. – O pior é que aparentemente ela descobriu que o Mateus é apaixonado por ela. Você estava certo.

— Sério? – Antônio levantou uma sobrancelha. – Que ótima notícia, o Mateus é um bom menino.

Helena arregalou os olhos para o marido e recuou um pouco o corpo.

— Ótima notícia? Você está maluco? Isso vai contra tudo o que eu sempre sonhei para a nossa filha!

Antônio suspirou longamente e fechou os olhos por alguns segundos. Depois, segurou uma das mãos de Helena e falou com calma.

— Você já parou para pensar que o Renato não é o futuro da Suzan? Que nada garante que ele fosse fazê-la feliz se os dois ficassem juntos? E, afinal, quem tem de conduzir a vida da Suzan é ela, e não nós.

Helena ia falar algo, mas desistiu. Pressionou a têmpora com a mão que estava livre. As conversas com Antônio no dia anterior e com Suzan naquela manhã estavam frescas em sua cabeça. Era algo difícil de aceitar, que sua família não iria se misturar à família Torres. A repetição na vida da filha de algo similar ao seu passado, quando largou Paulo e ficou com Antônio, ainda não estava totalmente clara em sua cabeça. Não queria mais se sentir assim, impondo sua vontade para Suzan, mas era algo mais forte do que ela. Talvez a decisão de ter largado o noivo em vez de esperar o julgamento, quando ele foi absolvido, ainda a rondasse como um fantasma e a fizesse tomar atitudes e ter pensamentos como aqueles. Ela queria ser uma boa mãe, ser amiga de suas filhas, confidente. Queria aceitar o que o destino reservasse para elas, mas sua vontade própria ainda se impunha acima de tudo.

– Eu sei, eu sei. Mas é que foram anos pensando nisso. E o Mateus... Meu Deus, eu nunca gostei desse menino.

– Não sei por que você implica com o Mateus. Ele é um ótimo rapaz, responsável, estudioso e trabalhador, teve uma ótima criação, apesar do problema do pai. Não tenho nada contra ele e Suzan se entenderem. Melhor do que ver nossa filha triste pelos cantos da casa.

As palavras de Antônio traduziam o que vinha atormentando os pensamentos de Helena. Desde a conversa com a filha, ela tentava pensar em Suzan sem Renato ao seu lado. Era penoso imaginar que o rumo da vida de Suzan não seria como planejara, mas ela não queria ver a filha triste. Amava-a mais do que tudo e desejava de verdade que fosse feliz. Balançou a cabeça, concordando.

– A Suzan me disse mais ou menos a mesma coisa. Senti tanta pena dela, Antônio, muita pena da nossa filha. Sei que às vezes sou dura com ela e com a Rebeca, que cobro muito das duas e que planejo o futuro delas como se tudo dependesse da minha vontade. Mas eu sou a mãe delas, quero que sejam felizes e tenham uma vida boa, não é pecado desejar isso. E ela realmente anda triste por causa do Renato. Pode não parecer, mas a tristeza dela me afeta. Sabe o que ela me disse? Que a única coisa que quer é se sentir feliz e especial. Só que eu não consigo ver o Mateus alegrando a vida da nossa filha.

– Dê uma chance ao rapaz. Aposto que, em pouco tempo, você mudará de opinião.

– Mas e quanto ao pai dele? Um ex-presidiário, um estelionatário envolvido em uma fraude de seguros... Não quero essa mancha no futuro da Suzan, que meus netos cresçam com um avô que esteve na prisão.

– Já falei a você, o pai não é a mesma coisa que ele. Na verdade, o Mateus é o oposto do pai. Deixe os preconceitos de lado e pense na Suzan.

– É só nela que eu penso – respondeu Helena, acreditando de fato no que dizia.

*

O almoço no apartamento dos Torres ocorreu de forma tranquila. Os pais de Renato se encantaram com Tatiana e aprovaram a nova namorada. Rogério gostou da menina e teve esperanças de que finalmente o filho tomasse um rumo na vida e assumisse as responsabilidades de uma pessoa entrando na fase adulta.

– Acho que seus pais gostaram de mim – comentou Tatiana, enquanto sentia o peito de Renato subir e descer por causa da respiração. Os dois estavam deitados no quarto dele, escutando música.

– Claro que gostaram – disse ele, abraçando ainda mais a namorada.

Estavam juntos havia poucos dias, mas Renato sentia paz ao lado dela. Tatiana o acalmava, era divertida, além de ser linda. Definitivamente, era uma garota por quem ele poderia se apaixonar.

– Eu gostei deles, parecem legais.
– São, sim – respondeu Renato, com sinceridade.
Ele sempre fora grato pela família que tinha. Via a dificuldade de Mateus, sem a presença do pai durante boa parte da adolescência, e a confusão que a casa de Suzan era com aquela mãe louca que ela tinha. Apesar da pressão do pai para que ele fosse trabalhar na construtora e das futilidades da mãe, Renato sempre se sentiu amado, e o ambiente familiar era o melhor possível.
– Agora, tomara que seus amigos me aprovem.
Renato franziu a testa, sendo chamado de seus pensamentos pelo comentário de Tatiana.
– Eles vão gostar de você.
– Espero que sim. Ontem, não consegui conversar direito com o Mateus. Já Suzan estava um pouco dispersa.
– É que tem umas coisas acontecendo com o Mateus, aí atingem a Suzana.
– Eu sei, você falou, só não me contou o que é.
– Não posso falar, pelo menos por enquanto. É uma coisa dele.
– Sim. Não estou te pressionando a contar. – Tatiana se virou para olhar o namorado, deitando de bruços. – Por que você chama a Suzan de Suzana?
– Tem a ver com quando a gente se conheceu. – Renato sorriu, lembrando-se do primeiro encontro com a amiga. – Ela estava num canto do colégio, sem falar com ninguém. Fui lá puxar conversa e perguntei o nome dela, mas ela falou tão baixo que entendi Suzana. Fiquei uns dias chamando ela assim até descobrir que era Suzan, mas aí já era tarde, pegou o Suzana.
– E o Mateus, como se conheceram?
Renato ficou quieto, tentando arrumar um modo de contar sem falar sobre Vagner e a prisão dele, e decidiu falar o mínimo possível.
– Bem, ele estudava na mesma escola que eu, éramos da mesma sala, mas mal nos falávamos. Para ser sincero, eu nunca

tinha reparado muito nele, tinha meus amigos, minha turma. O Mateus tinha outros amigos, até acontecer uma coisa que fez com que ficássemos amigos. Alguns anos depois, a Suzana entrou no colégio e eu a puxei para o grupo, porque também estava sempre isolada.

– Legal da sua parte dar apoio ao Mateus.

– Ele é meu irmão, um cara super do bem. Não merece os problemas que vem enfrentando.

*

Desde sexta-feira, Eulália mal vira Mateus. Quis dar espaço para ele refletir e aceitar o fato incontornável de que Vagner agora era um homem livre, mas já estava na hora de ela e o filho conversarem.

No dia anterior, Mateus ficara praticamente o tempo todo no quarto, só saindo para comer e ir à festa. Ela se alegrou em vê-lo tentando se divertir, e torcia para que estivesse mais calmo no domingo. Como Suzan dormiu lá e Mateus saiu logo cedo para andar de bicicleta, a manhã não foi um bom horário para falarem, então ela esperou pacientemente que o filho tomasse banho após voltar da praia.

Quando ele saiu do banheiro, Eulália o deteve antes que ele se trancasse no quarto.

– Precisamos conversar.

Mateus suspirou alto e fechou os olhos. Ficou alguns instantes assim até se sentar no sofá.

– Ok, diga.

– Não é assim que quero conversar, meu filho – disse ela de forma carinhosa, sentando-se ao lado dele. – Precisamos falar sobre o seu pai, sobre tudo o que está acontecendo.

– Eu sei, mãe. Mas a cena dele aqui na sala ainda não foi digerida.

– Sei que é muita coisa em cima de você, mas temos de nos acostumar com a ideia de que seu pai voltou a fazer parte das nossas vidas.

– Errado. Ele pode ter voltado a fazer parte da sua, mas não da minha. Eu não quero ele na minha vida nunca mais.
– Não diga isso!
– Digo. Você sabe bem o que acho da situação toda.

Os dois ficaram quietos e Eulália tentou pensar em algo para dizer, para amenizar toda a raiva que o filho sentia do pai, mas ele voltou a falar:

– Olha, não me importo de você encontrá-lo, de voltar a sair com ele. Não vou impedi-la de ser feliz, se ele te faz feliz. Só não quero ele aqui em casa e na minha vida.
– Ok.

Eulália se sentiu feliz quando Mateus a abraçou. Havia ficado temerosa de que a relação dos dois tivesse sido abalada pelo retorno de Vagner, mas percebeu que isso não iria acontecer.

CAPÍTULO 13

O fim de semana não saiu como Suzan imaginara, e a segunda-feira trouxe medos, receios e angústias. Renato estava namorando, ela precisava seguir adiante. Parecia fácil falar, colocar em prática era outra coisa. E agora ela descobrira que Mateus gostava dela. Como seriam as coisas dali em diante sabendo que ele passava pelo mesmo sofrimento que ela?

Por um momento pensou em não ir à universidade naquele dia, mas não poderia faltar para sempre, tentando fugir de Renato e de sua nova namorada. Afinal, Suzan estava com vinte anos, era adulta e os problemas precisavam ser enfrentados de frente.

– O que aconteceu? – perguntou Paula, acordando Suzan de seus pensamentos. As duas ocupavam uma das mesas da lanchonete.

– Hã?

– Você está estranha desde que chegou. Nem prestou atenção à primeira aula e quis faltar a segunda.

Antes que pudesse responder, Suzan foi interrompida pela chegada de Mateus.

– Oi – disse ele, sorrindo.

Suzan experimentou uma mistura de sentimentos dentro dela e não conseguiu responder ao amigo.

– Olá, Enigmático, você sumiu da festa. Fugiu de mim? – disse Paula.

– Eu? Bem... – Mateus ficou sem graça e olhou para Suzan, que continuou calada. Ela não sabia se o convidava para se sentar com elas. Percebeu que não sabia mais como agir na frente dele, o que a angustiou ainda mais.

– Que gracinha, ele está ficando vermelho – comentou Paula.

– Como você está? – perguntou Mateus, olhando para Suzan e tentando ignorar Paula.

– Bem.

Ela não falou mais nada. Um silêncio desconfortável tomou conta da mesa. Mateus a encarou e franziu a sobrancelha.

– Vou ali falar com a minha mãe, fico feliz em saber que está melhor – disse Mateus, saindo. As duas o observaram se afastar, até Paula puxar uma das mãos da amiga.

– Ok, pode ir me explicando o que tá rolando. Nem adianta falar que não é nada porque algo muito estranho acabou de acontecer aqui.

Suzan mordeu o interior da bochecha, pensando se contava suas dúvidas para a amiga. Deu um gole no mate que estava bebendo e decidiu que seria bom conversar com alguém que não fosse sua mãe.

– Tenho uma novidade para contar.

– É sobre o Renato ter chegado com aquela loira aguada na festa de sábado?

– Tem a ver. – Suzan balançou a cabeça concordando. – Mas é algo que descobri em cima do que aconteceu sábado.

– Sério? Hum, deixa eu ver... – Paula bateu os dedos na mesa, como se estivesse pensando. – Ele largou a loira e correu para os seus braços, dizendo que você é a mulher da vida dele.

– Para de fazer piada – disse Suzan. – Você jamais vai descobrir o que tenho para contar.

– Bem, então deixe de suspense e desembuche.

– Descobri que o Mateus gosta de mim. E estou na dúvida se dou uma chance a ele e tento esquecer o Renato.

O queixo de Paula caiu. Ela ficou alguns instantes assim, até dar uma gargalhada alta, que atraiu a atenção dos alunos ali na lanchonete.

– Ai, ai, menina, você é uma excelente piadista.
– É sério.
– Tá bom.
– Paulinha, estou falando sério.

Paula parou de rir e percebeu que a amiga estava dizendo a verdade.

– Eu não acredito! Você vai pegar geral o Enigmático?
– Não fale assim, fica parecendo uma coisa errada.
– Pegar o Enigmático jamais seria errado, embora eu possa pensar em muitas coisas erradas que faria com aquele garoto, se tivesse a chance. – Paula balançou a cabeça para espantar os pensamentos. – Mas estou fugindo do assunto. Conte tudo, porque agora estou curiosa.

– Não tem muito para contar. Ou talvez tenha. Quando o Renato chegou com a Tatiana à festa, Mateus puxou-o para um canto e os dois conversaram, só que eu escutei a conversa sem querer. Ouvi o Renato dizer que jamais ficaria comigo, que só me vê como amiga.

– Putz.
– Fiquei arrasada, como você pode imaginar, quis encher a cara, e você sabe que eu detesto bebida alcoólica. Mateus me impediu de beber e me levou para a casa dele, para me consolar.

– Hum, até imagino o tipo de consolo que ele pode oferecer.

– Para de falar besteira. – Suzan começou a rir. – Não aconteceu nada. Ou melhor, rolou um clima, nós quase nos beijamos, mas ficou só no quase. Eu dormi na casa dele... Na cama dele...

– Opa!
– Paulinha, você vai me deixar terminar de contar?

Paula cruzou os dedos na frente dos lábios, fingindo fazer uma promessa de ficar calada.

— Você pode contar, enquanto imagino os detalhes sórdidos da história.

— Não tem detalhe sórdido, você põe malícia em tudo.

— Suzan deu mais um gole no mate. — No dia seguinte, a mãe do Mateus, tia Eulália me contou que ele gosta de mim já tem um tempo.

— Sempre desconfiei que tinha algo a mais nessa amizade.

— Mentirosa! Se desconfiou, por que nunca me falou nada? — Paula deu de ombros. Ela pegou o canudinho de Suzan e começou a enrolá-lo. — Ei, eu ainda não acabei o mate — disse Suzan, tentando em vão pegar o canudo de volta. — Bom, fui para casa e fiquei pensando no que a mãe do Mateus falou. E comecei a ver que podia ser feliz com ele; o Mateus é um cara legal e tem tudo para me fazer esquecer o Renato. Você sabe que eu não aguento mais ficar sofrendo por ele. Acho que estou começando a perceber que estou apaixonada pelo cara errado, não existe futuro para a minha relação com o Renato. Já o Mateus...

— Então você vai ficar com o Enigmático?

— Ainda não me decidi. Não sei o que fazer, estou na maior dúvida porque sei exatamente pelo que o Mateus está passando. Mas, ao mesmo tempo, fico pensando se é muita sacanagem usá-lo para esquecer o Renato. E ainda tem o fato de que, se não der certo, nossa amizade pode acabar.

— Bem, você se importaria se o Renato te usasse para esquecer alguém?

Suzan ficou pensativa com a pergunta de Paula. Se fosse o contrário, ela aceitaria ajudar Renato a esquecer outra garota? Não tinha como saber.

— Não sei, de verdade. Acho que se você tivesse me perguntado na sexta, pode ser que eu dissesse sim, ainda estava cega por ele. Mas, agora, depois de ter escutado o que ele falou para o Mateus, não sei mais. Acho que hoje eu diria que não.

— Então, por que não abre o jogo com o Enigmático?

– Você está louca? Quer que eu chegue para o Mateus e diga: olha, sua mãe me disse que você gosta de mim, que tal eu te usar para esquecer o Renato?

– Hum, não exatamente com essas palavras, né?

– Não sei. Estou pensando seriamente em dar uma chance a ele, e a mim também, tentar ser feliz. É a minha chance de esquecer o Renato com alguém que pode fazer eu me sentir especial. Eu adoro o Mateus, ele é muito gente boa.

– Você vai namorar o Enigmático!

– Ei, não é bem assim. Não quero perder a amizade dele, não quero usá-lo. Ainda estou na dúvida, mas estou pensando seriamente em tentar.

– Você não precisa decidir agora. Ele não vai a lugar algum. – Paula piscou um dos olhos.

*

Antes de ir para a próxima aula, Mateus foi dar um alô para Eulália, que conversava com uma das atendentes da lanchonete.

– Já estou indo, mãe – disse Mateus, encostando-se ao balcão e mantendo Suzan, ao longe, no seu campo de visão. A atendente se afastou para deixar os dois conversarem melhor.

– Como a Suzan está?

– Não sei. Achei ela um pouco estranha, diferente do normal, mas deve ser por causa do que aconteceu na festa.

Ela não disse nada de imediato. Esperava que o filho não ficasse com raiva quando descobrisse que Suzan sabia sobre seus sentimentos.

– Deve ser – respondeu Eulália.

– Bom, vou indo para a aula. Antes do estágio, passo aqui – disse Mateus, perguntando-se se ainda teria a vaga no estágio depois de faltar na sexta sem avisar. Passaram-se apenas três dias desde que encontrara Vagner no apartamento, mas parecia muito mais.

Eulália observou Mateus se afastar e olhou Suzan. Ela agora estava sozinha na mesa, a amiga havia saído. Resolveu conversar com ela.

– Posso me sentar? – perguntou Eulália, já puxando uma cadeira.

– Claro, tia.

– Como você está, querida?

– Estou melhor, eu acho.

– O Mateus achou você um pouco estranha.

Suzan engoliu em seco.

– Ai, tia, não sei mais como agir com o Mateus depois de tudo o que descobri.

– Aja naturalmente, como sempre agiu.

– Mas agora é diferente. Eu sei pelo que ele está passando. Estou me sentindo uma idiota por nunca ter percebido.

– Não se sinta assim.

As duas ficaram em silêncio e Eulália refletiu sobre as palavras que usaria dali para frente.

– Você pensou no assunto?

– Sim, ontem o dia todo.

– E? – perguntou Eulália, sentindo o coração acelerar. Era a chance de seu filho finalmente ser feliz, e ela faria de tudo para ajudá-lo.

– Estou na maior dúvida. Fico pensando em dar uma chance, mas, ao mesmo tempo, não quero que pareça que estou usando o Mateus. Ok, de certa forma vou usá-lo, mas não quero que ele ache isso.

– Você não vai fazer nada de errado. Pode parecer que estará usando o meu filho, mas não no sentido ruim da palavra. Vocês são perfeitos um para o outro.

– Também fico pensando na nossa amizade. E se não der certo e ficar um clima ruim? E se a amizade acabar?

– É um risco a correr, mas você acha mesmo que a amizade de vocês pode acabar? Sei que há o medo, mas, antes de tudo, vocês são grandes amigos. Já parou para pensar que, se não der certo, a amizade pode sair fortalecida?

– Não sei... eu tenho medo.

– Você tem que pensar em outra coisa também: e se der certo? Vai deixar de tentar por conta dos seus medos? Às vezes, precisamos arriscar. Por conta de algo que pode nem acontecer você vai deixar de tentar ser feliz?

Suzan ficou remexendo a garrafinha de mate entre as mãos.

– Tia, e se... se eu não conseguir esquecer o Renato? E se eu não me apaixonar pelo Mateus? Eu terei usado ele e ainda vou acabar com a nossa amizade.

– É algo que pode acontecer, mas duvido muito que você não se apaixone pelo Mateus – brincou Eulália. Levantou-se da mesa, rindo. – Não é porque ele é meu filho, mas sei o quanto ele gosta de você, o quanto vem sofrendo há muito tempo e o quanto ele fará de tudo para que você se sinta a mulher mais feliz do mundo.

Um sorriso surgiu no rosto de Suzan, e Eulália soube que estava no caminho certo.

*

A Contrutora Torres ocupava o último andar inteiro de um dos vários prédios que formavam um complexo empresarial na Barra da Tijuca. Não ficava muito longe da Universidade da Guanabara, o que facilitava a vida de Mateus, que morava e estudava no Recreio dos Bandeirantes, bairro vizinho.

Naquela segunda-feira, ele entrou na empresa receoso por conta do estágio. A volta de Vagner já estava atrapalhando sua vida e, se perdesse aquela chance por causa das burradas do pai, jamais o perdoaria.

Foi até Elaine, assistente de Antônio, que falava ao telefone. Ela fez um sinal para que ele aguardasse.

– O dr. Carvalho está esperando você – disse Elaine, indicando a porta, após encerrar a ligação.

Mateus respirou fundo e entrou na sala. Antônio levantou os olhos da planta do projeto do shopping pelo qual era responsável.

– Boa tarde, Mateus. Sente-se – disse Antônio, indicando uma cadeira em frente à sua mesa. – O Rogério já está vindo, pedi que a Elaine o avisasse assim que você chegasse.

Mateus apenas balançou a cabeça, sentindo o suor escorrer em suas costas. Uma reunião com seu chefe e o dono da empresa não era um bom sinal. Provavelmente, o assunto seria seu sumiço na sexta.

Não demorou muito para Rogério entrar na sala sorridente e cumprimentar Mateus.

– Como você está?

– Estou bem, eu... – Mateus ficou um pouco perdido. Os dois o encaravam. – Quero pedir desculpas por ter faltado na sexta e não ter dado notícias. Foi irresponsabilidade da minha parte, não irá mais se repetir.

– Sim, sim, o Renato já me explicou tudo – disse Rogério, acenando com a mão como se as explicações não fossem importantes.

– Nós estranhamos sua ausência – comentou Antônio. – Mas, quando descobrimos o motivo, entendemos seu comportamento.

– Obrigado pela compreensão, mas eu errei. Não deveria ter deixado um problema pessoal interferir no campo profissional – justificou Mateus.

– Sim, e esta sua atitude demonstra que o ocorrido não irá se repetir. – Rogério se aproximou de Mateus, ainda sorridente, e apertou a mão dele. – Se precisar de alguma coisa, estamos aqui. Você sabe o quanto o estimamos, não como profissional, mas como alguém da família.

– Obrigado, de verdade. – Mateus se sentiu aliviado vendo Rogério sair da sala. O fato de o estágio estar a salvo o deixou mais calmo. Olhou para Antônio, que indicou uma cadeira.

– Agora, vamos trabalhar.

*

A semana havia chegado à metade e Suzan ainda não sabia o que fazer. Tentou esquivar-se de Helena na segunda e na terça, mal parando em casa, mas na quarta não conseguiu fugir da mãe, que ficou com os olhos cheios de lágrimas ao ver a filha.

Era uma situação delicada para todos, e Suzan tentava entender os motivos de sua mãe depois da conversa que tiveram sobre os problemas do passado dela, mesmo não concordando com eles. Ainda estava chateada pela discussão de domingo e decidiu dar um gelo em Helena, para que ela se acostumasse à ideia de Mateus fazer parte de sua vida, caso se decidisse por isso.

Encontrar Renato e Tatiana juntos na universidade também não resultou em uma semana tranquila, mas ajudou Suzan a pensar melhor em sua situação.

– Xuxu, o que tá pegando? – perguntou Rebeca, entrando no quarto da irmã mais velha e pulando na cama. Suzan colocou o notebook de lado para conversar melhor.

– Como assim?

– A mamãe tá megaestranha, choramingando pelos cantos. Você está toda avoada e papai está sorrindo igual um bobo.

Suzan achou graça da irmã descrevendo o atual ambiente familiar de sua casa.

– Sabe quando você me falou que era melhor partir para outra caso o Renato não gostasse de mim? – perguntou Suzan. Rebeca balançou a cabeça. – Acho que encontrei essa outra pessoa que pode me fazer feliz.

– Jura? – Rebeca animou-se.

– Sim. Descobri que o Mateus gosta de mim.

– Ah! – Rebeca deu um grito e abraçou a irmã. – Que máximo, Xuxu! Vai fundo.

– Você acha mesmo?

– Claro que sim! Você precisa desistir do Renato. Se o Mateus gosta de você, fique com ele.

Suzan balançou a cabeça, ainda achando graça da irmã.

– Para você tudo é simples, né?

– Mas tudo *é* simples, Xuxu! Para que ficar aí sofrendo, se você pode ser feliz?

– Não sei. Tenho medo de parecer que estou usando o Mateus para esquecer o Renato.

– E daí? Se ele não se importar, qual o problema?

– Não é tão fácil assim.

– Claro que é! Para de pensar besteiras e esquece o Renato. Ele já era, quem perde é ele. Não acha que está na hora de ser feliz, de ter um namorado que gosta de você?

– Sim, eu acho.

– Pronto, está decidido que você vai namorar o Mateus.

– Ei, ei, vamos com calma. Ainda preciso ter cem por cento de certeza de que vai dar certo.

– Você é muito complicada, Xuxu.

CAPÍTULO 14

"A decisão de ser feliz só depende da gente." Era nesse clichê, nessa frase de efeito que Suzan pensava naquele domingo. No sábado, Mateus e Renato a chamaram para sair, mas ela recusou. Inventou uma desculpa e ficou em casa, tentando colocar os pensamentos em ordem. Por anos, foi infeliz e se iludiu, acreditando que um dia Renato se apaixonaria por ela. Esse desejo governou sua vida dos dezesseis aos vinte anos, mas agora estava farta de esperar. Era hora de se colocar em ação, mudar o rumo de sua vida e tentar ser feliz.

E Suzan começava a acreditar que a felicidade poderia vir na pessoa de Mateus, bastava dar uma chance ao amigo, a mesma chance que Renato jamais dera a ela. Bastava dizer sim e tentar se apaixonar, ser feliz, sentir-se especial.

Com tudo isso em mente, Suzan sentou-se em sua cama e pegou o celular. Não demorou muito para Mateus atender.

– Oi, o que você manda? – disse ele.

Suzan fechou os olhos e respirou fundo. Sentiu que aquele era o instante em que tudo mudaria.

– Tem como nos encontrarmos ainda hoje? – perguntou ela.

– Aconteceu alguma coisa?

– Não. Sim. – Ela se enrolou com as palavras. – É algo que tem de ser pessoalmente.

– Sem problema, posso te encontrar onde quiser.

Ela ficou pensativa, olhando pela janela. A temperatura em seu quarto estava agradável por causa do ar-condicionado, mas, na rua, o calor predominava.

– Que tal tomarmos um açaí no Pepê?

– Perfeito. Só vou trocar de roupa e daqui a uns quarenta minutos te pego aí.

Ela desligou o celular e o apertou junto ao coração. Em seguida, levantou-se da cama e foi escolher um vestido. Era hora de ser feliz.

*

"Ao lado de um grande homem sempre haverá uma grande mulher." Era uma frase que o pai de Rogério repetia sem parar, referindo-se à esposa, que o apoiara e o ajudara a enfrentar as adversidades da vida. Juntos, eles criaram a Construtora Torres, que hoje era dirigida pelo filho do casal.

Rogério mal se lembrava dos momentos de dificuldade pelos quais a família passara, mas a frase da infância ficara marcada em sua memória e ele tinha de concordar com o pai, ao olhar para Loreana. Ela não era como sua mãe, batalhadora, alguém pronta para arregaçar as mangas e pôr a mão na massa, mas, mesmo assim, havia uma força por trás dela. Havia mulheres e mulheres, e Loreana era a pessoa certa para ele. Bonita e engraçada, sabia conduzir conversas com qualquer tipo de gente, apesar de sua futilidade e de seu vício por exercícios.

Agora, sentia-se calmo em relação ao filho. Até pouco tempo temia que ele pudesse ser um desses fracassados, só pensando em ondas, praia, areia e surfe. Mas, ao conviver uma semana com Tatiana e perceber a paixão do filho por ela, teve certeza de que Renato iria se encaminhar na vida. Nunca havia pensado que ele seria o tipo de garoto influenciado por uma mulher, embora fosse a melhor coisa que poderia acontecer na vida de Renato.

O filho não era fraco, tinha a força da mãe e a garra do pai, mas uma mulher de pulso firme e com foco no futuro era do que ele precisava, e Rogério encontrou tudo em Tatiana. Ele gostou da nova namorada do filho e esperava que, desta vez, ele sossegasse.

– O que você achou da menina? – perguntou para Loreana, após mais um almoço familiar em que a namorada de Renato estava presente.

– Achei uma gracinha, linda de morrer.

– Sim, sim. E no resto?

– Acho que ela e o Renato fazem um casal perfeito. Em todos os sentidos.

– Foi o que pensei – concordou Rogério. Loreana teve a mesma impressão que ele, o que o agradou. – Espero que agora o Renato esqueça as ondas e se concentre na empresa.

– É só uma questão de tempo, querido.

– Sim. O Renato vai ter de amadurecer se quiser fazer jus à Tatiana. Acho que, agora, ele cria juízo.

*

Na Avenida do Pepê, em frente à Rua Noel Nutels, fica o pedaço de areia mais disputado da Barra da Tijuca. Em frente ao quiosque de número 11, jovens que querem pegar um bronzeado e exibir seus corpos malhados de academia ocupam a praia nos dias ensolarados. De segunda a segunda, o movimento é grande, seja por parte de cariocas, seja de turistas.

A Barraca do Pepê, carinhosamente chamada apenas de Pepê pelos cariocas em homenagem ao seu fundador, o esportista Pedro Paulo Guise Carneiro Lopes, está ali no calçadão da Barra desde 1983 vendendo sanduíches naturais, sucos, vitaminas e açaí. Entre o quiosque e a areia, há um pequeno deque com algumas mesas de madeira, no melhor estilo piquenique, com uma grande árvore fazendo uma agradável sombra para quem lancha. Aquele era o local da praia preferido de Suzan.

Estar ali, naquele momento, quando o sol começava a se pôr, tomando um açaí e conversando com Mateus era do que ela precisava para o final de tarde daquele domingo. Enquanto ele contava sobre sua mãe e os problemas com o pai, Suzan se perguntava por que nunca havia reparado no amigo, por que nunca dera uma chance a ele. Sentia-se uma tonta idiota por ter ficado anos e anos idolatrando Renato enquanto ao seu lado havia alguém interessado nela de verdade.

– Você acha que eles vão ficar juntos? – perguntou Suzan, olhando para Mateus. Eles estavam sentados um ao lado do outro, de frente para o sol que estava se pondo, e ela reparou no quanto o jeito misterioso dele o tornava atraente.

– Não sei. Acho que minha mãe ainda gosta dele – disse Mateus, terminando de tomar o açaí.

– Sabe, até que é bonita a história dos seus pais.

– Bonita? – Mateus balançou a cabeça, concentrado no copo que mexia entre as mãos. – É triste.

– Sim, é bonita e triste. E trágica.

– Trágica porque ele quis assim.

– Não julgue seu pai – disse Suzan, e no mesmo instante se arrependeu. – Desculpe, eu não devia me meter.

– Você tem todo o direito de dar sua opinião. Se eu não quisesse saber o que você pensa, não falaria disso para você. – Ele a encarou, e Suzan sentiu um arrepio percorrer seu corpo.

– Eu sei, mas é que só você sabe o que aconteceu de verdade, tudo o que você e sua mãe passaram. Não tenho o direito de criticar. Na verdade, não estou criticando. – Ela se atrapalhou um pouco e terminou de tomar o açaí para pensar direito. – O que estou querendo dizer é que acho bonito sua mãe ter esperado por ele, e o amor que ela sente pelo seu pai não ter diminuído apesar de tudo o que aconteceu.

– Entendi. – Mateus deu um sorriso sincero e pegou um guardanapo para limpar o lábio de Suzan, que estava sujo de açaí. O gesto foi automático e, ao mesmo tempo, carinhoso, e Suzan fechou os olhos enquanto ele fazia isso.

– Vou jogar o lixo fora – disse Mateus, pegando os copos dos dois. Ela percebeu que ele ficou sem graça pelo que fez, o que o tornou ainda mais adorável.

– Sobre o que você queria falar? – perguntou Mateus quando voltou, claramente mudando de assunto. Suzan ficou quieta, pensando em como dizer tudo o que estava em sua cabeça e em seu coração. Ele sentou-se ao lado dela, encarando-a.

– Não sei como começar.

– Bem, que tal pelo começo? – Ele riu, e ela também. – Achei você muito estranha esta semana, mal falou comigo e com o Renato. Pensei em conversar sobre sábado passado, mas achei melhor deixar você falar sobre o assunto comigo, se quisesse...

– Pensei muito sobre a festa na universidade, mas não é dela que quero falar. Bem, é um pouco.

Suzan ficou quieta e Mateus esperou que ela prosseguisse, mas ela permaneceu em silêncio.

– Aconteceu alguma coisa? Fiquei um pouco preocupado depois que desliguei o celular.

– Não fique. Aconteceu e não aconteceu, mas não é algo ruim.

– Bem, não estou entendendo nada.

– Calma. Eu preciso... – Suzan fechou os olhos e respirou fundo. – Preciso falar tudo o que está aqui dentro – disse ela, levando a mão ao peito.

– Estou ficando mais preocupado.

– Espere. – Suzan segurou a mão de Mateus e a sensação do calor vindo do corpo dele foi agradável. – Não diga nada, por favor, não faça nenhum comentário. Só deixe eu falar o que estou sentindo, o que aconteceu, o que decidi. Não quero que tire nenhuma conclusão precipitada, então preciso falar tudo de uma vez. – Ela o olhou e ele assentiu.

– Prometo que não digo nada.

Suzan continuou segurando a mão de Mateus. Ela o encarou e começou a falar.

– Sábado passado, fui para a festa decidida a resolver minha situação com o Renato. Não sei se situação é a palavra certa, porque não temos nada, somos apenas amigos. Mas, você sabe, sempre pensei que podia acontecer algo a mais. E falei para mim mesma que sábado resolveria isso, e tudo acabou se resolvendo por si só. Escutei a conversa de vocês e percebi que vivi uma ilusão esses anos todos. – Suzan parou um pouco para respirar e pensar. Mateus ficou olhando para ela, sem dizer nada, como prometeu. – Eu fiquei mal, você viu, e, quando fui para sua casa, comecei a pensar ainda mais em tudo. Pra ser sincera, comecei a pensar no carro, enquanto estávamos indo para a sua casa. Percebi que o tempo todo acreditei que só seria feliz com o Renato, só que o que aconteceu é que vivi essa ilusão e fui uma pessoa triste durante muito tempo enquanto esperava ele me notar. O que falei no seu quarto, sobre ser especial, percebi depois que não preciso do Renato, que eu posso me sentir especial sem ele. E que talvez não seja ele a pessoa capaz de fazer eu me sentir assim. Depois, na sua casa, fiquei envolvida em tudo, no clima que rolou entre nós quando estávamos no seu quarto, e até me esqueci que o Renato existia. De um tempo para cá, eu passei a ver as coisas ao meu redor. Na verdade, as pessoas. Ok, não vou negar que foi mais por causa de tudo o que a Paulinha falou. – Suzan viu que Mateus franziu a sobrancelha, sem entender o que ela queria dizer. – Ela me disse que eu só tinha olhos para o Renato e não notava o outro gatinho que estava ao meu lado. E comecei a notar esse outro gatinho e percebi que sentia ciúmes quando as meninas o olhavam. Sentia ciúmes até quando a Paulinha falava dele. Não sei se é ciúme de amiga ou se é porque demorei a notá-lo e talvez esteja com medo de perdê-lo, agora que o notei. Sei que é uma atitude egoísta, mas talvez eu queira dar uma chance a ele. – Mateus arregalou os olhos e prendeu a respiração por alguns instantes. Suzan sorriu. – Não, talvez não. Eu quero dar uma chance a ele. E a mim também. Acho que pode dar certo e nós dois podemos ser felizes. Nós dois merecemos ser felizes.

Mateus soltou a mão de Suzan e piscou várias vezes.

– Você está dizendo que...

– Mateus, não consigo ser mais óbvia do que isso. Eu acho que...

Ela não terminou de falar. Mateus colocou uma das mãos atrás de sua nuca e a outra em sua cintura e a puxou. Os lábios dos dois se tocaram de leve e depois com mais intensidade, quando ambos fecharam os olhos. Suzan sentiu a eletricidade percorrer seu corpo, seu coração se acelerou e ela teve a certeza de que tomara a decisão certa. Parou de pensar e apenas sentiu o momento. Uma paz e uma felicidade imensa preencheram seu corpo, e ela se perdeu nos braços de Mateus.

CAPÍTULO 15

Era real, estava acontecendo. Ele tinha Suzan nos braços e era mil vezes melhor do que havia imaginado. Melhor porque era verdade, ela estava ali, havia se declarado para ele. Não a declaração de amor que ele esperava da menina por quem havia sido apaixonado durante anos, mas era um começo.

O beijo começou devagar, um pouco tímido, mas foi se transformando à medida que ele sentia a urgência de compensar os anos perdidos. Mateus apertou Suzan contra seu corpo e, quando o beijo terminou, eles ficaram com as testas unidas, de olhos fechados por alguns instantes. Mateus foi o primeiro a abri-los e a olhou com ternura. Suzan quebrou o silêncio:

– Isso foi... Uau, se eu soubesse que beijava tão bem, já tinha te agarrado há muito tempo.

Ele começou a rir com o comentário dela e a abraçou, enterrando o rosto entre seus cabelos e sendo envolvido por seu perfume. Era muito boa a sensação de ter Suzan em seus braços, sentir seu corpo sabendo que agora ela era sua.

– Não quero que pense que estou te usando – disse Suzan.

– Jamais pensaria isso – mentiu. Era justamente o que pensava naquele momento, mas não se importava. Ela podia usá-lo para esquecer Renato, desde que se apaixonasse por ele. E Mateus estava disposto a fazer tudo para que isso acontecesse.

Suzan deitou a cabeça no ombro dele e os dois ficaram vendo o final do pôr do sol. Alguns banhistas passaram por eles, saindo da praia, mas era como se não existisse mais ninguém no mundo. Mateus a abraçou ainda mais forte e beijou o topo da cabeça de Suzan.

– Como isso aconteceu?

Ele não precisou se explicar, Suzan entendeu o que ele queria saber. Há anos, a amizade deles funcionava desta forma: precisavam apenas de poucas palavras para se comunicarem. Respirou fundo e decidiu ser sincera, afinal, ele sabia praticamente todos os seus segredos. Ficaram de frente um para o outro, de mãos dadas, dedos entrelaçados, e ela o encarou.

– Quando chegamos à sua casa, depois da festa na universidade, eu estava um pouco desorientada, mas a decisão de esquecer o Renato já havia sido tomada. Não dá, não tenho vocação para sofrer eternamente por um amor platônico. E, quando estávamos no seu quarto, foi um pouco mágico, rolou um clima e a gente quase se beijou... Depois que você saiu, eu queria que tivesse acontecido. Como falei, foi algo mágico. Entende o que quero dizer?

– Sim – disse, alisando o rosto de Suzan. – Não se preocupe, é que fiquei um pouco espantado com a sua mudança. – Ele sorriu e ela retribuiu. – Então você desconfiou que eu gostava de você? Por causa de sábado?

– Não. – Ela balançou a cabeça. – Para ser sincera, nunca desconfiei. Mesmo depois de sábado.

– Mas...?

Suzan ficou quieta, sem saber se contava sobre Eulália, mas imaginou que não havia problema em abrir totalmente o jogo.

– Domingo de manhã, quando acordei na sua casa, sua mãe conversou comigo depois que você saiu para pedalar.

– Ai, meu Deus, o que ela falou? – perguntou Mateus, esfregando a testa e se afastando um pouco. Suzan o puxou para perto.

– Nada. Quero dizer, Mateus, por favor, não fique bravo com sua mãe. Ela apenas me abriu os olhos e me fez enxergar você como eu já deveria ter enxergado há muito tempo. Não falou abertamente que você gostava de mim, mas eu entendi e vi que queria dar uma chance para nós.

— Ela não devia ter falado nada — disse ele, passando uma das mãos pelo cabelo para disfarçar o nervosismo.

— Não diga isso. Eu agradeço por ela ter falado. Posso dizer que a conversa que tive com sua mãe foi uma das melhores coisas que me aconteceu nos últimos tempos, só tenho a agradecer à tia Eulália. Se agora estou aqui, em seus braços, é por causa dela.

— Mesmo assim. Era algo meu, ela não podia te contar sem a minha permissão.

— E você a daria?

— Não. — Mateus sorriu, um pouco nervoso ainda.

— Pois é. A tia Eulália quis te ajudar. E me ajudar. — Suzan olhou em direção ao mar. Encarou Mateus e depois abaixou os olhos. — Eu ainda gosto do Renato, você sabe. Mas quero muito esquecê-lo. Não é algo que vai acontecer do dia pra noite, como foi essa minha decisão de dar uma chance a nós, mas quero muito me apaixonar por você, retribuir o seu carinho por mim. Prometo que vou me esforçar para que o Renato fique no passado, que meus sentimentos mudem. Quero muito me apaixonar por você.

Mateus ficou pensativo. A sensação de que tudo aquilo era um sonho não o abandonava, mas não se importou, pois sabia que era real. Ele segurou o rosto de Suzan com as duas mãos.

— Eu não sei se vai dar certo, mas vou fazer de tudo para te ver feliz. Quero que dê certo, quero que se apaixone por mim — sussurrou ele, e Suzan sorriu.

Já estava escurecendo, e o calçadão e a ciclovia começaram a ficar ocupados por pessoas se exercitando, correndo, caminhando, pedalando. Eles se levantaram e Suzan ficou de frente para Mateus.

— Não vai ser difícil — disse, dando um beijo nele.

Mateus a pegou no colo e a girou, arrancando gargalhadas dela.

*

Havia quase três horas que Suzan saíra com Mateus, mas, para Helena, pareciam três dias. Ela andava de um lado para o outro na sala, enquanto Antônio e Rebeca assistiam a um filme na tevê.

– Pelo amor de Deus, Helena, acalme-se.
– Como posso me acalmar? Eu não sei o que a Suzan está fazendo.
– Ela está com o Mateus.
– Exatamente. – Helena encarou o marido e se sentou ao lado dele. – Estou tentando, você sabe.

Antônio colocou o braço esquerdo em volta dos ombros dela.

– Eu sei. Acalme-se, a Suzan sabe o que faz.

Rebeca espiou os pais com os cantos dos olhos. Queria falar, mas estava receosa de como Helena reagiria.

– Eu sei, eu sei. É que tudo está acontecendo tão rápido...
– Rápido para nós, mas esta geração de hoje quer tudo para ontem.

Antônio voltou a prestar atenção ao filme, mas Rebeca já não se aguentava mais de curiosidade.

– É verdade que a Xuxu vai pedir o Mateus em namoro?
– Rebeca! – gritou Helena.
– Não sei se ela vai pedir o Mateus em namoro, mas acredito que eles vão se acertar – respondeu Antônio, rindo da pergunta da filha.

A conversa deles foi interrompida pelo barulho de chave na porta. Quando Suzan entrou em casa, três pares de olhos a encaravam.

– O que foi? – perguntou, enquanto trancava a porta.

— Você não tem novidades para nós? – perguntou Rebeca, num misto de curiosidade e ansiedade.

Suzan sentiu seu rosto corar. Ela se aproximou da família e olhou os pais. O semblante de Antônio era calmo e lhe transmitia coragem, enquanto o de Helena era pura apreensão. Ela pensou em rir da atitude da mãe, mas sabia que não era a coisa certa a fazer.

— Acho que o Mateus e eu estamos namorando...

Helena ficou pálida e ameaçou se levantar, mas Antônio segurou sua mão, incentivando a mulher a ficar sentada. Uma coisa era imaginar, outra era ter certeza. Um redemoinho de sentimentos povoou a cabeça de Helena, parecendo que iria explodir. Não sabia como se sentia naquele momento, mas percebeu que a filha estava radiante e isso a acalmou um pouco.

— Bem, ele é um excelente rapaz. Fico feliz por você – disse Antônio, que olhou para Helena, incentivando-a a falar algo. Ela estava ainda um pouco transtornada e só conseguiu balançar a cabeça, concordando.

— Que máximo, Xuxu, agora estamos as duas namorando! – disse Rebeca, levantando-se e abraçando a irmã.

— Como é que é? – Antônio e Helena falaram ao mesmo tempo, olhando a filha mais nova.

— Ops – disse Rebeca.

*

O apartamento estava em silêncio, e Mateus ficou na dúvida se a mãe já havia dormido. Provavelmente não, porque ainda era cedo. Foi até o quarto dela, não escutou barulho algum e chamou seu nome. Quando lá de dentro ela respondeu, ele abriu a porta, mas ficou parado na entrada do quarto. Eulália estava sentada na cama, lendo um livro.

— Pensei que fosse voltar mais tarde – disse ela, fechando o livro.

— Amanhã é dia de faculdade e estágio – respondeu Mateus.

– A Suzan está bem?
– Sim. – Mateus ficou quieto, hesitante, para logo em seguida abrir um sorriso. – Ela me disse que vocês conversaram. – Antes que Eulália falasse alguma coisa, ele levantou a mão, como que para impedi-la. – Não se preocupe, não vim brigar mais uma vez. Só quero dizer que não sei o que você falou com a Suzan, mas agradeço. Nós conversamos e ela foi franca, falou dos sentimentos dela, do Renato e da vontade de ser feliz.

Mateus se aproximou da cama e se sentou em frente à mãe. Eulália segurou as mãos do filho.

– E?

– E ela disse que acha que eu posso fazê-la feliz – disse Mateus, sorrindo e sentindo uma lágrima escorrer pelo canto de seu olho. Ele não se importou. Eulália deu um grito de felicidade e o abraçou.

– Eu sabia que você conseguiria conquistá-la. – Eulália o soltou e enxugou a lágrima da bochecha de Mateus.

– Calma, ainda não a conquistei, ela continua gostando do Renato. Mas, um dia, quem sabe?

– Você vai conseguir, porque a ama de verdade e vai fazê-la se sentir especial.

– É o que pretendo.

Mateus saiu do quarto da mãe e foi para o seu. Tirou o tênis pelo calcanhar, com a ajuda do outro pé, e se jogou na cama. Ficou um tempo fitando o teto, com um sorriso bobo no rosto, sentindo seu coração bater forte no peito. Fechou os olhos e relembrou o instante em que beijou Suzan pela primeira vez.

CAPÍTULO 16

ATÉ AQUELE MOMENTO, a segunda-feira nunca fora odiada por Renato como era pela maioria das pessoas. Em sua opinião, o começo da semana significava um dia na praia pegando ondas. Depois que entrou na universidade, conseguiu colocar o mínimo de aulas possível para a segunda, tentando ao máximo se dar um dia livre. E, quando não conseguia, era só faltar e ficar na praia.

Mas, desde que começara a namorar Tatiana e depois de apresentá-la aos pais, começou a mudar. Não sabia direito o que era, apenas começou a ficar sem jeito de ir surfar enquanto ela ia para a universidade estudar. Embora estivessem juntos há poucos dias, sentia que ela era uma garota incrível, doce e estudiosa, e queria ser digno de estar ao lado dela.

Obviamente, não deixaria de ir à praia pegar ondas quando desse, mas diminuíra o ritmo. A conversa no café da manhã com o pai, que insinuou que ele deveria trabalhar na construtora, era um indício de que sua vida estava prestes a mudar. E Renato percebeu que não se importava, desde que continuasse com Tatiana.

– Você acha que um cara apaixonado é um bobão, um idiota?

– Hã? – Mateus, que mexia no celular, foi acordado de seus pensamentos pela pergunta de Renato. O professor de Cálculo Numérico havia faltado e eles aguardavam a próxima aula na lanchonete da universidade.

– Uma vez a Suzana me falou que os homens viram uns bobos quando estão apaixonados, ou algo do tipo. Não me lembro quando foi, nem dei muita importância na época, acho até que ri e disse que era uma piada. – Renato deu um gole no suco de laranja. – Mas agora já não sei.

– Calma aí! Você está querendo me dizer que está apaixonado pela Tatiana? – Mateus se espantou.

– Não, apaixonado não. Acho que não. Sei lá, cara, não sei como é estar apaixonado, só sei que gosto de ficar com ela e não quero perdê-la.

– Bem, você está se apaixonando.

– Acho que não é uma boa coisa.

– Pode ser. – Mateus deu de ombros. – Basta você querer.

– Aí é que está o problema, não quero ser um idiota nas mãos de uma garota.

– Você não precisa "ficar nas mãos de uma garota". É muito bom pode dividir qualquer coisa da sua vida com alguém de quem gosta e que também gosta muito de você.

– Foi isso aí que eu falei.

– Não é a mesma coisa. – Mateus abriu um sorriso, lembrando-se do dia anterior, quando beijou Suzan. – Estar com a pessoa de quem você gosta é a melhor coisa do mundo.

Renato fez uma careta e se concentrou no seu celular, enquanto bebia o suco. O que o pai dissera antes de ele ir para a universidade ainda ecoava em sua cabeça. "As mulheres não gostam de homens fracos. Elas gostam de homens que trabalham, se esforçam e batalham pela vida. Ninguém quer saber de um garotão que só sabe pegar onda." Seu pai estava certo, ele sabia, e, para estar à altura de Tatiana, precisava mudar.

– Você está estranho.

– São umas paradas que meu pai falou de manhã. Sobre ser mais responsável, parar de pegar tanta onda e pensar em trabalhar.

– Seu pai sempre fala isso.

– Sim, mas agora ele enfiou a Tati no meio. E o pior é que o velho está certo, cara. Ela não vai ficar ao lado de alguém que só quer pegar onda.

– Hum, e você vai mudar?

Renato quase sentiu a diversão de Mateus em suas palavras.

– Você acha que eu não consigo?

– Eu não disse isso. – Mateus levantou as mãos como se fosse se defender. – Sabe que eu te apoio no que decidir.

– Estou pensando em ir à construtora um dia desses pra começar a ver como é o trabalho.

Mateus só balançou a cabeça, concordando. Iria gostar de ter o amigo lá, ao seu lado, e esperava que ele levasse a empresa a sério. Eles ficaram quietos por alguns segundos.

– Preciso te contar algo que aconteceu – disse Mateus.

– Fale aí – disse Renato, ajeitando-se na cadeira. – Mas, se for segredo, espere pra me contar depois, porque a Suzana está chegando. – Renato indicou, com o queixo, a amiga que se aproximava.

Mateus se virou e sentiu o coração disparar. Suzan usava um vestido de alças branco. Os cabelos pretos estavam soltos e ela sorria, um sorriso capaz de iluminar qualquer ambiente. Ele ficou sem saber qual seria a reação dela na frente de Renato, como agiria. Pensou em se levantar e abraçá-la, mas a decisão precisava partir dela, e não dele. Ela saberia como agir.

Suzan viu os amigos na lanchonete e sentiu o corpo tremer. Teve um segundo de dúvida sobre o motivo daquela euforia dentro de seu peito, sem saber se era por causa de Renato, mas logo desencanou. Precisava esquecê-lo de vez, só tinha sofrido por causa dele. Seu coração agora devia disparar por causa de Mateus. Se não parasse de pensar em Renato, nunca o esqueceria. Mateus era sua nova vida, sua felicidade. Ela andou em direção aos dois, sem vacilar.

– Olá – disse, se abaixando e dando um beijo em Mateus. Quando se levantou, os dois olharam para Renato, que tinha os olhos arregalados.

– Mas o que... – Renato não terminou a frase, começou a sorrir. – É o que estou pensando?

– Era isso que eu queria te contar, antes de a Suzan chegar – confirmou Mateus, enquanto Suzan aproximava uma cadeira do namorado. Quando ela se sentou, Mateus pôs o braço em volta do seu ombro e aquele gesto a fez se sentir bem.

– Quando aconteceu? Desde quando? Semana passada vocês estavam juntos? Por que eu nunca soube de nada?

– Calma, Renato. Aconteceu ontem – disse Suzan, olhando para Mateus, que deu um beijo em sua testa.

– Na verdade, eu já gosto da Suzan tem alguns anos, mas ela só percebeu há pouco tempo. E resolvemos tentar. – A alegria na voz de Mateus era óbvia, o que fez Suzan sentir um arrepio de prazer e felicidade percorrer seu corpo.

– Uau, que máximo! Nunca pensei em vocês dois juntos, mas, vendo o casal agora, é algo assim... Cara, muito animal, só posso falar isso.

Os três começaram a rir, e Suzan percebeu que uma fase maravilhosa de sua vida havia começado.

*

Antes de ir para o prédio da Engenharia, Renato encontrou Tatiana em frente ao Departamento de Administração. Era um desses acordos que os namorados fazem silenciosamente. Ninguém precisa propor, apenas acontece e passa a fazer parte da rotina do casal.

– Já vai para a aula, minha futura administradora? – perguntou Renato, dando um beijo na namorada.

– Daqui a pouco, preciso imprimir um trabalho antes, a impressora lá de casa resolveu dar problema ontem à noite.

– Podia ter me pedido, eu imprimiria para você.

– Já era tarde, não quis perturbar – disse Tatiana, indo em direção à copiadora da universidade. Renato foi junto.

– Você nunca perturba. – Ele segurou a mão da namorada.
– Estou pensando em ir à construtora hoje. Dar uma olhada lá, conversar com o pessoal. Quem sabe arrumar algo para fazer...
– Acho uma boa ideia. Seu pai vai adorar – disse Tatiana, incentivando o namorado. Ela concordava com Rogério: era hora de Renato assumir algumas responsabilidades na empresa que um dia seria dele.
– Vai mesmo. – Renato estremeceu. – Acho que dá para conciliar a construtora e as ondas.
– Claro que sim, a praia está lá todos os dias, não vai fugir.
Renato riu e abraçou Tatiana. Continuaram andando juntos.
– Ah, tenho uma novidade para contar. O Mateus e a Suzan estão namorando.
Tatiana parou de andar e encarou Renato.
– É sério?
– Seríssimo. Fiquei espantado quando soube, claro, jamais imaginei os dois juntos, mas, pensando agora, até que faz sentido. O Mateus disse que já gostava dela, parece que eles conversaram, se entenderam, e ela resolveu dar uma chance a ele. Espero que dê certo, adoro aqueles dois.
– Vai dar sim. Eles fazem um casal perfeito – comentou Tatiana, sentindo-se aliviada e feliz. Ela percebera o quanto Suzan gostava de Renato e não queria começar o namoro sentindo implicância pela melhor amiga dele. Poderia ficar em paz sabendo que Suzan não seria mais um empecilho à sua felicidade e que as duas poderiam ser amigas.

*

A aula de Gestão de Negócios e Organizações Turísticas estava vazia quando Suzan chegou. Ela estranhou aquilo e conferiu a hora no celular; não estava adiantada, e sim atrasada.
Sem encontrar alguém que pudesse dar alguma informação, foi em direção à secretaria do curso, mas esbarrou com Paula saindo de lá.

– Oi, Paulinha, você sabe por que a aula de Gestão de Negócios está vazia?

– Foi o que vim descobrir – disse Paula, fechando a porta da secretaria atrás dela. – Acredita que a vaca da professora faltou e avisou só alguns alunos, que avisaram outros e, é claro, ninguém avisou a gente.

– Não acredito! O que somos? Duas invisíveis na sala?

– Nem fala, que raiva. Podia ter dormido um pouco mais. Ou podia ter ficado até mais tarde na rua ontem.

Paula estava visivelmente irritada. As duas saíram do prédio e foram caminhando até a lanchonete.

– Você sempre fica até tarde na rua.

– Meus pais estão começando a encher minha paciência, acredita? Nunca implicaram com isso e agora resolveram dar uma de pais zelosos e protetores.

– Por qual motivo?

– Vai saber. – Paula deu de ombros, puxando uma cadeira de uma das mesas da lanchonete. – Minha mãe falou que preciso arrumar um estágio, para ter meu dinheiro. Como se dinheiro fosse problema lá em casa, eles não têm mais com o que gastar.

Suzan se sentou e pediu um mate a uma das atendentes.

– Também tenho pensado num estágio. Quero arrumar um legal, mas não sei onde.

– Hum, minha mãe conhece sei lá quem da Secretaria de Turismo do Rio, se quiser posso te indicar.

– É sério? – Suzan pensou em tudo o que poderia aprender com um estágio desses.

– Sério. Ela perguntou se eu queria, mas não sei. O salário é bem pouco e o trabalho é muito. Desanimei. – Paula fez uma careta. – Não quero nada que pague pouco e me explore.

– Mas a experiência que você ganharia lá compensa.

– Pode ser. Mas não me animei, então posso te indicar, se quiser.

– Claro que eu quero!

A garçonete chegou, trazendo o mate de Suzan e um suco para Paula. De longe, Eulália acenou, ocupada com o trabalho atrás do balcão da lanchonete. Suzan retribuiu o aceno e fitou Paula nos olhos.

– Preciso te contar sobre a minha questão.

– Que questão? – Paula pareceu confusa.

– Mateus, Renato...

– É mesmo! Você estava na dúvida na sexta, mas me falou que pensaria melhor no fim de semana. E aí, o que rolou?

– Decidi dar uma chance a mim, ao Mateus e à felicidade. Que coisa brega, né? – As duas riram. – O Mateus e eu estamos namorando.

– Ai, que lindinho. Agora me conta os detalhes.

– Detalhes do quê?

– Do beijo, da pegada dele, dos amassos, de tudo, oras.

– Eu não vou contar detalhes do meu namorado. – Suzan piscou. – Só posso dizer uma coisa: o beijo do Mateus é a melhor coisa que existe.

CAPÍTULO 17

A SALA DE REUNIÕES DA CONTRUTORA TORRES fervilhava de engenheiros, secretárias e assistentes. A construção do novo shopping estava ocupando boa parte do dia a dia da empresa, e Rogério supervisionava tudo com mão de ferro, para que nada saísse errado.

– Você acha que dá para começar a montar as estruturas no próximo mês? – perguntou Rogério.

– Acredito que sim. Estamos um pouco atrasados no cronograma, mas não é nada preocupante, por enquanto – respondeu Antônio.

Rogério observou Mateus, que conversava com um técnico e olhava a planta da construção ao mesmo tempo.

– Ele está dando conta?

Antônio seguiu a direção em que Rogério olhava.

– Sim, o problema do pai não está afetando o trabalho dele. O Mateus é um rapaz esforçado, não tenho queixas.

– Por que meu filho não é assim? – comentou Rogério.

Antônio não disse nada, sabia que era o tipo de pergunta para a qual o chefe não esperava uma resposta.

– Estou pensando em mandar o Renato vir aqui ainda esta semana, para ajudar vocês.

– Será muito bom para o Renato.

– Sim, sim, mas não quero moleza para o meu filho. Ele precisa aprender a assumir responsabilidades. Não me importo de você pegar pesado com ele.

— Como você quiser. – Foi a única coisa que Antônio conseguiu responder.

— Vou falar com ele ainda hoje. – Rogério olhou em volta da sala. – Estou indo embora, qualquer contratempo, me avise.

Antônio acenou com a cabeça e observou o chefe sair. Mateus se aproximou.

— Algum problema?

— Só se for para o seu amigo.

— O Renato? – Mateus franziu a sobrancelha.

— Acho que ele vai vir trabalhar aqui esta semana.

— Sério?

Antônio se sentou.

— Mudando de assunto... – Mateus encarou Antônio, que pigarreou. – Quer dizer que você está namorando minha filha?

Mateus sentiu suas bochechas arderem de vergonha e não soube o que falar.

— Eu, eu... Eu gosto muito da Suzan.

— Fico feliz em saber. Posso dizer que a notícia me agradou, sempre gostei de você. O namoro me agrada.

— Obrigado – comentou Mateus, ainda constrangido, sem saber o que fazer ou dizer.

— Bem, vamos voltar ao trabalho.

*

Após a reunião na Construtora, Rogério foi para casa. Ainda estava cedo, e o trânsito da Barra em direção à Zona Sul se mantinha normal. Fugir do engarrafamento se tornara um exercício diário e, embora ele tivesse um motorista para se preocupar com isso, detestava ficar horas parado, perdendo tempo precioso no meio dos carros.

Ao chegar em casa, encontrou Loreana na sala com uma amiga. As duas conversavam animadamente sobre algum evento que iria acontecer em breve, mas Rogério não deu muita atenção.

– O Renato está na praia? – perguntou Rogério, esperando a confirmação do comportamento totalmente previsível de Renato.

– Ele já voltou faz algum tempo, está no quarto – respondeu Loreana.

Rogério deu um beijo na esposa e foi até o quarto de Renato. Decidiu não comentar nada sobre o filho ter ido à praia aquele dia. Pelo menos desta vez ele voltara cedo.

– Posso entrar? – perguntou Rogério, batendo na porta e já entrando no quarto de Renato, que estava sentado na cama, mexendo no celular.

– Oi, pai, o que manda?

– Só vim dar um alô.

– E checar se estou estudando?

Rogério ficou sério e cruzou os braços.

– Você está com dezenove anos, acredito que tem idade suficiente para saber o que é importante na vida e estudar sem ser mandado.

– Certo – disse Renato, sem tirar os olhos do celular.

Rogério continuou na porta do quarto. Parando de mexer no celular, Renato encarou o pai.

– O que eu fiz agora?

– Não fez nada. Mas bem que podia ter ido até à construtora hoje, dar uma força para o seu amigo.

– Até parece que o Mateus precisa de ajuda. Se eu tivesse ido, ele que me ajudaria. – Renato riu, passando a mão pelo cabelo, mas ficou quieto, percebendo que o pai não estava de bom humor. – Foi mal, vou lá amanhã.

– É bom mesmo. Sei que pareço um disco arranhado, mas você precisa se interessar mais pelos assuntos da empresa. E pense na minha ideia de passar um tempo estudando no exterior.

– Pai, não sei para que usar estas gírias de velho, antigas demais para que eu entenda. Não sei o que é um disco arranhado. – Renato tentou descontrair o ambiente, sem sucesso.

Decidiu mudar de assunto. – Sabia que o Mateus e a Suzana estão namorando?

Rogério franziu a testa.

– Mas ela não gosta de você?

– Fala sério, pai! – Renato começou a rir. – A Suzana é minha amiga.

– Você pensa assim, mas eu e sua mãe já percebemos que ela é apaixonada por você.

– Você está viajando.

– Ok, então – disse Rogério, saindo do quarto.

Renato ficou alguns segundos rindo do pai, mas depois começou a pensar no assunto. Suzan era a fim dele? De onde seu pai havia tirado isso? Deu de ombros e voltou a mexer no celular.

*

Desde o dia anterior, quando os pais souberam do seu namoro, Rebeca tentava evitá-los, principalmente a mãe. Helena quase se esqueceu de Suzan e Mateus e encheu a filha mais nova de perguntas, querendo saber o máximo possível sobre Caio e sua família.

Rebeca não aguentava mais a curiosidade da mãe e se refugiou no quarto, com a desculpa de que precisava estudar para uma prova.

– Oi, Beca, recebi sua mensagem – disse Suzan, entrando no quarto da irmã.

Rebeca se levantou e foi até a porta, trancando-a, checando antes se a mãe estava no corredor.

– Ai, Xuxu, não aguento mais a mamãe. Tem um dia que ela sabe do meu namoro e já está me infernizando.

– Bem-vinda ao meu mundo – disse Suzan, achando graça da irmã enquanto se sentava ao lado dela na cama.

– Puxa, ela não está dando trégua. Já me fez umas mil perguntas sobre o Caio e a família dele, e ainda por cima fica com raiva quando eu não sei responder. Só faltou querer saber quanto o pai dele ganha.

– Bem, você conhece a dona Helena.

Rebeca virou os olhos e abraçou o travesseiro com a foto do Nick Jonas estampada. Ela se encostou na cabeceira da cama, ao lado da irmã.

– Fui falar que ia sair com o Caio no sábado e ela disse que só vou se você for junto. Parece até que tenho cinco anos de idade e preciso de uma babá me vigiando. Acredita?

– Acredito. Mas não se preocupe, eu vou junto, só que levo o Mateus. Vamos marcar algo, sim, podemos fazer um encontro duplo, o que acha?

– Hum, pode ser. Não dá para namorar só na escola. – Rebeca estremeceu, lembrando-se dos olhares de inveja das meninas do colégio. – Acha que ela vai te deixar sair com o Mateus?

– Eu sou maior de idade, ela não pode me proibir – disse Suzan, pensando no que faria se a mãe continuasse implicando com seu namorado. – Antes de decidir dar uma chance ao Mateus, conversei com ela algumas vezes. Acho que a mamãe já está se acostumando com a ideia de que agora ele faz parte da minha vida. Bem, assim espero.

– Será?

– Eu tenho de tentar, Beca. E ela sabe que não aguento mais sofrer pelos cantos por causa do Renato. O Mateus é a minha chance de ser feliz. E ela é minha mãe, supõe-se que queira me ver feliz, não é mesmo?

– Depois do interrogatório que fez comigo, tenho minhas dúvidas de que ela queira me ver feliz – disse Rebeca, suspirando e colocando a cabeça no colo de Suzan.

CAPÍTULO 18

EMBORA ESTIVESSE NAMORANDO há poucos dias, Suzan já se acostumara à ideia de ter a seu lado alguém que a amava. Até uma semana antes, assim que entrava na Universidade da Guanaraba sua prioridade era procurar por Renato. Desde domingo, sua atenção se voltara para Mateus, e ela começou a perceber que era algo que acontecia de forma natural. Ele já fazia parte da sua vida antes, agora era como se preenchesse todos os espaços vazios de sua existência.

O fato de Mateus estar quase sempre com Renato na universidade não a incomodava tanto quanto pensou que aconteceria. Ela ainda gostava de Renato, mas percebia que o sentimento estava se transformando aos poucos em amizade, nada mais, o que trazia paz ao seu coração. Suzan queria se apaixonar perdidamente por Mateus e retribuir todo o amor que ele lhe dava. Até o sorriso dele, naquela manhã, quando ela chegou à lanchonete, a fez se sentir especial.

– Oi, linda, estava com saudades – disse Mateus, levantando-se e abraçando Suzan. Eles se beijaram, um beijo rápido, mas que a fez ficar balançada.

– A melação não vai acabar? – brincou Renato.

Suzan deu um abraço no amigo e se sentou junto a Mateus.

– Estão falando sobre o quê? – perguntou Suzan.

– Nada. O assunto de sempre, meu pai e sua encheção de saco sobre eu trabalhar na construtora. E ir para o exterior.

— Pensei que ele tivesse desistido – disse Suzan, aconchegando-se junto ao peito de Mateus, que colocou um dos braços em volta do corpo dela, trazendo-a para perto de si.

— Ele jamais vai desistir – comentou Mateus. Renato deu de ombros.

Eulália se aproximou da mesa.

— Minha querida, posso trazer algo para você? – perguntou para Suzan.

— Aceito um mate.

Suzan sorriu e Eulália retribuiu, afastando-se da mesa.

— Minha mãe te ama – disse Mateus.

— Ela é um amor. – Suzan checou o celular, que havia vibrado. Era uma mensagem de Rebeca. – Minha irmã está namorando, acredita?

— Aquela pirralha? Ela não tem idade para namorar – comentou Renato.

— Ela tem dezesseis anos.

— Sério? – Renato franziu a testa. – Pensei que era mais nova.

— Repara não, o Renato anda lesado por conta da pressão do pai.

— Esqueceu que eu o conheço tão bem como você? – disse Suzan, mas se arrependeu na mesma hora. Mateus podia interpretar o que falou de forma errada. Ela o encarou, apreensiva, mas ele pareceu não se importar com o comentário. Decidiu mudar de assunto. – A Beca nos chamou para sairmos no sábado, nós dois, ela e o Caio.

— Quem é Caio? – perguntou Renato.

— O namorado da Beca – respondeu Suzan.

— Ah... Puxa, eu e a Tatiana podemos ir também? Não temos nada programado pra sábado.

Mateus não respondeu e um silêncio pairou na mesa. Mesmo sem encará-lo, Suzan sentiu o peso do olhar dele sobre ela. Tinha uma decisão a tomar e sabia qual precisava ser sua resposta.

– Claro – disse Suzan, e espantou-se por ter dito aquilo com sinceridade. Percebeu que sair com Renato e sua nova namorada a incomodava um pouco, mas ao mesmo tempo seria bom ver os dois juntos, se quisesse realmente esquecê-lo.

– Beleza, combinado. Vamos aonde? – perguntou Renato.

– Pensei no Downtown, para aproveitar o fim do verão e porque a Beca quer ir ao cinema também – disse Suzan, referindo-se ao shopping a céu aberto na Barra da Tijuca, que tinha uma arquitetura semelhante a uma pequena cidade, com lojas, consultórios, cinema, lanchonetes e bares.

– Por mim, tudo bem – disse Mateus.

– Mas nós vamos só para um barzinho. Beca deixou claro que quer ir sozinha ao cinema com o namorado.

– Hum, e o que eles querem fazer sozinhos lá? – provocou Renato, piscando um olho.

– Para de pensar besteira, cara – disse Mateus, segurando o riso. – Provavelmente quer namorar sem a irmã mais velha fiscalizando.

– Ei! Eu sou uma irmã legal – disse Suzan, batendo de leve no braço de Mateus.

– Hum, prevejo problemas no paraíso – brincou Renato.

*

Ao entrar em casa, Suzan encontrou a mãe na cozinha, separando as quentinhas de comida. Helena não gostava de cozinhar, o que nunca fora um problema na família. Raras vezes preparava alguma coisa; no mais, costumava inventar um almoço diferente, fosse com comidas congeladas, com o auxílio de um restaurante ou de uma cozinheira das redondezas que vendia quentinhas deliciosas.

– O almoço está pronto – disse Helena.

– Ele veio pronto – brincou Suzan, e a mãe riu. – Está de bom humor, mãe?

– Seu pai recebeu o bônus pela obra do shopping.

— Já? Mas o shopping nem está pronto.

— Parece que o Rogério conseguiu adiantar uma parte do bônus.

— Legal. Vou trocar a roupa e já volto para almoçar — comentou Suzan, indo em direção ao quarto.

Helena a seguiu.

— Como você está, minha filha?

— Estou bem.

— Fico feliz.

Suzan a encarou um pouco incrédula.

— É sério?

— Claro que é! Que absurdo você achar que não quero a sua felicidade. Posso ser um pouco ranzinza de vez em quando, mas quero ver você feliz. Mesmo que signifique que você... — Helena não conseguiu terminar a frase. Ficou olhando o teto do quarto da filha, mordendo o lábio inferior.

— Mesmo que signifique que eu esteja com o Mateus, não é? — Suzan foi até a mãe. — Eu gosto do Mateus, ele é um cara legal. Quantas vezes preciso repetir a mesma coisa?

— Eu sei, eu sei. Ainda estou tentando me acostumar. É difícil, você sabe que sempre pensei que o Renato seria seu namorado.

— Eu também pensava assim, mãe, mas, acredite, estou feliz. O Mateus tem um jeito de fazer com que eu me sinta especial só de olhar pra mim.

— Que bom! — Helena sorriu, mas Suzan percebeu o lábio dela tremendo. Ainda demoraria para sua mãe se acostumar com Mateus. — Vá chamar sua irmã, vou colocar os pratos na mesa.

Suzan terminou de trocar de roupa e foi até o quarto de Rebeca.

— Mamãe está chamando para almoçar.

— Já vou. — Rebeca desligou o som, mas não saiu do quarto.

— Ah, combinei com o Mateus de sairmos sábado. O Renato e a namorada dele também vão.

– Ixi, que droga, hein?
– Ele se convidou, fazer o quê? Fiquei meio sem reação, o que eu ia falar? Que não? Terei de me acostumar com a ideia de o Renato ter alguém e eu estar com outra pessoa. – Suzan deu de ombros, e Rebeca a encarou séria. – É claro que não é uma ideia maravilhosa, cem por cento aprovada, mas, como falei, preciso me acostumar a vê-lo com outra. E preciso esquecer que um dia fui doida por ele. Eu tenho de me apaixonar pelo Mateus, então não posso me incomodar com o fato de o Renato estar com alguém.
– Hum, porque você também está.
– Sim.
– Ótimo, aí ele pega o Caio em casa.
Suzan olhou a irmã, franzindo a sobrancelha.
– Como assim?
– O Caio mora na Gávea, o Renato no Leblon, então vai passar perto da casa do Caio e pode dar uma carona, né?
– Beca, você é folgada demais – disse Suzan. – Vou falar com o Renato, acho que ele não vai se importar.
– Você vai amar o Caio, ele é o máximo.
– Mal posso esperar.

*

Desde que Eulália deixara a vida de "dondoca" de lado, passando a trabalhar para sustentar a casa e dar a Mateus o mesmo padrão de vida de antes da prisão de Vagner, o filho a admirava cada vez mais.

Até o pai se envolver no esquema de fraude de apólices de seguros, Eulália levava uma rotina similar à de Loreana, com idas ao shopping, academia e cabeleireiro, embora a conta bancária de Vagner não fosse igual à de Rogério.

Só que, ao ser preso, Vagner deixou Eulália em dificuldades, após uma parte do dinheiro dele ser confiscada. Ela precisou conseguir um trabalho e sustentar Mateus. A escolha de comprar a lanchonete da escola veio por intermédio de um professor que conhecia o desespero de Eulália e ficou sabendo que a cantina estava à venda. Não foi fácil administrar um pequeno negócio, ela teve altos e baixos, mas conseguiu sobreviver. Quando Mateus foi para a Universidade da Guanabara, ela não viu mais razão para continuar no colégio, onde ainda sentia os olhares atravessados de vários professores e pais de alunos. Abrir uma nova lanchonete na faculdade foi algo natural e automático. Chegara a hora de dar um novo passo.

Depois que Vagner voltou para suas vidas, Mateus sabia que nada mais seria como antes e tinha medo de que o pai influenciasse negativamente o trabalho da mãe. Naquela sexta, já sabia o que o esperava quando chegasse em casa. À tarde, recebeu uma mensagem da mãe falando que ia mais cedo para o apartamento, pois tinha um compromisso à noite. Tinha certeza de que ela se encontraria com o marido.

Eulália estava na sala, pronta, apenas esperando o filho chegar.

– Vai sair com ele? – perguntou Mateus assim que entrou em casa.

– Sim – disse Eulália, reticente. Fora pega de surpresa pela afirmação do filho, e o medo de que ele a desaprovasse era visível em seu rosto.

– Ok. Bom passeio – disse Mateus, dando um beijo na mãe e indo para o quarto. Ele escutou o barulho da porta se fechando e sentou-se na cama. Pegou o celular e digitou uma mensagem.

> Podemos ficar aqui em casa? Não to com cabeça pra sair

Suzan não demorou a responder, confirmando que logo estaria a caminho. Mateus tirou o sapato, mas permaneceu com a calça jeans e a camisa. Colocou os travesseiros encostados na cabeceira da cama e se deitou ali. Mexeu no celular, e o som dos primeiros acordes de "Kite" tomou conta do quarto.

*

Mateus abriu a porta do apartamento com a fisionomia cansada. Assim que viu a namorada, ele sorriu, tristemente, e a puxou para seus braços. Suzan se sentiu bem naquele abraço apertado e demorado. Ela enterrou o rosto no pescoço de Mateus, sentindo seu cheiro.

– O que foi? – perguntou, sabendo que algo estava errado.

– Minha mãe. – Ele fechou a porta do apartamento, levando Suzan para seu quarto. – Ela saiu pra se encontrar com meu pai.

Suzan balançou a cabeça, sem saber exatamente o que falar. Mateus se encostou nos travesseiros e a trouxe para perto dele. Ela se aconchegou em seus braços e eles ficaram deitados em silêncio por alguns minutos.

– Já escutou "Kite" quantas vezes? – perguntou Suzan, apontando o celular, que estava jogado na cama.

– Sou muito previsível, né?

– Quando está triste, sim – disse Suzan. Mateus não respondeu, apenas a abraçou mais forte e ficou acariciando o braço dela. – Você quer falar sobre o assunto?

– Não, só ficar quieto. Não posso fazer nada, eu sei que ela gosta dele, preciso me conformar, só não consigo aceitar que ele voltou a fazer parte das nossas vidas.

– Não sei o que falar.

– Não precisa falar nada.

Suzan levantou a cabeça e beijou Mateus. A sensação era maravilhosa e ela sempre se recriminava pelo tempo perdido. Sentiu seu coração acelerar e o fôlego escapar. Estar com Mateus era como ir ao céu em segundos e ela não queria soltá-lo. O beijo ficou intenso, mas, depois de um tempo, eles se afastaram.

– Desculpe, não sou uma boa companhia hoje.

– Antes de tudo, eu sou sua amiga. Não quero te ver triste.
– Não estou triste. – Ele suspirou. – Estou, mas não totalmente. Acredite, só de você estar aqui comigo, desse jeito, já me ajuda, e muito. Ter você ao meu lado é a melhor coisa que me aconteceu nos últimos anos, ainda mais quando eu acreditava que jamais a teria.

Ela sorriu, sentindo-se bem com o que ele dissera. Definitivamente, Mateus a fazia se sentir especial.

– Posso fazer uma pergunta?

Ele balançou a cabeça, confirmando.

– Como você começou a gostar de mim? – perguntou Suzan, um pouco sem graça. Desde domingo que aquele assunto não saía da sua cabeça. – É curiosidade boba de mulher.

Ele riu. Uma risada tão gostosa que a fez ficar mais tranquila.

– Não tem problema. – Ele passou a mão no cabelo preto que caía no rosto. – Não sei se você vai se lembrar, foi quando terminei o namoro com a Andressa. Estava chateado, não por causa do fim do namoro, mas pelo modo como ele terminou.

Suzan balançou a cabeça, concordando. Ela se lembrava, foi no último ano deles no colégio. Mateus e Andressa namoraram durante poucos meses, uns quatro ou cinco. Eles formavam um casal que Suzan invejava, estavam sempre alegres e unidos. Até o dia em que Andressa descobriu sobre Vagner e abandonou o namorado.

– Você estava triste por causa do motivo.

– Não consegui acreditar que ela havia me deixado por causa das coisas que o meu pai fez. Eu não tinha nada a ver com aquilo, mas, a partir do momento em que a Andressa descobriu, começou a me olhar diferente, como se eu fosse um bandido, um assassino ou algo parecido.

– Infelizmente, nem todo mundo consegue separar as coisas – disse Suzan, lembrando-se do modo como sua própria mãe falava de Mateus. – Nossa, eu e o Renato ficamos com muita raiva da Andressa pelo que ela fez.

– Naquele dia, você me conquistou pelo que me falou, lembra?

– Não me lembro de tudo o que falei. Só me lembro de ter dito que, infelizmente, algumas pessoas iriam decepcioná-lo na vida, não importava o que você falasse ou fizesse.

– Sim, você me disse que era assim que acontecia. Você falou, mais ou menos, que nem todo mundo entra na nossa vida para nos fazer felizes. Muitas pessoas se aproximam de nós com interesse e, se você não tem nada a oferecer, elas se afastam. Outras caem fora no momento em que a sua presença não é mais importante. Eu me lembro das suas palavras. E concordo, as pessoas estão sempre buscando obter algo da gente; quando não temos utilidade, elas não se interessam mais em ficar por perto. É difícil encontrar alguém que queira nos ajudar apenas pelo simples fato de querer ajudar, sem receber nada em troca. Então, quando alguém assim aparece, temos de mantê-la na nossa vida. E você é uma dessas pessoas, sempre esteve ali, sem querer nada de mim em troca da sua amizade. Naquele dia, depois que você falou essas palavras, percebi que queria ter você para sempre na minha vida, e não apenas como amiga, mas como minha namorada. Foi quando percebi que gostava de você de uma forma diferente.

Ele a encarou e Suzan viu paixão nos olhos dele. Mateus passou a mão em seu rosto, tirando uma mecha de cabelo e a colocando atrás da orelha. Suzan sentiu uma eletricidade passar por seu corpo e lentamente os dois se aproximaram, até seus lábios se tocarem de forma apaixonada.

Mateus a colocou sentada em suas pernas e puxou o corpo de Suzan para perto do dele, até estarem colados. Ela ficou ofegante, enquanto ele beijava seu pescoço e acariciava suas costas por baixo da blusa. Naquele instante, ela não se lembrou da existência de Renato.

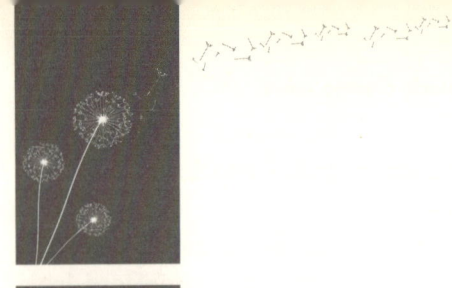

CAPÍTULO 19

O outono já havia chegado ao Rio de Janeiro, mas a temperatura era de verão. Não o que vinha fazendo na cidade há alguns anos, mas de um verão normal, sempre em torno dos 30 graus.

Durante os fins de semana, as praias ficavam cheias de cariocas que queriam aproveitar um dia de sol sem o calor insuportável do início do ano. A areia em frente ao Pepê era disputada ao longo do dia, por isso Suzan e Rebeca costumavam ir à praia mais cedo, quando poucas pessoas já estavam lá.

– Estou megaempolgada pra sair hoje – disse Rebeca, estendendo a canga na areia. – Nem consegui encontrar o Caio ontem.

– Ele não foi ao colégio?

– Foi, mas é diferente. Estou falando de encontrar à noite. Só consegui ir à tarde ao shopping porque inventei para a mamãe que a Paty precisava da minha ajuda para comprar uma roupa.

– E por que você não falou a verdade?

– Ah, Xuxu, até parece que você não conhece a mamãe. Se eu falasse a verdade, provavelmente ela iria ao shopping comigo para conhecer o Caio.

– Provavelmente – concordou.

– Aí, já viu, namorar com a mãe ao lado não rola. Tive de inventar isso para ir sozinha, mas namorar no shopping é quase tão sem graça como na escola. À noite, é tudo mais excitante.

— Rebeca! – disse Suzan, um pouco alto demais.
— Vai dizer que não é?
— Você está muito saidinha, garota – Suzan riu e pegou o celular, franzindo a testa.
— O que foi?
— O Mateus perguntou mais cedo se vínhamos à praia e eu confirmei, mas ele não me mandou mais mensagem.
— Ele é bonitinho, sabia?
— Sim, eu sei – disse Suzan, enviando outra mensagem para Mateus.
— Você já esqueceu o Renato?

Suzan ficou pensando na pergunta da irmã. Todos os dias daquela semana ela se questionou sobre o mesmo assunto, mas nunca chegava a uma conclusão.

— Se eu falar que sim, vou mentir. Comecei a namorar o Mateus domingo, amanhã faz uma semana, é pouco tempo para esquecer alguém. Mas é estranho, quando olho para o Renato, não sinto mais tudo o que sentia antes. Eu ainda gosto dele, não vou negar, dói um pouco vê-lo acompanhado, só que, com o Mateus ao meu lado, tudo parece tão simples.

— Por isso você não se importou por a namorada do Renato ir junto hoje.

— Talvez. – Suzan balançou a cabeça, concordando. – É estranho ela ir, é estranho ver o Renato com alguém. É muito difícil explicar, Beca. Não sinto mais aquela aflição de antes, aquela vontade de ser notada, porque já fui. Ao lado do Mateus, me sinto completa, feliz e especial. Ele faz com que eu me sinta assim.

— Ai, que lindo! – disse Rebeca. Ela ficou alguns instantes quieta. – Não é ele ali?

Suzan olhou para onde Rebeca indicava e viu Mateus prendendo a bicicleta, próximo à Barraca do Pepê. Ele avistou as duas e se aproximou.

— Olá, meninas – disse, dando um beijo em Suzan.

— Você veio do Recreio até aqui de bicicleta? — perguntou Suzan, espantada.

— Sim — disse Mateus, tirando o tênis e a camiseta, ficando apenas de bermuda. Rebeca arregalou os olhos e prendeu o fôlego, indicando o corpo de Mateus para Suzan, que fingiu não perceber a reação da irmã. Embora estivesse acostumada a ver Mateus sem camisa, nunca era demais olhar.

— É muito longe — disse Rebeca, tentando não gaguejar. Seu pensamento ainda estava perdido na barriga definida do namorado da irmã.

— Acho que dá uns quinze ou dezesseis quilômetros. Já estou acostumado a pedalar quase todo domingo uma longa distância. É só colocar os fones no ouvido, conectar a música no celular e vir observando esta paisagem deslumbrande, a praia, as pessoas no calçadão. Nem percebo que andei muito. — Ele deu de ombros e olhou o mar. — Só preciso de um mergulho e de uma água de coco pra me refrescar.

— Pode mergulhar que eu providencio sua água de coco — respondeu Suzan. Mateus a beijou novamente e foi em direção ao mar.

— Como diria a Paulinha, sua amiga louca: meu Deus, o que é aquele peitoral malhado? Xuxu, você está bem, hein? Preciso ver urgentemente o Caio sem camisa.

— Olha o assanhamento, menina. O que você precisa é parar de conversar besteiras com a Paulinha pela internet, ela é uma péssima influência.

As duas ficaram caladas, observando Mateus entrar no mar.

— Xuxu, posso fazer uma pergunta íntima?

— Lá vem besteira — disse Suzan, se divertindo com a irmã.

— Você e o Mateus... Vocês já transaram?

— Olha a indiscrição, Beca! — disse Suzan, tentando não falar alto e sentindo as bochechas ficarem vermelhas. Olhou em volta e começou a quase sussurrar. — Ainda não, mas ontem à noite rolou um clima no quarto dele, uns amassos mais quentes, digamos assim.

– Uau, Xuxu. E aí?

– Não aconteceu nada além do que já falei, Beca. Mas sinto que não vai demorar a acontecer – disse Suzan, sentindo um arrepio ao se lembrar da noite anterior.

Elas olharam Mateus, que saía do mar e vinha em direção às duas.

– Até agora não acredito que ele veio do Recreio aqui de bicicleta. Ele é maluco! – comentou Rebeca.

– É, sim – disse Suzan, com um misto de surpresa, felicidade e admiração.

*

Na opinião de Renato, a Gávea era algo minúsculo no caminho da sua casa para a Barra. Ele passava por ali praticamente todos os dias, mas raramente se lembrava de que aquele lugar do Rio existia. Quando alguém falava do bairro, o que mais se destacava em sua mente eram o Planetário e a PUC.

Esses pensamentos ocupavam sua cabeça enquanto ele e Tatiana tentavam encontrar o prédio de Caio.

– Eu falei que tinha de entrar na outra rua – reclamou Tatiana.

– Relaxa, gatinha, eu contorno o quarteirão.

– Não tem quarteirão aqui.

– Como não? – perguntou Renato, tentando visualizar o nome da próxima rua na placa da esquina.

– Segundo o mapa que meu celular mostra, não tem quarteirão. É uma rua sem saída.

Renato bufou e fez a volta na rua em que estava. Sabia que Tatiana dissera para ele entrar na rua anterior, mas não admitiria isso.

– Ok, quando for para dobrar, me avise.

– Mas eu avisei da outra vez. Vocês, homens, detestam receber orientações de uma mulher.

Renato ignorou o comentário da namorada e continuou dirigindo, mas desta vez entrou na rua por ela indicada. Caio esperava em frente ao prédio conforme o combinado.

– Aí, parceiro, se perdeu? – perguntou Caio, enquanto entrava no carro.

– Não, foi fácil encontrar a rua – mentiu Renato. Tatiana segurou o riso.

– Tem gente que acha a Gávea sinistra, mas é bem tranquila. – Caio apoiou os braços nos encostos dos bancos da frente do carro, e colocou a cabeça entre Renato e Tatiana. – A parada hoje vai ser show, hein?

Tatiana o olhou com a testa franzida e Renato balançou a cabeça.

– Você já conhece a Suzana?

– A irmã da Beca? Pensei que o nome dela era Suzan.

– Sim, sim, Suzan.

– Cara, ainda não conheço, mas espero que ela me dê alguma moral lá na casa da Beca. A mãe da menina anda pegando em cima, sacou?

– Saquei. A dona Helena é bem brava.

– Se é. Mas, beleza, ela não pode prender a gata em casa para sempre, né? – Caio piscou, mas ninguém viu.

– Você me lembra demais o Montanha – comentou Tatiana.

– Quem é Montanha?

– Meu parceiro de ondas – respondeu Renato.

– Pô, maluco, demorô. Você também curte surfar? Maneiro, hein?

– Sim. Praia é tudo de bom.

– Se é. Cara, vamos combinar umas paradas aí, pegar umas ondas juntos, aí você chama o Montanha e fazemos uma farra. Partiu?

Tatiana revirou os olhos. Renato e Caio foram até a Barra falando sobre surfe.

*

A hora do filme se aproximava e Rebeca estava impaciente. Caio e Renato conversavam animadamente sobre praia, ondas, surfe, enquanto Suzan, Mateus e Tatiana falavam sobre a universidade e ela se sentia deslocada. Suspirou alto e olhou para o namorado.

– Vamos?

– Calma, gata – respondeu Caio. Ela pressionou levemente seu braço, antes que ele voltasse à conversa com Renato.

– Está na hora do cinema.

– Já? – Ele franziu a testa e checou o horário no celular. – O tempo voa quando estamos em um papo animado.

Os dois se levantaram e saíram, não sem antes Caio se despedir de todos e falar mais uma vez com Renato sobre praia, ondas e surfe.

– O Caio é gente boa – disse Renato.

– Nossa, eu senti que estava diante do irmão mais novo do Montanha – comentou Suzan. Todos na mesa riram, menos Renato.

– Eu acho que os dois não têm nada a ver, muito menos parecem irmãos.

– Amor, ela está dizendo em termos de personalidade, não fisionomia – explicou Tatiana, tentando não achar graça do namorado.

– Concordo. Desde que ele chegou e começou a falar sem parar, eu só pensava no quanto é parecido com o Montanha – disse Mateus.

Renato ficou em silêncio por alguns segundos.

– Acho que é porque estou acostumado com o Montanha.

– Todos estamos – disse Suzan. Renato deu de ombros.

– O jeito de falar, as gírias, o amor por ondas. Tudo lembra o Montanha – comentou Tatiana.

– Eu também amo ondas – protestou Renato.

– É diferente, amor, você não fala igual a eles, com aquele tanto de gírias.

– Ah, vamos mudar de assunto, não viemos aqui para falar do Montanha – disse Renato. – Sobre o que vocês estavam conversando?

– A Suzan me contou do estágio que a amiga dela ofereceu – respondeu Tatiana.

– Tem uma vaga na Secretaria de Turismo, mas estou na dúvida.

– Por quê? – perguntou Renato.

– O salário não é muito bom e acho que o trabalho não tem muito a ver com o que eu quero.

– E o que você quer? – perguntou Tatiana.

Suzan fechou os olhos, imaginando seu futuro. Mateus se adiantou e respondeu por ela.

– O sonho da Suzan é ter uma agência de viagens.

– Totalmente clichê para uma estudade de Turismo – disse Suzan, e todos riram.

– Eu acho legal. Deve ser um emprego prazeroso – respondeu Tatiana.

– Esse tipo de coisa de secretaria, do governo, não precisa fazer concurso antes? – perguntou Renato.

– Acho que para estágio, não. – Suzan deu de ombros. – Sei lá, não sei direito qual o esquema. De qualquer forma, ainda não sei se vou.

– Tente fugir do trabalho o máximo que puder, é o meu lema – comentou Renato, rindo. Ele olhou Tatiana, que o encarava sério. – É verdade. – Deu de ombros.

– Não repara, Tatiana, mas o Renato tenta fugir da contrutora desde que nasceu – disse Mateus.

— Sim, afinal de contas, vou morrer naquele emprego mesmo, então, para que apressar as coisas? Deixa o Mateus lá, cuidando da minha vaga.

— Que horror! – disse Tatiana.

Suzan se levantou.

— Já volto, gente.

— Você vai ao banheiro? Vou junto – disse Tatiana, levantando-se antes que Suzan pudesse falar alguma coisa.

— Por que as mulheres sempre vão ao banheiro juntas? – perguntou Renato.

— Hum, é um grande enigma, não é? – disse Tatiana, piscando o olho.

— Para falar mal de vocês, é claro. Qual outro motivo teríamos? – comentou Suzan, e ela e Tatiana riram, afastando-se da mesa.

No banheiro, enquanto lavava as mãos, Suzan tentava se decidir se gostava ou não de Tatiana. Desde o começo ela estava sendo simpática, mas Suzan ainda tinha dúvidas se era algo verdadeiro ou mero interesse para conquistar sua amizade. Talvez um pouco dos dois.

— Nossa, o Renato às vezes parece uma criança – disse Tatiana, pegando um pouco do sabão líquido.

— Às vezes?

As duas riam.

— Eu gosto tanto dele – comentou Tatiana, encostando-se na bancada da pia. – Sei que estamos namorando faz pouco tempo, mas ele é um cara legal, faz com que eu me sinta bem. Quando estamos juntos, parece que nada mais interessa. É um pouco louco, entende?

Suzan entendia perfeitamente, sentia o mesmo com Mateus. Apesar de ter começado a namorá-lo há uma semana, já conseguia perceber os efeitos daquele relacionamento em sua vida. Parecia que agora tudo ia dar certo pelo simples fato de ele estar ao seu lado.

– Sim, entendo o que quer dizer. Eu me sinto assim, também, Tati.

Suzan sorriu. Tatiana retribuiu, e Suzan viu sinceridade no gesto.

– Você e o Mateus juntos são perfeitos. Sério – disse Tatiana.

– Sim, somos – respondeu Suzan. E, naquele momento, decidiu que, apesar de tudo, gostava de Tatiana.

*

Já era tarde, e Rebeca só queria ir para a cama, mas estava com pena de Mateus. Ela o olhava trocar o pneu, enquanto Suzan auxiliava, ou, pelo menos, tentava. Desde que o barulho na roda indicou o furo, quando estavam próximos ao prédio das meninas, ela percebeu que não dormiria tão cedo. Não queria dormir, mas ficar sozinha no quarto trocando mensagens com Caio. Era o que fazia agora, ali na garagem de seu prédio, um pouco afastada da irmã e de Mateus, mas queria privacidade e o clima aconchegante de sua cama.

– Você pode subir, Beca – disse Suzan, percebendo o quanto a irmã estava inquieta.

– Mas e vocês?

– Não tem problema, eu ajudo o Mateus a terminar.

Rebeca saiu em direção ao elevador, dando pulinhos de alegria. Mateus olhou a namorada com um semblante de dúvida.

– Bem, ela não estava servindo para nada mesmo. – Suzan deu de ombros.

Mateus se levantou, limpando as mãos em um pano que encontrou dentro do carro.

– Pronto. – Ele passou o braço na testa, para tirar o suor. – Pneu furado é uma droga.

– Vamos subir pra você lavar as mãos e beber água.

Mateus olhou em volta, um pouco hesitante.

– Não tem problema? Quero dizer, sua mãe pode não gostar.

– Relaxa, ela já deve estar dormindo. – Suzan piscou para Mateus, que terminou de guardar as ferramentas dentro do porta-malas do carro.

– Deixo o carro aqui mesmo, dentro da garagem?

– Sim, a essa hora ninguém deve chegar. Além do mais, você está bloqueando só o carro do meu pai.

Os dois subiram em silêncio, e Suzan aguardou enquanto Mateus lavava as mãos no tanque.

– Vai à praia amanhã? – perguntou ele, pegando um copo com água gelada das mãos dela.

– Por que quer saber? Para me encontrar de bicicleta? – Ela sorriu e se aproximou dele, tirando o copo de sua mão.

– Quem sabe. – Ele a puxou para perto, abraçando a cintura da namorada. – Eu gosto de pedalar.

– Percebi.

Ele deu um beijo na testa de Suzan e a encarou.

– Gosto da sensação do vento no meu rosto. Pedalar pela orla do Rio, ouvindo uma boa música e com o vento no rosto é uma das melhores sensações da vida, acredite.

– Eu acredito, mas você é muito animado de pedalar do Recreio até a Barra.

– Muita gente pedala, às vezes até distâncias maiores. Sei lá, quando estou sentindo o vento no rosto, parece que está tudo bem. Eu não sei explicar, mas tenho a sensação de que tudo vai se ajeitar na vida. Dá aquele sentimento de que, se o vento sumir, as coisas vão ficar ruins pra sempre.

– O vento não vai sumir – disse Suzan.

– Não, vamos torcer para que não.

Suzan entendeu o que ele quis dizer, mesmo sentindo tristeza em sua voz. Mateus era uma pessoa triste, ela já se acostumara ao seu estado de espírito, pois o conhecia há anos, mas, naquele momento, a voz dele soou ainda mais pesarosa. Ela se aproximou para beijá-lo, mas percebeu um vulto na cozinha.

– Que susto! – disse Suzan, ao ver a mãe parada na porta. Não se afastou de Mateus, embora percebesse que ele tentou se separar dela. – Está aí há muito tempo?

– Não. Escutei um barulho e vim ver o que era – disse Helena. – Chegaram agora?

– Não. O pneu do carro do Mateus furou e subimos para ele lavar as mãos – explicou Suzan, sentindo-se uma tola por ter de dar satisfações à mãe sobre o motivo de o namorado estar ali.

– Ah... E o tal Caio? O que acharam dele?

– Ele parece ser gente boa, tranquilo. Gosta muito da Rebeca – disse Mateus. Helena o olhou durante alguns instantes e sorriu.

– Que bom – disse ela, saindo da cozinha.

Mateus e Suzan ficaram um instante em silêncio, até que ele perguntou:

– O que foi isso?

– Vai saber.

CAPÍTULO 20

A MANHÃ ESTAVA CALMA NA LANCHONETE, e Eulália aproveitou para organizar as caixas de papelão vazias atrás do balcão. Ela empilhou tudo ao lado de um freezer de refrigerante e pediu que uma das funcionárias as levasse ao centro de reciclagem da universidade.

Ficou sozinha no atendimento enquanto a outra funcionária limpava as mesas desocupadas. Sentiu o coração acelerar ao ver Vagner se aproximar e parou o que estava fazendo. Levou-o até uma das mesas mais afastadas, para que conversassem sossegadamente.

– O Pedrosa está me pressionando – disse ele, assim que se sentaram.

– O que ele quer?

Vagner não respondeu de imediato, torcendo as mãos uma na outra. Eulália percebeu o quanto ele estava abatido e temeroso do que Pedrosa poderia fazer.

– Ele acha que estou com o dinheiro – disse ele.

– Que dinheiro?

– A parte desviada, aquela que nunca foi recuperada. Ele cismou que está comigo. Disse que nunca foi me procurar na prisão para que não suspeitassem do envolvimento dele no roubo. Eu nem sabia que ele estava no Brasil, parece que, de alguma forma, conseguiu voltar há pouco tempo. – Vagner respirou fundo e segurou as mãos de Eulália. – Ele foi paciente, aguardou que eu saísse. Ficou quatro anos esperando e agora não vai mais esperar. Disse que quer o dinheiro a qualquer custo.

Eulália abriu a boca para falar algo, mas não conseguiu. Tudo estava confuso em sua mente.

– Está dizendo que ele está ameaçando você?

– Mais ou menos – disse Vagner, reticente.

Eulália piscou várias vezes e finalmente entendeu. Após a descoberta do esquema de fraudes do seguro, uma parte do dinheiro sumiu e a especulação do que fora feito com ela passou a ser a principal manchete dos noticiários. Como dois dos três advogados fraudadores foram presos, acreditava-se que o cúmplice que fugiu havia levado a quantia para fora do país. Mas o reaparecimento de Pedrosa e a cobrança pelo dinheiro não eram coisas boas. Fora ele quem organizara o esquema e, durante muitos anos, Eulália desconfiou de que Pedrosa havia vazado informações para conseguir escapar.

Ela sentiu um aperto no peito e ofegou.

– Ele, ele... Se alguma coisa acontecer ao nosso filho, nunca vou perdoar você – disse Eulália, levantando-se. Vagner segurou a mão dela, impedindo-a de se afastar.

– Não vou deixar que nada aconteça a ele, nem a você.

– Não me importo comigo, apenas com meu filho. Ele já sofreu demais e, finalmente, está feliz.

A conversa dos dois foi interrompida pela chegada de Mateus, que se aproximou rápido da mesa ao ver o pai segurando a mão da mãe.

– O que está acontecendo aqui? – perguntou, posicionando-se perto da mãe e percebendo o quanto estava nervosa.

Vagner a soltou.

– Nada – respondeu Eulália.

Mateus não acreditou e a encarou sério.

– Eu a escutei dizer que não se importa com você, só comigo. O que pode acontecer com a gente? – perguntou ele, agora encarando Vagner com o semblante fechado.

— Nada, meu filho – disse Eulália. Mateus não a olhou, continuando com os olhos fixos no pai.
— Não quero você aqui. Este é o local de trabalho da minha mãe, não um lugar ao qual você pode vir para perturbá-la e aborrecê-la à hora que quiser.
— Não estou aborrecendo ninguém – disse Vagner, finalmente.
— Querido, está tudo bem, só estamos conversando – respondeu Eulália.
Mateus ficou calado, ainda encarando Vagner, que sustentou o olhar. Depois de alguns segundos de um silêncio incômodo, o rapaz suspirou:
— Estou indo para o meu estágio – disse, saindo da lanchonete.

*

Rogério andava pela construtora orgulhoso, apresentando o filho a todos os funcionários. Renato quase não visitava a empresa e sentia-se como em uma exposição, com todos os olhares voltados a ele. Assim que conseguiu, escapou do pai e se refugiou na sala de projetos junto com Mateus.
— Cara, se for todos os dias assim, não volto mais – disse Renato, sentando-se o mais longe possível da porta.
— Daqui a pouco ele se acostuma com a sua presença aqui.
Renato resmungou algo baixinho e ficou mexendo numa planta baixa qualquer. Não se interessou em descobrir o que era, só olhava para a porta, com medo de que o pai voltasse e o levasse para outro passeio em algum departamento da construtora. Estremeceu.
— Então, esse é o trabalho de um estagiário? – perguntou, olhando Mateus em pé, organizando algumas plantas no arquivo.
— Qual trabalho? O que eu estou fazendo ou o seu, de ficar aí sentado? – brincou Mateus.

Renato deu um rápido sorriso e olhou em direção à janela. Do lado de fora, o sol aquecia a cidade em um belo dia de outono. Ele pensou no quanto a temperatura devia estar agradável na praia.

Mateus terminou o que estava fazendo e sentou-se em frente ao amigo, imaginando o motivo de ele estar disperso.

– Sonhando com a praia?

– Sim. – Renato balançou a cabeça.

Eles ficaram em silêncio, e a imagem do pai surgiu na mente de Mateus. Não sabia exatamente o que estava acontecendo, mas seu coração dizia que não era algo bom. Sem saber o motivo, lembrou-se de uma conversa que tivera com Suzan em seu quarto alguns dias antes, logo após a festa na universidade.

– Você tem a sensação de ser especial? – perguntou Mateus ao amigo, que o olhou como se acordasse de um devaneio.

– É claro que sim!

– Sério?

Renato apoiou o antebraço na mesa, cruzando as mãos. Inclinou a cabeça um pouco, como se fosse contar um segredo.

– As pessoas pensam que o mundo gira em torno delas, mas estão enganadas. Alguém precisa avisá-las de que o mundo gira em torno de mim.

Mateus ficou olhando Renato e começou a rir.

– Você só pode estar brincando!

Renato deu uma gargalhada, acompanhando o amigo.

– É claro que estou. Sei que não sou o centro do universo, infelizmente. – Ele continuou rindo e se encostou na cadeira. – Mas, de alguma forma, acredito que sou um pouco especial.

– Verdade?

– Bem, veja o caso da construtora. Meu pai vive me enchendo para vir trabalhar aqui e sempre consegui escapar. Quando apareceu o estágio, ele falou que eu viria de qualquer jeito, que não tinha escapatória e blablablá. Com um pouco de lábia, o convenci a colocar você no meu lugar. Eu dobrei o velho e o guardei no bolso, consegui ficar mais algum tempo pegando onda em vez de vir para o escritório.

Mateus refletiu por alguns instantes e balançou a cabeça.

– Eu acho que não funciona assim.

– Então, não sei. – Renato deu de ombros, como se não se importasse. – Por que você está falando disso agora?

– Por causa da volta do meu pai. Eu peguei ele e minha mãe conversando hoje de manhã e, sei lá... Alguma coisa não estava certa.

– Hum, que droga.

– Nem me fale. Sinto que algo vai acontecer, só não sei quando. E sinto que não vai ser nada bom.

– Cara, pare com isso. Ficar pensando em coisa ruim atrai falta de sorte – disse Renato, batendo três vezes no tampo de madeira da mesa.

– Não sabia que você era superticioso.

– Não sou. Vamos trabalhar – desconversou Renato.

*

No dia seguinte, Suzan encontrou Mateus na lanchonete da Universidade da Guanabara. Ele estava com o fone de ouvido conectado ao celular, e ela soube na mesma hora que escutava "Kite".

Suzan se aproximou, cautelosamente, já imaginando que o namorado estivesse triste e com problemas.

– O que aconteceu? – perguntou Suzan, dando um beijo e um abraço em Mateus, que tirou os fones dos ouvidos.

– O de sempre, meu pai. – Ele suspirou. – Estou igual ao Renato, sempre falando que o problema é o meu pai. Apesar de que eu preferiria meu pai me enchendo para ir trabalhar e estudar fora em vez de envolvido com fraudes de seguradora.

– Como assim?

– Nada. – Ele balançou a cabeça.

– Quer falar sobre o assunto?

Suzan se sentou ao lado de Mateus e envolveu as mãos dele entre as suas.

– Nem sei explicar direito, só ouvi uma conversa entre ele e a minha mãe ontem, mas não entendi muito bem sobre o que falavam.

– Por isso você sumiu ontem?

– Fui para o estágio, mas não consegui fazer nada. Quando cheguei em casa, só queria ficar sozinho. – Ele soltou uma de suas mãos das de Suzan e passou-a pelo cabelo. – Desculpe.

– Não precisa ficar pedindo desculpas, eu entendo, sério.

– Eu só queria que tudo ficasse bem na minha vida, ter um pouco de paz.

– E por que você acha que não vai ficar tudo bem?

– Não sei. Sabe quando você tem um daqueles pressentimentos de que algo está errado? Eu sinto isso, que a volta do meu pai não vai trazer nada de bom para minha mãe.

Suzan sentiu um arrepio percorrer seu corpo após escutar as palavras de Mateus. Ela tentou ignorar a sensação ruim e não comentou nada, para não deixá-lo ainda mais preocupado. Pensou em algo para falar que pudesse acalmá-lo.

– Será que não é só uma implicância sua porque ele voltou e está se dando bem com a tia Eulália?

– Tomara. – Mateus puxou Suzan para perto dele e deu um longo e apaixonado beijo na namorada. – Após quatro anos ruins, desde que meu pai fraudou o seguro e foi preso, finalmente estou sentindo que minha vida está melhor. Só você para me dar um pouco de paz neste momento.

– Oh, mas que amor! – disse uma voz próxima a eles, e os dois se assustaram ao ver Otavinho parado em frente à mesa. – Quanta melação, já estou enjoado e ainda nem me entupi de comida gordurosa.

– Que susto! – disse Suzan. Mateus riu e colocou o braço em volta dela.

– O casal fica aí namorando e esquece que tem gente ao redor – brincou Otavinho, puxando uma das cadeiras vazias e se sentando. Ele trazia uma lata de refrigerante em uma das mãos.
– Você faz Turismo, certo? – perguntou para Suzan.
– Sim.
– Bem, tenho uma notícia quente. Sabia que os alunos do quinto período se uniram pra criar uma agência de viagens aqui na universidade? Como é que eles chamaram? Agência Modelo, se não me engano.
– É sério? – Suzan sentiu seus olhos brilharem com a notícia e seu coração acelerou.
– Sim. Vão começar no próximo mês. Tem vários professores ajudando, parece que vai ser algo bem-feito, organizado.
– Por que você não tenta uma vaga de estágio lá? – sugeriu Mateus.
– Será que eles aceitam uma aluna do terceiro período? – perguntou Suzan para Otavinho, sentindo-se empolgada com a ideia.
– Hum... Eu conheço um cara que tá à frente do projeto, posso te apresentar – ofereceu Otavinho.
– Puxa, eu agradeço, se conseguir. Você não imagina o quanto esse estágio seria importante para mim.
– Deixe comigo, vou falar com o cara, ele é gente boa. É só te elogiar que fica fácil, digo que já a conheço desde o colégio, que estudamos juntos e que você é responsável, essas besteiradas todas que o povo gosta de ouvir.
– Ei, eu sou responsável – protestou Suzan.
– Eu sei, só tô enchendo. – Otavinho piscou e ia se levantar, mas desistiu. – Ah, estão sabendo da festa sábado?
– Que festa? – perguntou Mateus, já desanimando.
– No prédio da Larissa, lembra dela? Do colégio? Aquela ruiva? É aniversário dela. Vamos?
– Mas nós não fomos convidados. – Mateus tentou se esquivar da festa.

– Não tem problema, ela me pediu para avisar todo mundo que era do colégio e agora está estudando aqui na universidade, o que inclui vocês dois. Aproveitem e avisem o Renato. Sabem onde ela mora?

– Era em um prédio em frente à praia do Recreio – disse Suzan.

– Ainda é o mesmo.

– Beleza, estaremos lá – disse Mateus, vendo que a namorada estava empolgada com o convite.

– A partir das nove, ok? – comentou Otavinho, levantando-se.

– Como você fica sabendo de tudo? – perguntou Suzan.

– Informação é poder – disse Otavinho, afastando-se.

– Pelo menos teremos uma festa para distrair você – disse Suzan.

– Só preciso de você para me distrair, e mais nada – respondeu Mateus, beijando-a.

CAPÍTULO 21

Os últimos acontecimentos na vida de Suzan fizeram com que ela se aproximasse mais da mãe. Helena sempre fora um pouco distante, obcecada com a ideia de fazê-la namorar Renato, mas, após o choque de saber que seu sonho jamais se realizaria, começou a aceitar a presença de Mateus na vida da filha.

Suzan raramente a procurava para contar novidades ou pedir conselhos sobre o que fazer, mas agora sentia Helena mais acessível. A opinião de alguém mais velho era importante em relação ao assunto que estava em sua cabeça, então deixou o receio de lado ao ver a mãe na sala vendo tevê.

– Mãe, posso pedir um conselho?

– Claro, sente-se aqui – disse Helena, apontando o lugar ao seu lado no sofá.

– Você se lembra de que te falei do estágio na Secretaria de Turismo?

– Sim, o que a Paulinha ficou de arrumar?

– Esse mesmo. Ontem, fiquei sabendo de um outro.

Suzan explicou para a mãe sobre a criação da Agência Modelo na universidade e o quanto uma vaga de estágio lá poderia ajudá-la no futuro.

– E qual a sua dúvida? – perguntou Helena. – Pelo que percebi, você já se decidiu.

– É que não sei como vai ser a agência, ainda vão começar a criá-la. E o estágio na Secretaria é algo já existente. Tenho medo de não ir para lá e a agência não dar certo.

— É um risco.

Helena ficou pensativa. Sabia que o desejo de Suzan era ter sua própria agência de viagens, e o estágio por meio da universidade lhe daria uma base para perseguir seu sonho. Ao mesmo tempo, a Secretaria era algo concreto, com um salário certo, ainda que pouco. Sua cabeça mandava que a filha aceitasse este, mas seu coração estava em conflito.

— Eu não sei o que fazer. Quero a agência, mas fico receosa de não ir para frente e perder a vaga na Secretaria.

— Converse com seu pai e veja o que ele acha.

Embora achasse que Antônio às vezes era um banana para certos assuntos, Helena sabia que ele era a pessoa ideal para a filha falar sobre negócios.

— Ah, ele vai me dizer para ficar na agência. Papai segue o coração, e não a razão. Por isso, estou conversando com você.

— Nossa, sou tão fria e calculista assim?

— Não! — Suzan se sentiu mal pela mãe. — É que sei que você é mais racional, vai me ajudar a tomar a decisão certa.

Helena balançou a cabeça.

— O que o Mateus acha?

Suzan olhou a mãe, espantada. Não esperava aquela reação vinda dela.

— Você quer saber a opinião do Mateus? Pensei que você o detestasse.

— Eu não o detesto — mentiu Helena, para não magoar a filha, enquanto fechava os olhos e se lembrava de Paulo e de todo o sofrimento por que passou quando terminou o noivado. — Tenho minhas ressalvas, mas sei que, quando se trata de você, ele sempre vai querer o melhor. Não sou tão má assim, sei reconhecer que ele gosta de verdade de você.

Por impulso, Suzan abraçou forte a mãe.

— Estou feliz em ouvir isso. — Suzan se afastou de Helena. — Ele me falou que devo tentar uma vaga de estágio na agência.

— Bem, você tem sua resposta — disse Helena, desta vez sendo sincera.

*

Renato e Mateus tentavam estudar para a prova de Mecânica Geral, mas a toda hora interrompiam os estudos e conversavam sobre outros assuntos.

— Cara, que matéria chata.

— Concordo — disse Mateus. — Já está dando um nó dentro da minha cabeça.

— Sério, esse professor acha que não temos vida social? Perdi o sábado inteiro aqui, trancado no meu quarto, para estudar o quê? — disse Renato, folheando o livro. — Dez páginas?

— Estudamos mais do que dez. Umas vinte, talvez.

— Nossa, que diferença.

— Posso voltar aqui amanhã para terminarmos.

— Será que dá?

— Tem de dar, a prova é quarta. Segunda e terça prefiro revisar as coisas mais importantes em casa, à noite. Durante o dia, complica por causa do estágio.

— Que porre!

Mateus fechou o livro.

— Chega de Mecânica por hoje. Tá quase na hora da festa.

— É mesmo. Pelo menos vou tirar esta porcaria de matéria da cabeça. — Renato se jogou na cama.

— Não pode tirar da cabeça, ou então na quarta você vai se dar mal.

— É para rir da piada? Não achei graça — disse Renato, jogando o livro no chão, ao lado da cama. Ficou olhando Mateus guardar suas coisas. — E você, como está?

— A respeito de?

— Você sabe. — Renato colocou o travesseiro na cabeceira da cama e encostou-se nele. — Sobre seu pai.

Mateus permaneceu sentado na cadeira.

– É complicado. Você sabe de toda a história e todos os problemas que enfrentei. Agora, é como se revivesse tudo outra vez. Estou me sentindo com quinze anos de novo.

– É uma barra pesada. E a sua mãe, como está?

– Ainda apaixonada.

– Sério?

– Seríssimo. Eles têm saído juntos.

– Hum... Você acha que ele vai voltar a morar com ela?

– Talvez quando eu for embora de casa. Por enquanto, vetei a presença dele lá.

– Cara, te admiro pacas; no seu lugar, não sei como reagiria.

– Não tenho muita escolha. – Mateus se levantou, encerrando a conversa. – Bom, vou indo nessa, ainda tenho de passar em casa para me arrumar e pegar a Suzan para a festa da Larissa.

– Ok, vá lá. Nos encontramos na festa.

*

A festa no apartamento de Larissa começou por volta das oito da noite, mas a maioria dos convidados apareceu quase uma hora depois. Mateus e Suzan demoraram um pouco mais e, assim que entraram, foram falar com Renato e Tatiana, que conversavam com Montanha.

Enquanto caminhavam em direção aos amigos, os dois passaram por Otavinho, que estava acompanhado de uma garota.

– Tenho novidades sobre a agência, daqui a pouco nos falamos – disse ele para Suzan.

Ela parou, mas Otavinho retomou a conversa com a menina, o que fez Mateus a empurrar para frente.

– O que será?

– Calma, ele disse que já fala. Deve ser coisa boa.

– Será?

– Tenho certeza, linda.

Eles se aproximaram dos amigos. Tatiana deu um abraço apertado em Suzan, que demorou a retribuir.

— O que foi? Você está bem? — perguntou Tatiana, quando se afastou, percebendo a hesitação de Suzan.

— Otavinho disse que tem novidades sobre a Agência Modelo, mas não falou quais são.

— Deve ser coisa boa — disse Tatiana, entusiasmada.

— Falei a mesma coisa — comentou Mateus, cumprimentando Renato e Montanha. Ele se encostou em uma parede e puxou Suzan para perto. Ela deitou a cabeça no peito do namorado.

— Animada para trabalhar lá? — perguntou Renato.

— Muito.

— Você vai virar modelo? — perguntou Montanha.

— Não, cara, se liga. Ela vai trabalhar em uma agência de viagens modelo da universidade. Sacou?

— Acho que saquei a parada — respondeu Montanha, embora não tivesse entendido a explicação de Renato.

— Só que continuo na dúvida entre ir para lá e a Secretaria de Turismo. Na Secretaria, pelo menos, tem um salário.

— Mas é tão pouco que não compensa, linda. Se seus pais apoiarem você ir para a agência, não pense duas vezes.

— Concordo com o Mateus — disse Tatiana.

Suzan sentiu Mateus beijar sua cabeça e sorriu.

— Conversei hoje com minha mãe sobre os estágios.

— E ela? — perguntou Mateus.

— Concorda com você — disse Suzan, olhando o namorado e dando um beijo de leve em seus lábios.

— Verdade? Nunca pensei que chegaria o dia em que sua mãe concordaria comigo.

Suzan riu de Mateus e deu um tapinha de brincadeira no braço do namorado. Renato cerrou os olhos e Suzan percebeu que ele tentava imaginar a cena de Helena concordando com Mateus.

— Ela acha que devo tentar a sorte na Agência Modelo.

— Deve mesmo. Vai ser uma boa para você — concordou Renato.

– Sim. Dá aquele frio na barriga ao pensar que a agência pode não ir para a frente, mas um dia vou passar por isso na vida real.

– Vai dar certo, tanto agora quanto mais tarde, quando você abrir sua agência – disse Mateus.

– Você consegue falar as coisas certas nas horas certas – sussurrou Suzan no ouvido dele. Mateus se aproximou para dar um beijo rápido nela, mas Tatiana a puxou antes.

– Ai, eu amo esta música! Vamos dançar – disse, levando Suzan para o meio da sala, onde fora improvisada uma pista de dança.

– As gatas estão com tudo – comentou Montanha, observando as garotas dançarem.

– Está falando da minha namorada? – Renato tentou fazer cara de bravo.

– O que é isso, cara, mó respeito, viu?

– Relaxa.

Mateus ia fazer um comentário quando sentiu alguém bater em seu ombro. Virou-se e viu Fernando, antigo colega da escola, parado à sua frente.

– Quer dizer que soltaram o golpista do seu pai?

Mateus congelou. Há anos não passava pela humilhação de escutar piadinhas sobre a prisão do pai, algo que acontecia direto na época do desvio do dinheiro da seguradora, quando estava no colégio.

– Como é que é? – perguntou Renato, aproximando-se com Montanha ao seu lado.

Fernando não se intimidou, estava acompanhado de três amigos.

– Vocês ouviram. O país já tem muito golpista à solta, não precisa de mais um.

Mateus não teve muita certeza se foi Renato ou Montanha quem deu o primeiro soco no rosto de Fernando. Mais tarde, sua única lembrança sobre o acontecimento foi a de um dos amigos de Fernando indo para cima dele.

Otavinho surgiu rapidamente e entrou em defesa dos amigos da universidade. Logo, algumas pessoas separaram a briga, não sem antes todos apanharem e baterem muito.

Suzan e Tatiana puxaram os namorados, Montanha e Otavinho para fora da festa, enquanto Larissa dava gritos histéricos porque haviam quebrado um vaso caro da sua mãe, que ocupava uma mesinha próxima a um dos sofás.

– Que porcaria de festa, hein? – disse Otavinho quando chegaram à entrada do prédio.

Os meninos caíram na gargalhada, enquanto Tatiana tentava ficar brava:

– Vocês acham legal estragar o aniversário da menina?

– Nós não provocamos a briga – Renato se defendeu.

– Coitada dela.

– Ela está nervosa agora, mas, conhecendo a Larissa como conhecemos, amanhã vai achar o máximo ter tido uma briga na festa dela – disse Suzan. Ela se aproximou de Mateus e o tocou acima da sobrancelha esquerda, que estava inchada. – Está doendo?

– Um pouco. – Ele a abraçou. – Desculpe estragar sua noite.

– Você não estragou nada.

Todos saíram do prédio em direção à orla da praia do Recreio, onde havia um quiosque ainda aberto.

– Afinal, o que aconteceu? – perguntou Suzan quando se sentaram junto a uma das mesinhas no calçadão.

– Foi o babaca do Fernando, que chegou falando um monte de besteira – disse Renato.

Suzan balançou a cabeça. Conhecia o pessoal do colégio há tempo suficiente para saber exatamente o assunto-pivô da confusão: Vagner.

– Quem é esse Fernando? E o que ele falou de tão grave para fazer vocês todos brigarem? – perguntou Tatiana.

– É um idiota que só fala bobagens – disse Renato, tentando encerrar o assunto. Ele percebeu que Mateus tinha o olhar fixo no mar. – Não esquenta a cabeça, cara.

– Não estou esquentando – disse Mateus.

– Ah, a briga foi boa, quebrei a cara do idiota que veio para cima de mim – comentou Montanha, fazendo todos rirem. – Essas festas a que você me leva ultimamente andam meio caídas – disse, olhando Renato. – Aquela da cobertura na Lagoa, no início de março, que você disse que seria uma parada maneira, foi o maior caô.

Todos se olharam, em silêncio. Otavinho franziu a testa, tentando assimilar o que Montanha falou.

– Ei, espera aí. Essa festa de que você está falando foi a que eu dei, na minha casa!

– Sério? Ih, cara, foi mal.

Suzan tentou se controlar, mas não conseguiu. Ela começou a rir e todos a acompanharam. Até Otavinho riu da reação dos amigos.

– Bom saber que minha festa estava caidaça.

– Pô, cara, não quis ofender.

– Tudo bem. – Otavinho ficou quieto alguns segundos. – Verdade que minha festa estava ruim? Que droga, hein?

– Eu não achei ruim, afinal, foi onde conheci a Tatiana – disse Renato, em uma tentativa de descontrair o ambiente. Suzan preferiu ignorar o comentário, concentrando-se em Mateus, que estava distante.

– Ok. – Otavinho ficou olhando o mar por um longo tempo, enquanto os amigos tentavam melhorar o clima. – Galera, olhando a praia tranquila e linda, tive uma ideia. O que acham de eu organizar um luau daqui a dois sábados? Assim, tento me retratar e fazer uma festa que não seja ruim.

– Sábado da semana que vem? – perguntou Montanha, um pouco perdido.

– Não, sem ser sábado que vem, no outro. Preciso de umas duas semanas para organizar tudo – explicou Otavinho.

– Amei! – disse Tatiana. – Se precisar de ajuda, conte comigo. E com a Suzan, né?

– O quê? Sim, sim – respondeu Suzan, sem dar muita atenção ao que estava sendo dito. Depois do comentário de Renato, ela evitou escutar sobre o que os amigos conversavam. Também estava preocupada com Mateus, que permanecia quieto e distante de todos.

– Então, anotem na agenda: sábado da outra semana vai ter luau. Só preciso que meu pai mexa alguns pauzinhos para não ter problema com a prefeitura. Lá para o meio da semana aviso vocês. – Otavinho pegou o celular e começou a digitar sem parar. Ele olhou Suzan. – Ah, já ia me esquecendo. Procure o Daniel, do quinto período, na terça. Falei de você para ele, sobre trabalhar na agência.

– Obrigada. – Suzan sorriu e olhou para Mateus. – Você está bem? – perguntou baixinho.

– Vou ficar – disse ele, abraçando-a.

CAPÍTULO 22

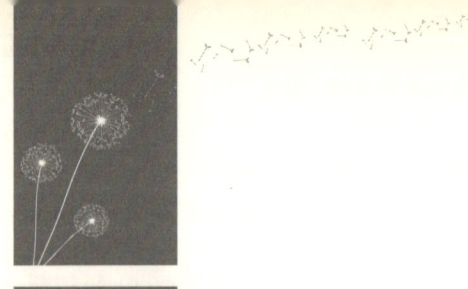

O Rio de Janeiro é uma cidade de sol. Mesmo no outono, as temperaturas são altas e a praia é o programa essencial do fim de semana. Muitos cariocas chegam cedo para garantir um bom lugar na areia, quando o calor ainda não está tão forte como no horário de pico.

Suzan, Rebeca e Paula eram dessas cariocas, e já estavam na praia da Barra antes das dez da manhã. Suzan e Paula ocupavam duas cadeiras, enquanto Rebeca estava deitada em uma canga na areia.

– Quer dizer que hoje vou conhecer o tal do Caio? – perguntou Paula.

– Daqui a pouco ele chega – suspirou Rebeca.

– Hum... A menina está apaixonada, hein? – brincou Paula. Ela reparou que Suzan tinha o olhar perdido, voltado para o calçadão. – Vigiando o Enigmático?

– Hã? – Suzan balançou a cabeça e se virou para a amiga. – Ele deve estar quase chegando.

– O bom é que hoje terei dois deuses para babar.

– Comporte-se, Paulinha. – Suzan riu. – Você ainda vai matar o Mateus de vergonha.

– Eu queria matar de outra coisa, mas, como ele está comprometido, deixo que você o mate. – Paula piscou para Suzan, que deu um tapa no braço da amiga.

– Olha a minha irmã aí – sussurrou Suzan. – Vamos mudar de assunto.

– Ah, me conta como foi a festa ontem.
– Foi chata.
– Só chata?
– Um carinha do colégio provocou o Mateus. Renato, Montanha e Otavinho o defenderam e aí já viu, teve confusão.
– Nossa.
– Mas não foi nada, logo saímos de lá e ficamos na praia – desconversou Suzan, antes que a amiga quisesse saber o motivo da confusão.
– Hum... – Paulinha se ajeitou na cadeira. – Por falar em Renato, e o coração? Totalmente preenchido pelo Enigmático?

Suzan ficou alguns instantes quieta, pensando na pergunta da amiga. Paula e Rebeca a olhavam, ansiosas pelo que responderia.

– Não sei. Acho que ainda não, é tão difícil saber. Não vou negar que ainda sinto algo quando vejo o Renato, mas já percebi que está diminuindo. Acho que o Mateus está conseguindo tomar meu coração por completo, mas ainda há um pouco do Renato dentro dele. – Suzan olhou novamente para o calçadão, tentando se livrar da conversa, e viu Caio chegando. – Olha seu deus grego ali, Beca.

Rebeca levantou-se rapidamente e envolveu Caio com os braços. Os dois deram um beijo demorado.

– Oh, que cena mais bonitinha! Nossa menininha cresceu e soube escolher bem, hein? – disse Paula, cumprimentando Caio. – Ele é um gato, Beca.

Caio ficou um pouco sem graça, mas sorriu com o elogio de Paula. Rebeca o puxou para a canga e os dois se sentaram.

– Não repara, mas a Paulinha é meio doidinha.
– Meio? – disse Suzan.

Caio e Rebeca começaram a conversar baixo. Suzan ia voltar ao assunto de Renato com Paula quando viu Mateus prendendo a bicicleta perto da Barraca do Pepê. Ela abriu um sorriso e Paula acompanhou seu olhar.

– Pronto, agora a paisagem está completa.

Suzan ignorou o comentário e foi em direção a Mateus. Ela queria falar com o namorado antes de ele se aproximar de onde elas estavam.

– Oi, linda – disse Mateus, beijando Suzan.

– Está melhor? – Ela o abraçou forte.

– Sim, não se preocupe. Não é nada com que eu já não esteja acostumado.

Ela pressionou os lábios e deu um beijo na bochecha de Mateus. Ele estava certo, já se acostumara com as piadas sem graça do pessoal do colégio.

– Olá, Enigmático, cada dia mais lindo – disse Paula.

– Enigmático? – perguntou Caio.

– Não ligue para as coisas que a Paulinha fala – disse Rebeca.

Mateus cumprimentou a todos e se sentou na areia, ao lado da cadeira de Suzan.

– Animada para o luau? – perguntou Mateus, dando um beijo no ombro da namorada.

– Opa, alguém falou em luau? – disse Paula, antes que Suzan pudesse responder.

– O Otavinho decidiu ontem, vai fazer um luau no sábado que vem.

– Meu Deus, esse menino lê meus pensamentos. Tô superdentro! – comentou Paula, empolgada. – Vai ser sábado agora?

– Não, sem ser o sábado desta semana, o da outra – disse Mateus.

– Eu e a Tati vamos ajudá-lo na organização – comentou Suzan.

– Opa, tô dentro da ajuda também. Você sabe que ninguém entende mais de festas do que eu.

– Verdade, Paulinha. Acho que você e o Otavinho vão fazer uma boa dupla. E eu vou adorar ter a sua ajuda, não entendo nada de festas.

— Ai, a mamãe tem de me deixar ir — disse Rebeca, olhando Suzan. — Xuxu, você precisa me ajudar a convencê-la. — Ela se virou para Caio. — Imagina, que máximo irmos nesse luau também.

— Tudo o que você quiser, gata — comentou Caio, beijando Rebeca.

— Agora só falta decidir a cor de cabelo que mais combina com um luau. Essa festa promete — disse Paula.

*

Como acontecia aos domingos, não havia uma regra rigorosa de que todos precisavam almoçar juntos na casa da família Carvalho. Mas, naquele domingo, Suzan e Rebeca chegaram cedo da praia e encontraram os pais prestes a se sentar à mesa.

— Uau, chegamos na hora — disse Rebeca, pegando um prato.

— Ei, mocinha, antes de se sentar, vá tomar um banho.

— Ah, mãe, estou com fome. — Rebeca fez uma careta.

— Não me interessa, você está suja de areia e sal, vá já pro banheiro.

Rebeca se levantou, mas, antes de sair da sala, fez uma voz manhosa para Helena.

— No outro sábado tem luau da turma da Suzan, posso ir com ela?

Helena e Antônio se entreolharam, e ele deu de ombros. Deixava as intervenções para Helena, ela sabia julgar melhor do que ele os lugares aonde as meninas podiam ou não ir.

— Quem está organizando?

— O Otavinho — disse Suzan, abrindo uma quentinha.

— Vamos ver — comentou Helena, enquanto Rebeca saía da sala resmungando. Todos esperaram a menina sair do cômodo para voltar a conversar. — O que você acha, filha?

— Acho que não tem problema, mãe. Posso levar a Beca comigo.

— O tal do Caio vai? — perguntou Antônio.

— Provavelmente. Mas é melhor os dois lá sob a minha supervisão, né? – disse Suzan, tentando ajudar Rebeca.

— Pode ser. – Helena ficou pensativa.

— No fim da semana conversamos sobre o assunto, mas talvez não haja problema em ela ir, embora seja festa de faculdade – comentou Antônio, em uma tentativa de persuadir a esposa.

— Sei não... Festa de faculdade, bebida rolando solta. A Rebeca e o Caio são menores de idade.

— A Beca detesta bebida alcoólica e o Caio é surfista natureba. Acho que eles não vão se interessar pelas bebidas.

— Menos mal, então. Ok, se você prometer vigiar sua irmã, ela está liberada – concordou Helena, e Antônio suspirou aliviado. Já estava se preparando para escutar um discurso moralista da esposa a tarde toda. Ele se sentiu feliz e tranquilo com a mudança que Helena vinha apresentando nas últimas semanas, desde que Suzan começara a namorar Mateus.

— Beleza, só preciso saber se eles poderão entrar, mesmo estando sob a minha responsabilidade. Como estou ajudando o Otavinho a organizar, acredito que não terá problema, converso com ele e, claro, com a Beca antes. Vou verificar direitinho. Agora, deixem eu tomar banho também e já volto para almoçar – disse Suzan, saindo da sala.

*

Depois de pedalar da Barra até o Recreio, o que Mateus mais queria ao chegar em casa era tomar um banho frio, almoçar e descansar um pouco. Esses pensamentos ocupavam sua mente quando abriu a porta do apartamento, mas logo foram substituídos pela imagem da mãe desligando o telefone, rapidamente.

Mateus fechou a porta, suspirou e se aproximou de Eulália.

— O que ele fez desta vez?

— Quem? – desconversou Eulália, tentando sair da sala. Mateus a segurou pelo braço e a fez se sentar no sofá.

– Mãe, não dá para você viver nessa tensão o tempo todo por causa dele. O que está acontecendo?

– Nada.

– Não me venha com "nada". Eu escutei o final da conversa de vocês aquele dia, alguma coisa está rolando e não é algo bom. Pensei que você confiava em mim.

– Eu confio, meu filho, por isso estou falando, não precisa se preocupar. Não está acontecendo nada.

– Mas eu me preocupo.

Mateus coçou o queixo e ficou encarando Eulália, que desviou os olhos do filho. Ele a abraçou e deu um beijo na testa dela.

– Ok, se não quer falar, não vou ficar pressionando. Mas não seria melhor você se afastar dele?

– Você sabe que eu não consigo – sussurrou Eulália, como se estivesse falando algo proibido.

– Eu sei, mãe. Mas não quero que ele decepcione você novamente.

– Não vai acontecer nada.

Mateus balançou a cabeça e foi em direção ao banheiro.

– Não estou muito certo – comentou, antes de fechar a porta.

CAPÍTULO 23

DEVERIA SER MAIS UMA NOITE de quinta-feira normal, uma calmaria após uma semana cansativa na universidade e na construtora, mas Mateus percebeu que teria problemas pela frente quando entrou no apartamento e encontrou Vagner sentado no sofá da sala.

Eulália estava ao lado dele, torcendo as mãos uma na outra, indicando nervosismo. Mateus sabia que aquilo não era um bom sinal.

– O que foi desta vez? – perguntou, jogando suas coisas em cima da mesa.

– Seu pai veio aqui para conversar.

– Sim? – Mateus cerrou os olhos para a mãe.

Depois de um longo silêncio desconfortável, Vagner levantou-se e pigarreou.

– Meu filho, você vai me odiar ainda mais com o que vou contar, se é que é possível. Mas preciso dizer o que está acontecendo. – Vagner coçou a cabeça. – As coisas não andam bem.

– Eu já vinha suspeitando de que algo estava errado – disse Mateus, sentindo o suor escorrer por suas costas. Não era uma sensação agradável e ele sabia que só iria piorar.

– Bem... – Vagner respirou fundo. – O Pedrosa está me pressionando por causa do dinheiro.

– Que dinheiro? – perguntou Mateus, mas, assim que as palavras saíram de sua boca, soube do que se tratava. Puxou uma das cadeiras da mesa de jantar e se sentou. – O dinheiro desviado, aquele que está desaparecido?

– Sim – concordou Vagner. – Ele pensa que está comigo.

– E está?

Vagner olhou para o chão, sem coragem de encarar o filho.

– Sim.

Um som rouco escapou da boca de Mateus. Ele balançou a cabeça.

– Você escondeu uma fortuna esse tempo todo?

– Não chega a ser uma fortuna. Mas, sim, escondi. Na verdade, foi o Ivan quem escondeu. – Vagner parou de falar e esperou que Mateus dissesse alguma coisa. Como o filho ficou calado, ele prosseguiu. – Eu pensei que o Pedrosa iria se esquecer e que, quando eu saísse, poderíamos usar o dinheiro.

– Eu não quero esse dinheiro sujo, nem minha mãe quer. Meu Deus, você não percebe que nossa família acabou por causa dessa porcaria de dinheiro e da burrada que você fez?

Mateus apoiou os cotovelos nos joelhos e afundou a cabeça entre as mãos. Nunca havia perguntado para Eulália onde o pai estava morando, mas já imaginava que era com Ivan, melhor amigo de Vagner e quem ajudou a família logo após a descoberta do esquema de fraudes.

Ele ficou um tempo parado, tentando digerir o que acabara de ouvir. Uma angústia percorreu seu corpo. Mateus tentou se controlar e respirar com calma. O rumo da conversa não iria agradá-lo, tinha certeza.

– Você sempre negou que estivesse com o dinheiro – disse Mateus, a voz entrecortada pela raiva. Ainda mantinha a cabeça enterrada nas mãos. – Para que nos contar agora? Não queremos dinheiro sujo.

– Eu precisava contar porque... O Pedrosa, ele vem me ameaçando. E ameaçando vocês.

Mateus levantou a cabeça e seus pais viram lágrimas escorrendo pelo seu rosto. Ele se levantou e deu dois passos à frente

– Se ele fizer algo com a minha mãe, eu te mato – gritou Mateus, com o dedo apontado para o pai.

– Na verdade, ele está ameaçando você – sussurrou Vagner.

Mateus piscou várias vezes, tentando entender o que fora dito.

– Ele está me ameaçando? – Ele deu uma risada nervosa e sentou-se novamente. – Que maravilha, você não cansa de estragar a minha vida? Para que foi guardar essa porcaria de dinheiro? E para que inventar que não estava com ele?

– Fiz pensando em proteger vocês.

– Nos proteger? Essa é boa. Protegeu tanto que agora estão nos ameaçando.

– Não diga isso, Mateus. Fiz pensando no bem de todos.

– Oh, sim, claro. E o bem de todos é uma grande ameaça. – Mateus ficou calado por um tempo. Parecia que sua cabeça explodiria com todas aquelas informações. – E você veio aqui para nos contar que, a qualquer momento, alguém pode dar um tiro nas nossas cabeças?

Eulália fez um barulho com a garganta e Vagner olhou para o chão, esfregando as mãos.

– Não. Vim dizer que eu vou entregar o dinheiro ao Pedrosa.

Mateus encarou o pai. Ficou calado alguns minutos, para dar uma gargalhada em seguida.

– Até parece que você vai se encontrar com um bandido para entregar dinheiro roubado a ele. Se guardou até hoje, por que vai entregar agora, de graça?

– Você acha que não, mas eu amo você, filho. Não vou deixar nada de ruim acontecer.

– Você já deixou. Há quatro anos, algo muito ruim me aconteceu. E à minha mãe também. Eu sabia que a sua volta traria problemas, mas não imaginei que seria assim. Você só sabe estragar as nossas vidas.

Mateus levantou-se e se trancou no quarto. Ficou alguns minutos olhando para o nada, enquanto sua mãe batia na porta. Tirou a roupa, calçou o tênis, vestiu uma bermuda e camiseta e saiu do quarto, trombando em Eulália.

– Aonde você vai? – perguntou ela.

– Não sei, só sei que preciso sair daqui ou então vou enlouquecer – disse Mateus, sem olhar o pai, antes de bater a porta do apartamento.

*

"Momentos de longa felicidade são raros, então devem ser aproveitados ao máximo." Uma frase batida, mas que não saía do pensamento de Suzan. Desde que decidira ver Mateus com outros olhos, sua vida mudara completamente. Antes, ela vivia triste, sonhadora, esperando um pouco de atenção de Renato. Agora, se sentia mais segura de si, mais feliz, se sentia amada. E estava com medo dessa felicidade completa. Por isso, quando recebeu a mensagem que Mateus enviou para seu celular, sentiu o coração apertar.

> Tô aqui embaixo. Pode descer?

Não pensou duas vezes: avisou aos pais que iria dar uma volta com o namorado. Helena reclamou da hora e Antônio pediu que ela não demorasse. Já estava tarde, e Suzan precisava levantar cedo para ir à universidade no dia seguinte. Ela rolou os olhos, não eram nem dez horas da noite, mas disse que não demoraria a voltar, embora não tivesse certeza. Não sabia o motivo de Mateus estar lá embaixo esperando por ela, só sentia que não era boa coisa.

Ela o encontrou dentro do prédio, encostado na bicicleta, mexendo no celular.

– Como você entrou? – perguntou, dando um beijo em Mateus.

– A vizinha do seu andar chegou e me reconheceu.

Mateus deu um abraço demorado em Suzan, que sentiu a tristeza que vinha dele.

– O que foi? – perguntou ela, mais pra falar alguma coisa do que para ter certeza. Sabia que acontecera algo.

– Você pode ir até a praia?

Suzan concordou. Mateus deixou a bicicleta ao lado do carro de Antônio e os dois caminharam em silêncio e de mãos dadas os três quarteirões que separavam o prédio dela da praia.

Chegando ao calçadão, eles se sentaram em um banco ao lado de um quiosque. Algumas pessoas conversavam animadamente em uma das mesas e Mateus ficou olhando, perdido em seus pensamentos.

– Não precisa me contar nada, se não quiser – disse Suzan, depois de um tempo. Mateus suspirou.

– Eu preciso contar para alguém. Pensei em falar com o Renato, mas foi o seu rosto que veio à minha cabeça o tempo todo. – Ele esfregou as mãos e bagunçou o cabelo. – Só preciso me acalmar.

– Achei que pedalar do Recreio até aqui teria te acalmado.

Ele sorriu e a abraçou, dando um beijo na testa de Suzan.

– Quando saí de casa, não sabia exatamente aonde ia, apenas precisava pedalar, esquecer os problemas, sentir o vento no rosto. Eu precisava te ver. Quando vim para cá, pedalando, me deu uma angústia porque parecia que o vento havia sumido, mesmo com ele batendo na minha cara, porque tudo está dando errado.

Ele apoiou os cotovelos nos joelhos, escondeu o rosto nas mãos e começou a chorar. Suzan acariciou as costas dele, tentando entender o que acontecia.

– Mateus, fale comigo, por favor – pediu ela, aflita.

Ele levantou o rosto e enxugou as lágrimas.

– Meu pai... Claro, tinha de ser ele. – Mateus respirou fundo e encarou Suzan. – Quando meu pai fraudou a seguradora, o

Pedrosa, um dos advogados envolvido no esquema, conseguiu escapar. Agora, ele reapareceu e está pressionando meu pai por causa de um dinheiro desaparecido, que nunca foi recuperado. Você acredita que foi ele quem escondeu a parte do dinheiro desviado esse tempo todo?

Mateus contou para Suzan sobre a ameaça de Pedrosa e a conversa que havia tido há pouco com os pais em casa.

– Não sei o que fazer. Não quero minha mãe correndo perigo, nem quero ser ameaçado. Finalmente, tudo está dando certo na minha vida, e agora aparece isso para estragar esse momento bom.

– Calma. – Suzan o abraçou e ele enterrou o rosto nos cabelos dela. – Não vai estragar nada. Vai dar tudo certo – disse, tentando acalmá-lo. Ela não sabia se tudo daria certo, estava com medo das ameaças de Pedrosa, mas, naquele momento, precisava confortar o namorado.

Eles ficaram um longo tempo abraçados, apenas sentindo a respiração e o calor do corpo um do outro.

– Que droga de namorado você foi arrumar – disse ele, por fim, quando se separaram.

– Não fale isso.

Mateus sorriu e se levantou, puxando Suzan pela mão.

– Acho que está na hora de ir.

– Não é perigoso voltar pedalando? A parte da ciclovia que passa pela reserva é deserta.

– Eu acho que já aconteceu desgraça demais para um dia só. Não é possível que mais alguma coisa ruim vá me acontecer hoje – disse Mateus, tentando descontrair o ambiente. Não funcionou muito, pois Suzan continuou apreensiva.

*

Encostada na cabeceira da cama, Tatiana digitava, compenetrada no notebook, enquanto Renato a observava, deitado ao seu lado. Ele pensava no quanto a sorte lhe sorrira ao lhe dar uma namorada como Tatiana.

— O que você tanto olha? – perguntou ela, sem desviar a atenção da tela do notebook.

— Você.

Tatiana sorriu, mas resistiu à tentação de se virar para Renato, o que o fez querer abraçá-la. Ele tirou o notebook das mãos dela, sob protesto.

— Ei, eu estava trabalhando.

— Não sei no que tanto trabalha, estou aqui do seu lado, largado, sem ninguém para me amar.

— Tadinho, quanto drama. – Ela se deitou ao lado dele. – Estava combinando com o Otavinho sobre o luau da semana que vem.

— Agora você só quer saber desse luau e do Otavinho. Estou com ciúmes – disse Renato, puxando Tatiana para perto dele.

— Não está na hora de você ir para casa? Daqui a pouco minha mãe vem aí fazer cara feia – disse Tatiana, olhando para a porta do quarto, que estava aberta. – Ordens do meu pai.

— Sua mãe me ama.

— Sim, mas meu pai nem tanto.

— Ele me ama também – disse Renato, sem muita convicção, levantando-se e pegando a chave do carro, que estava na mesinha de cabeceira dela. – Mas, por via das dúvidas, acho que já vou embora.

— Acha? – Ela arqueou a sobrancelha.

— Bem, está tarde, né? – Ele piscou o olho esquerdo. – Nos vemos amanhã na universidade – disse, beijando a namorada.

*

Depois de relutar um pouco, Mateus voltou para casa. Ele desejava ficar longe dali por um tempo, mas já ficara fora o suficiente para preocupar a mãe, e ela não tinha culpa do que estava acontecendo.

Quando entrou no apartamento, encontrou Eulália preocupada e Vagner sentado ao seu lado, tentando acalmá-la. Ela se levantou assim que o filho abriu a porta.

– Nunca mais faça isso – disse Eulália, aproximando-se e olhando fundo nos olhos de Mateus. Ele se sentiu culpado, mas não falou nada. – Se não fosse a Suzan me ligar, eu ficaria sem saber o que aconteceu.

– Foi mal – disse Mateus, baixo. – Mas eu precisava espairecer a cabeça.

– E deixar sua mãe assim, preocupada? Isso não se faz.

Mateus puxou Eulália, dando um abraço apertado nela.

– Desculpe, mãe. Eu não conseguia pensar em mais nada.

Ela retribuiu o abraço e os dois ficaram assim por alguns minutos. Por fim, Mateus a soltou e olhou para Vagner. Sem dizer nada ao pai, foi para o quarto.

CAPÍTULO 24

O FIM DE SEMANA PASSOU ARRASTADO. Pelo menos, foi essa a impressão que Suzan teve. Talvez pelo fato de não ter feito nada de mais durante os dois dias de folga, ou porque sentia uma tensão forte vinda de Mateus. Mas algo a incomodava, e não sabia o que era.

Paula e Tatiana ligaram para a amiga, tentando combinar algum programa para discutirem detalhes do luau, mas Suzan conseguiu fugir. Mateus disse que Renato também queria sair com eles, mas os dois preferiram ficar em casa. O máximo que fizeram foi ir à praia no sábado. Ela tentou encontrar o namorado no domingo, mas ele disse que iria apenas pedalar e colocar os pensamentos em ordem, e ela não insistiu. Aproveitou e ficou no quarto, descansando e ouvindo música. Havia matéria a ser estudada para as provas da semana, mas deixou para fazer isso mais no final do dia. O que mais queria, naquele momento, era ficar deitada na cama.

*

Toda segunda-feira, Eulália ia até o supermercado cedo, fazer compras para sua casa. Mateus insistia para que deixasse por conta dele, mas ela gostava do tempo que passava ali, escolhendo o que levar, era uma rotina da qual não abria mão. E a rotina, às vezes, pode se voltar contra a gente.

Depois que Mateus saiu para a Universidade da Guanabara, ela se encontrou com Vagner, tendo sua companhia até o supermercado, o que a deixou feliz. Apesar de o filho não aceitar o pai, Eulália gostava de tê-lo ao seu lado enquanto resolvia suas coisas pela cidade. Ela ainda o amava, era o homem de sua vida, mesmo com seus defeitos.

Os dois caminhavam até o carro em silêncio. Vagner empurrava o carrinho e Eulália pensava em algo para falar, mas andava tão aflita que tinha medo de dizer alguma coisa errada. Tinha esperanças de que a vida voltasse aos eixos quando ele fosse libertado, mas a pressão de Pedrosa era como um muro entre os dois.

Já Vagner estava com a cabeça longe dali. Ele não conseguia aproveitar o passeio, só pensava em Pedrosa, no dinheiro e na rejeição do filho. Queria fazer as pazes com Mateus, o que se tornava mais difícil a cada dia que passava. Estava tão distraído que não viu o pivete se aproximar. Foi tudo muito rápido, ele veio correndo e empurrou Eulália com tanta força que, quando Vagner percebeu, ela já estava no chão, gemendo de dor.

– Você está bem?

– Acho que quebrei a mão – gemeu Eulália, abraçada à mão esquerda.

Vagner olhou em volta e ainda conseguiu ver o garoto ao longe, sorrindo. Ele fez um sinal com os dedos, simulando um revólver atirando, e saiu correndo, perdendo-se entre os carros.

– Meu Deus – balbuciou Vagner. Ele ajudou Eulália a se levantar. – Você precisa ir a um hospital.

Ela não ofereceu resistência, a mão doía muito.

– Não avise o Mateus. Não quero preocupá-lo à toa.

*

Mateus estranhou a mãe não aparecer na universidade. Esperou até depois do almoço, tentando falar com Eulália no celular, sem sucesso.

– Kátia, você tem notícias da minha mãe? – perguntou ele, debruçando-se sobre o balcão da lanchonete.

– Ela ligou, disse que não vem hoje porque está com enxaqueca – respondeu a gerente.

Mateus estranhou. Sua mãe nunca teve enxaqueca e só faltava ao trabalho quando algo sério acontecia. Começou a ficar desconfiado e inquieto, mas não podia deixar de ir ao estágio. Os dois chefes eram pais dos seus amigos e ele não queria abusar da intimidade. Já bastava o dia em que Vagner fora solto.

Ao pensar no pai, Mateus sentiu o coração apertar dentro do peito. Sua intuição dizia que a ausência da mãe estava relacionada a ele.

– E aí, cara, vamos para o estágio? – perguntou Renato, aproximando-se de Mateus.

– Sim. – Ele olhou em volta mais uma vez, na esperança de ver a mãe, e começou a andar ao lado de Renato. – Onde você esteve? Pensei que já tivesse ido para a construtora.

– Fui almoçar com a Tati. Ela só fala no maldito luau, não vejo a hora de essa festa passar. A Suzana está igual?

– Não, ela não está tão envolvida nos preparativos.

– Sorte a sua. Ela, o Otavinho e a Paulinha combinaram um chope na sexta, para falar da festa. Você e a Suzana não vão furar, né?

– Vamos ver.

– Vamos ver, não. Estou contando com a presença de vocês para ter alguém lá que não fale de luau, som, sistema de luz e DJ.

Mateus não respondeu. Sabia que Renato insistiria a semana toda, mas desconfiava de que iria furar com o amigo.

*

Assim que entrou em casa, Mateus precisou contar até dez para se acalmar. A visão do pai na sala, sentado no sofá, estava se tornando algo constante e ele não queria se acostumar a isso. Antes que reclamasse de Vagner, sentiu um frio na espinha ao não ver Eulália ali.

– Onde minha mãe está? O que aconteceu? – perguntou Mateus, temeroso da resposta. A última vez que vira Eulália fora de manhã, antes de ir para a universidade.

– Nada. Quero dizer, ela está bem – respondeu Vagner, levantando-se do sofá.

Mateus começou a ir em direção ao quarto da mãe quando ela surgiu na sala com o braço esquerdo engessado. Ele se aproximou, mas evitou abraçá-la, com medo de machucá-la ainda mais.

– O que foi isso? Como você está?

– Estou bem, querido. – Eulália sorriu para o filho e olhou para Vagner, apreensiva. – Só levei um tombo na rua.

– Como aconteceu?

Mateus acompanhou a mãe até o sofá, onde ela se sentou junto com o filho. Vagner ficou parado em pé, ao lado de Eulália.

– Um garoto esbarrou em mim quando estávamos perto do carro, no supermercado. – Ela olhou o marido.

– Um garoto? – perguntou Mateus, começando a achar as atitudes dos dois um pouco estranhas. Eles ficaram em silêncio e Mateus encarou o pai.

– Um pivete veio correndo e esbarrou na sua mãe. Ela tentou se equilibrar, mas caiu no chão, em cima da mão.

– E vocês viram o garoto? Conseguiram segurá-lo?

– Foi tudo muito rápido, meu filho – disse Eulália.

– Vocês estão muito estranhos, com essas trocas de olhares. Vão me contar o que está acontecendo, ou não? – perguntou Mateus, temeroso do que iria ouvir.

Vagner olhou Eulália e deu de ombros. Não havia como enganar o filho.

– Eu acho que foi a mando do Pedrosa.

O frio na espinha voltou a percorrer o corpo de Mateus. Ele sentiu as mãos ficarem úmidas de suor.

– Por que você desconfia dele? – sussurrou.

– Pela atitude do moleque, o modo como tudo se passou. Eu não tenho como afirmar, mas tenho minha desconfiança.

Mateus ficou quieto, pensando. Sua cabeça começou a latejar. Queria voar no pescoço de Vagner por ter colocado a mãe em perigo. Percebeu que não teria paz enquanto o dinheiro não fosse entregue e o fantasma da fraude da seguradora sumisse de suas vidas.

– Quero que você vá encontrar o Pedrosa o quanto antes. Entregue logo a porcaria do dinheiro, que só atrasa a nossa vida. Quero que resolva isso de uma vez, para eu e minha mãe não termos de andar pela cidade olhando por cima do ombro.

Eulália emitiu um som de angústia por causa da alteração de voz de Mateus, e Vagner deu um sorriso triste.

– Eu vou. Prometo que vou fazer isso em breve – disse Vagner.

CAPÍTULO 25

O LUAU DE SÁBADO JÁ ERA um dos assuntos mais comentados na Universidade da Guanabara desde a semana anterior. Otavinho vinha fazendo um bom trabalho na organização do evento. Com a ajuda do pai, conseguiu um alvará para a realização da festa. Normalmente, uma liberação demoraria mais de duas semanas, mas o deputado mexeu os pauzinhos, sabendo que não havia nada que um bom contato não resolvesse na política brasileira.

Com o pai, Otavinho também conseguiu alguns seguranças e uma empresa para montar a tenda de comida e os aparatos eletrônicos para a pista de dança. Um DJ famoso foi contratado por uma quantia exorbitante, tudo para agradar o filho e tentar alguns votos na próxima eleição.

O cardápio ficou por conta de Tatiana que, com a ajuda de Suzan, fez uma lista de frutas, sanduíches a metro e bebidas que não podiam faltar. Já Paula foi a responsável pela divulgação do evento e pela confecção dos ingressos. As pessoas pagariam uma quantia alta para entrar na festa, mas ninguém estava reclamando do preço. O luau havia se transformado no evento do semestre, e todos os alunos queriam fazer parte dele. Mas os ingressos eram limitados e muitas pessoas ficaram de fora.

– Acho que o luau vai apagar a imagem ruim da festa que dei lá em casa – disse Otavinho, sentando-se ao lado de Paula na lanchonete, onde as meninas terminavam de contabilizar o dinheiro da venda dos ingressos. Era quinta-feira, e eles estavam a dois dias do luau.

— Sua festa não foi ruim — comentou Tatiana. — Se não fosse por ela, talvez eu nem estivesse namorando o Renato.

— Também não achei ruim. Claro, não foi algo assim maravilhoso, que todo mundo ficou comentando por semanas, mas foi legal — concordou Paula.

— Legal? Eu não quero uma festa legal, eu quero *a* festa, aquela de que a galera vai falar por meses e meses.

— Bem, acho que você vai conseguir agora — disse Suzan. — Os ingressos já estão esgotados e ainda tem muita gente querendo ir.

— Sem chances, não vou colocar mais gente do que o permitido. Sou maluco, mas não sou doido. Meu pai foi taxativo: só conseguiu o alvará de forma rápida porque garantiu a todos que o luau correria tranquilamente. Não quero confusão.

— Não vai ter confusão, vai ser um megassucesso — disse Paula, com os olhos brilhando. — Já posso ver os comentários na semana seguinte. Vamos arrasar.

— Isso aí, garotas, vamos fazer um luau pra virar tradição. — Otavinho se levantou. — Vocês precisam de mais alguma coisa?

— Não, está tudo sob controle — disse Tatiana.

— Beleza, então vou checar se está tudo certo com o aluguel das tendas e do som. Nada pode dar errado, faltam dois dias. — Ele piscou o olho e saiu.

Paula e Tatiana ficaram conversando animadamente sobre o luau. Suzan viu Vagner aparecer na lanchonete e na hora soube que ele era o pai do seu namorado, pela semelhança com Mateus. Ele tinha o olhar perdido até avistar Eulália.

— Eu também preciso ir. Tenho de passar na Agência Modelo para conversar com o Daniel. — Suzan pegou a bolsa, dando uma última olhada para Vagner.

— Pensei que já havia acertado tudo com ele — comentou Tatiana.

– Já acertei, hoje vou lá para combinar meu trabalho. Começo segunda.

– Ah, vai nos abandonar agora? Isso é mais importante – brincou Paula.

– Mais importante do que eu garantir uma vaga de estágio na agência do quinto ano? Jamais! Meu Deus, vocês estão agindo como se o luau fosse tudo na vida.

– Estamos brincando, Suzan, relaxe. Sabemos o quanto essa vaga é importante para você. Vá lá e arrase! – disse Tatiana.

– Preciso mesmo arrasar, minha carreira depende do estágio. Desejem-me sorte, meninas.

– Boa sorte!

*

Ao sair da biblioteca, Mateus recebeu uma mensagem de Suzan no celular. Ela queria encontrá-lo antes de entrar no prédio de Turismo, e ele foi até lá.

– Oi, linda – disse Mateus, abraçando a namorada, que estava visivelmente nervosa.

– Vou falar com o Daniel agora.

– Vai dar tudo certo, ele não garantiu?

– Sim, mas não consigo controlar a ansiedade até chegar segunda e ter certeza absoluta de que tudo está sob controle.

Mateus continuou abraçado a Suzan e a beijou.

– Impossível mantermos tudo sempre sob controle.

– Não sei por que estou tão nervosa. É só um estágio, né?

Ele não respondeu, estava um pouco disperso. Suzan o encarou, e Mateus agradeceu em silêncio aquela paz que ela lhe transmitia. Mesmo estando ansiosa, ela conseguia confortá-lo pelo simples motivo de estar ao seu lado.

– Você é humana, é normal.

Ela sorriu e deu um beijo rápido nele.

– Preciso ir.

– Ok, te espero na lanchonete para comermos algo antes de eu ir para a construtora. Quero saber as novidades do seu novo estágio.

Mateus soltou a cintura de Suzan, mas ela segurou sua mão.

– Seu pai está na lanchonete.

Ele fechou os olhos e respirou fundo. As visitas de Vagner nunca vinham acompanhadas de uma boa notícia.

– Obrigado por avisar.

Eles se despediram e Mateus seguiu em direção à lanchonete, onde encontrou Tatiana e Paula. Elas o chamaram até a mesa que ocupavam, mas ele apenas acenou e foi falar com sua mãe. Vagner estava ao lado dela.

– O que foi agora? – perguntou Mateus, sem muita paciência. A presença do pai na universidade conseguiu estragar seu dia.

– Eu marquei o encontro com o Pedrosa. Vai ser na segunda-feira às duas da tarde, no Alto da Floresta, aquele restaurante abandonado no Alto da Boa Vista.

Mateus balançou a cabeça, sentindo-se aliviado em saber que o problema seria resolvido em breve. Por um minuto, pensou se realmente o pai iria ao encontro. Não confiava mais em Vagner, não conseguia mais ver nele o pai que tanto idolatrara na infância e início da adolescência. Não se espantaria se ele faltasse ao encontro.

– Ok – respondeu Mateus, mais por falta de ter o que falar. – Como você guardou o dinheiro?

Vagner coçou a cabeça, enfiou as mãos nos bolsos da calça e olhou para o céu.

– Quando o Predosa sugeriu o esquema, começamos a planejar o desvio do dinheiro. Eu era o responsável por descobrir meios de enviar o dinheiro para contas no exterior sem deixar rastros. A ideia era desviar uma grande quantia, mas primeiro precisávamos testar. Fiz alguns testes, consegui desviar uma pequena, mas considerável, quantidade de dinheiro. Depois que fui preso, avisei o Ivan, passei os dados da conta para que ele pudesse sacar tudo. Uma parte do desvio nunca foi recuperada porque ele retirou antes, quando fez uma viagem para o exterior, então todos pensavam que o Pedrosa havia feito isso. Você sabe que eu e o outro advogado preso nunca o entregamos, a Polícia Federal suspeitava, mas não tinha a certeza de que ele estava envolvido.

Mateus ficou olhando o pai e se perguntando por que quisera saber disso. Ele nunca perguntara nada sobre a fraude, nunca quisera saber nada do esquema em que Vagner esteve envolvido. – Vou esperar a Suzan ali – disse, apontando uma mesa vazia. Ele olhou Vagner uma última vez, deu um beijo no rosto da mãe e se afastou.

Conforme caminhava em direção à namorada, uma ideia surgiu na cabeça de Mateus. E se ele fosse atrás do pai? Seria uma loucura, mas pelo menos saberia que o dinheiro foi entregue. Ele não precisava se aproximar, ficaria a uma distância segura, apenas para checar se Vagner faria o combinado. O restaurante ficava em um lugar sem muito movimento, ele conseguiria se esconder de todos facilmente. Seria apenas para ter a certeza absoluta de que o dinheiro e Pedrosa não fariam mais parte da sua vida nem da de sua mãe.

*

Não foi difícil Renato perceber o quanto Mateus estava distraído aqueles dias. No fim de semana anterior, ele tentou fazer algo com o amigo, sem sucesso. Tatiana estava envolvida na organização do luau, e Renato se sentiu deixado de lado. Só conseguiu encontrar a namorada na noite de sábado, quando a convenceu a sair com ele e sua turma de praia para ir a um barzinho no Leblon. Tatiana foi, mas não parou de falar sobre o luau um minuto.

Era véspera do grande evento, e Renato pensou se um dia conseguiria voltar a ser o centro das atenções da namorada. Não estava acostumado a ficar em segundo plano na vida de uma garota, e esta sensação o incomodava um pouco. Ele estava com Mateus na sala de reuniões, organizando as plantas da construção do novo shopping no Recreio dos Bandeirantes, e tentava ler um relatório da obra, mas o texto era muito técnico e o estava aborrecendo.

– Cara, que coisa chata – disse, bocejando e jogando o papel na mesa. – Detesto relatórios.

– Sim. – Mateus balançou a cabeça. Ele segurava uma planta já há alguns minutos.

– Ei, o que está acontecendo?

– O quê?

– Você está estranho, cara, desde a semana passada. Nem quis encontrar a Tati e eu no sábado.

Mateus esfregou o rosto e deixou a planta de lado.

– Não aconteceu nada – mentiu. – Só quis ficar em casa.

– Só ficou em casa?

– Quer um detalhamento completo? Não saí sexta, encontrei a Suzan na praia no sábado de dia e à noite ela foi lá em casa, domingo só pedalei. Está bom?

– Ih, calma, só estou perguntando por perguntar. Não precisa ficar estressado.

Renato percebeu que o amigo estava irritado com alguma coisa e sabia que era por algo que Vagner fizera ou falara. Ele ficou calado um tempo, dando a chance de Mateus se abrir, o que não aconteceu. Deu de ombros e ia fazer um comentário, quando a porta da sala de reuniões se abriu e Rogério entrou. Renato estremeceu com a presença do pai.

– Como estão meus dois estagiários preferidos?

– Entediados – disse Renato. – Ler relatório é um porre.

– Bem, você precisa ler os relatórios para se acostumar com as expressões técnicas e o ambiente da construtora. Lembre-se de que um dia isso tudo será seu.

– Como posso me esquecer? Você fala a mesma coisa todo santo dia.

Rogério fechou a cara e Renato ficou quieto. Não queria começar uma nova discussão com o pai sobre trabalhar. Já estava indo todos os dias na construtora, não bastava? Olhou pela janela e se sentiu frustrado com a visão do sol iluminando o Rio de Janeiro. Se pelo menos estivesse chovendo, a ida até a construtora seria menos torturante.

– Bom, preparem-se que em cinco minutos o Antônio vai até o canteiro de obras do shopping, e quero que os dois o acompanhem.

– Você veio aqui falar isso? – Renato se espantou. O pai vivia ocupado na construtora e eles mal se viam, o que o alegrava. Ficar com o presidente e pai no seu calcanhar não era algo que ele quisesse.

– Quis dar uma olhada no que você estava fazendo. E ver sua cara de felicidade ao saber que vai finalmente visitar um canteiro de obras na função de estagiário – disse Rogério, rindo e saindo da sala

Renato estremeceu novamente. Embora estivessem no outono, o calor do Rio se assemelhava ao de um verão normal. Ir para a rua era algo que não o animava, a não ser que fosse para a praia.

Mateus organizou os papéis que estavam em cima da mesa e se levantou.

– Vamos?

– Que remédio? – reclamou Renato. Definitivamente, a vida era injusta com ele.

O que Suzan mais queria na véspera do luau era descanso. Tatiana, Paula e Otavinho marcaram de se encontrar em um bar no Jardim Botânico, para comemorar as vendas dos ingressos e organizar os últimos detalhes, mas ela conseguiu escapar. Inventou uma indisposição e fugiu para o apartamento de Mateus.

Ao chegar lá, encontrou o namorado deitado na cama, falando ao telefone com Renato. O amigo queria a presença dos dois no bar, não aguentava mais escutar todos falando do luau e precisava de alguém para se distrair, mas não teve sucesso. Suzan e Mateus preferiam ficar sozinhos em casa, namorando, sem a agitação da noite carioca.

— O Renato está uma fera — disse Mateus, ao desligar o celular.

— Ele vai sobreviver. — Suzan se aconhegou no peito de Mateus. Ele se encostou na cabeceira da cama e a recebeu em seus braços. — Eu também não aguento mais escutar as meninas falando do luau.

— Elas estão animadas.

— Sim. Eu também estou, mas tenho outras preocupações na cabeça. Na delas, só existe uma coisa: a festa.

Mateus apertou Suzan contra ele e encostou o queixo na cabeça dela, sentindo seu cheiro.

— O que está preocupando você? O estágio?

— Não, isso já está resolvido. Você sabe o que me preocupa.

Ele sabia. Ela estava preocupada com o envolvimento dele nos problemas de Vagner. A decisão de ir atrás do pai no encontro com Pedrosa na segunda estava tirando o sono de Mateus. Ele não queria deixá-la ainda mais apreensiva, mas precisava contar a verdade para alguém.

— Preciso contar uma coisa, algo de que você não vai gostar.

— Ai, o que é? — Suzan fez menção de se levantar, mas Mateus a segurou. Ela levantou a cabeça para encará-lo.

— Meu pai vai se encontrar com o Pedrosa na segunda à tarde, no Alto da Floresta, aquele restaurante abandonado no Alto, para entregar o dinheiro a ele. E... Bem, eu vou também.

— Você o quê? — Suzan se soltou de Mateus e se sentou na cama. Ele também levantou o corpo e ficou de frente para a namorada.

— Não vou com ele, mas vou atrás, para me certificar de que o dinheiro será realmente entregue.

— Mateus, não! É loucura, você não pode ir.

— Eu preciso. — Ele balançou a cabeça. — Sei que é doideira ir, mas preciso ter a certeza de que o dinheiro será entregue. Não confio que meu pai irá cumprir com a parte dele no acordo, não acredito que ele entregará o dinheiro. Não me peça para não ir.

— Mas... — Ela fechou os olhos por alguns instantes. — Eu não quero que você vá, é perigoso, estou com medo.

— Não esquente a cabeça com isso, vai dar tudo certo, eles não vão me ver. Vou ficar escondido, só para ter a certeza de que o dinheiro sairá definitivamente de nossas vidas. — Ele acariciou o rosto da namorada e voltou a se deitar, com Suzan abraçada a ele. — Confie em mim, por favor. Vai dar tudo certo, não se preocupe.

— Espero que sim. — Suzan pensou no assunto e teve um pressentimento ruim. — A sua decisão de ir tem alguma coisa a ver com o braço quebrado da sua mãe?

Mateus não respondeu de imediato.

— Digamos que possa ter.

— Você está louco? É uma prova de que é perigoso ir.

— Não posso deixar que ameacem minha mãe. Não confio no meu pai a ponto de acreditar que ele irá aparecer no encontro. Preciso ter a certeza de que ele realmente vai entregar o dinheiro e de que tudo vai se encerrar.

— E se você falar com a polícia? Ou eu falo, se preferir.

— Não, de modo algum! Por favor, não faça isso, nem me peça para fazer. Se eu for falar com a polícia, meu pai pode ser preso novamente. Não quero esse pesadelo de volta à minha vida. Ele errou em esconder o dinheiro, mas já pagou por isso. Todos pagamos.

Eles ficaram um tempo quietos, cada um com seus pensamentos e medos. Mateus pegou a mão de Suzan e entrelaçou seus dedos, enquanto alisava o braço dela com a mão livre. Ele tinha a mente a mil quilômetros dali. Pegou o celular e colocou "Kite" para tocar.

— Você se importa? — perguntou Mateus. Suzan apenas

negou com a cabeça. Eles ficaram um tempo ouvindo a música e Mateus percebeu que fazia dias que não a escutava. Antes de seu pai surgir com o problema do dinheiro, ele estava feliz. Suzan o acalmava, trazia uma sensação de conforto, deixando em segundo plano a vontade de ouvir "Kite". – Sabe, tento não pensar no que vai acontecer segunda. Não quero que meu pai atrapalhe meus momentos com você. Como falei, vai dar tudo certo, ninguém vai perceber que estou lá.

– Estou tentando não pensar também, mas é impossível.

– Sim, é. Mas quando estou com você, eu me sinto diferente, mais calmo, melhor. Sei que já falei mil vezes, mas é verdade, você me acalma, me deixa bem. É como se soubesse que tudo vai dar certo, de um jeito ou de outro. Estar ao seu lado faz qualquer problema parecer irrelevante. Mais ou menos como quando estou pedalando e sentindo o vento no rosto. Como se, enquanto tiver você e o vento, nada fosse dar errado na minha vida. Sei que soa como clichê de filme romântico, mas é assim que me sinto.

– Não tenho nada contra clichês de filmes românticos. Acho até que a vida devia ser mais como eles, cheia de clichês e felicidade. Nunca fui tão feliz na vida e espero que esse sentimento jamais termine.

– Eu também espero que nunca acabe – disse ele.

Suzan levantou a cabeça e deitou mais perto do rosto de Mateus. Ele sentiu a eletricidade percorrer seu corpo com a proximidade e a cumplicidade dela. Era um momento íntimo, e ele percebeu o que estava prestes a acontecer. Mateus a puxou, colocando-a deitada na cama, ficando por cima. Sorriu, aproximando seu rosto do dela. Ele beijou a boca de Suzan com urgência, descendo seus lábios pelo pescoço dela até chegar à barriga. Suzan arfou e Mateus tirou sua camisa, para em seguida abrir a blusa dela.

CAPÍTULO 26

O SÁBADO AMANHECEU COM UM SOL FRACO, mas nem assim Renato deixou de ir à praia. Agora, seus fins de semana eram sagrados e ele aproveitava cada brecha para pegar ondas, já que a construtora consumia todo o seu tempo durante a semana.

Era no que ele pensava, enquanto Montanha e Caio conversavam animadamente sobre o luau que aconteceria à noite.

– Aê, vai tá lotado de gatas – comentou Montanha.

– Eu sou comprometido – respondeu Caio.

– Isso não te impede de olhar. – Os dois riram e se cumprimentaram dando um soquinho com as mãos.

– Demorô.

Renato parou de pensar na construtora e começou a prestar atenção à conversa dos dois, lembrando-se do dia em que Suzan, Mateus e Tatiana falaram que Caio parecia irmão mais novo de Montanha.

– A parada vai ser boa: gatas, bebidas, comidas e praia. Tem coisa melhor?

– Pode crer.

Os dois pararam de conversar e ficaram olhando o mar. Uma onda arrebentou, trazendo para a areia algumas pessoas que não conseguiram furá-la.

– Mó onda boa, cara. Você viu?

– Sinistro.

Renato deu uma gargalhada alta e os dois o olharam, estranhando o comportamento do amigo.

– O que foi, cara? – Montanha perguntou.

– Nada. – Renato se levantou e pegou a prancha. – Vou pro mar.

– Ih, aê, se liga, o cara tá maluco. Fica rindo do nada – disse Montanha, balançando a cabeça. – Acho que esta parada de trabalho não fez bem pra ele.

– Sei qual é – respondeu Caio, observando as ondas. – Partiu? – perguntou, indicando o mar e já se levantando.

– Partiu – concordou Montanha, que também se levantou e pegou a prancha.

*

A enorme estrutura para receber trezentas pessoas foi montada na Praia da Reserva, o trecho de areia que divide a Barra da Tijuca do Recreio dos Bandeirantes. O local foi escolhido pela dificuldade de acesso via transporte público e por ser afastado dos prédios e casas. A intenção era evitar que um grande número de pessoas sem convite ficasse na entrada. Quanto a isso, Otavinho Moura não obteve sucesso: havia muita gente querendo comprar um ingresso de última hora.

Uma grande tenda foi colocada para servir de bar, onde se podia beber e comer à vontade, após pagar uma quantia considerável pelo ingresso do luau. Outra estrutura a céu aberto servia de pista de dança. A ideia era deixar tudo descoberto para que as pessoas pudessem apreciar as estrelas, embora as luzes da pista impedissem que se visse alguma coisa além da iluminação artificial.

Em outra estrutura, também descoberta, estavam pufes, almofadas e sofás para o descanso do público, mas que logo foram ocupados pelos casais apaixonados, que buscavam um pouco de sossego da música agitada.

Tudo foi cercado por grades de ferros e seguranças, que impediam a entrada de penetras.

– Está parecendo mais uma rave do que um luau – comentou Mateus, quando ele e Suzan conseguiram entrar na festa.

Rebeca puxou Caio para a pista de dança, e Suzan perdeu a irmã caçula de vista.

– A ideia inicial era fazer algo menor, mais no esquema de um luau mesmo, mas você conhece o Otavinho.

– Sim, ele não conseguiria fazer uma reuniãozinha com poucas pessoas. Tem de transformar tudo em um grande evento.

Suzan concordou com a cabeça. Ela procurava os amigos em meio à multidão que cercava a pista de dança e o bar.

– Vou pegar uma água, quer alguma coisa para beber?

– Um mate com limão.

Mateus se afastou em direção ao bar e Suzan ficou observando as pessoas.

– Suzana! – gritou Renato, se aproximando. – Você está sumida.

– Eu? Estou na faculdade todos os dias.

Eles se abraçaram e Suzan fechou os olhos. Renato tinha razão, fazia alguns dias que eles mal se falavam. Ela tentou perceber se ainda sentia algo por ele. Desde que começara a namorar Mateus, afastara-se um pouco de Renato, sem se dar conta. Não tinha mais tempo de pensar nele com a loucura das provas da universidade, o novo estágio e os problemas do namorado.

Renato a soltou e a encarou. Suzan sentiu um calafrio, mas não conseguiu distinguir se era um sinal bom ou ruim.

– Agora que você e o Mateus estão juntos, só querem saber um do outro. Fiquei sobrando nessa história.

– Imagine.

Ela sorriu. Gostava de Renato, sim, mas não era mais aquela fúria louca que sentia antes toda vez que ele se aproximava. O amor estava dando lugar à amizade, e ela ficou feliz ao constatar isto.

– Não quiseram sair com a gente ontem, nem no fim de semana passado.

– Ah, eu precisava respirar um pouco de ar que não estivesse contaminado pela palavra "luau".

Renato começou a rir, e Suzan o acompanhou.

– Ainda bem que hoje acaba. – Ele piscou.

– Acaba nada, já estão planejando um para o semestre que vem.

– Sério? – perguntou Renato, fazendo uma careta.

– Onde está a Tati?

– Dançando. Ou vendo algo da organização. Não sei da minha namorada. – Renato deu de ombros, como se perguntando o que ele podia fazer. – Fui abandonado.

– Coitadinho.

– E seu namorado?

– Foi ao bar.

– Hum... Quero perguntar algo a você, ele tem estado distante. Aconteceu alguma coisa?

Suzan olhou em volta, checando se alguém prestava atenção à conversa deles, mas ninguém reparava na presença dos dois ali, parados no meio do caminho.

– Bem, desde que o Vagner voltou que a vida do Mateus virou de pernas para o ar.

– Tem razão.

Renato ia falar mais alguma coisa, mas Mateus chegou e os dois se cumprimentaram. Suzan pegou o copo de mate da mão do namorado.

– E aí, cara? Beleza? – perguntou Renato.

– Tudo bem. – Mateus olhou para Suzan, que acenou com a cabeça.

– Vou procurar a Tati – disse ela, saindo de perto dos meninos.

– Podemos conversar? – perguntou Mateus.

– Ai, meu Deus, você vai terminar comigo? – brincou Renato, mas logo percebeu, pela expressão de Mateus, que o amigo falava sério. – O que foi, cara?

– Aqui, não.

Mateus apontou uma parte distante do bar e eles se afastaram das pessoas. Pararam um pouco longe da estrutura dos pufes e se sentaram na areia. Uma brisa fresca soprava e os dois ficaram calados por algum tempo.

– Você está me assustando.

– Meu pai. – Mateus suspirou. Renato não disse nada, esperando o amigo contar ao seu tempo. – Ele... Eu devia ter falado com seu pai e o Antônio sobre isso, mas não consegui. Na segunda, vou chegar mais tarde na construtora e preciso que você avise e me dê cobertura.

– Ok. Mas o que aconteceu?

Mateus contou a ele sobre o dinheiro que Vagner conseguiu esconder, sobre as ameaças de Pedrosa à sua família e sobre o encontro na segunda-feira.

– Opa, calma aí. Você vai se encontrar com um cara envolvido no esquema que levou seu pai para a prisão para dar um dinheiro roubado a ele?

– Eu não vou me encontrar com o cara, vou só atrás do meu pai para ter a certeza de que o dinheiro foi entregue.

– Não, você está louco, cara? Você não pode ir, é suicídio. Você acha que esse Pedrosa vai deixar seu pai sair de lá assim, facilmente?

– Eu não sei. – Mateus deu de ombros. – Tenho de dar um ponto final nesse sofrimento. Não aguento mais essa angústia e sei que minha mãe também não. E não confio que meu pai vá aparecer.

– Mas você não pode ir, é loucura, cara! – gritou Renato, atraindo alguns olhares para eles. Decidiu abaixar o tom de voz. – Cara, não vá, por favor.

– Não se preocupe, ninguém irá me ver. Eu vou ficar escondido.

– Você ficou doido? Cadê aquele Mateus sensato, meu amigo de anos?

Mateus balançou a cabeça e enxugou uma lágrima disfarçadamente, mas Renato percebeu.

– Eu preciso fazer isso. Tenho de ir lá, para encerrar de vez. Preciso ter a certeza de que o dinheiro foi entregue e não está mais nas nossas vidas. Vai dar tudo certo.

Mateus contou sobre a queda de Eulália, o braço quebrado, o pivete fazendo uma ameaça. Renato ficou chocado, mas se manteve firme.

– O que a Suzana acha da sua ideia?

– Ela concorda com você.

– É claro que sim!

– Mas ela entendeu meu lado. Não concorda comigo, mas está me apoiando.

Renato ficou calado. Depois de um tempo, colocou a mão no ombro de Mateus.

– Eu não apoio essa atitude sua, não apoio sua decisão. Acho que algo sério pode acontecer, mas é a sua vida, cara.

Renato se levantou e saiu andando, sem olhar para trás.

*

A pista de dança estava cheia de jovens, que balançavam ao som da música eletrônica. Tatiana e Paula eram duas destas jovens, que não tinham preocupações na cabeça a não ser se divertir no luau. Já Suzan estava afastada das amigas, sem ânimo para curtir a noite. Ela observava Mateus e Renato ao longe, conversando. Sabia exatamente qual era o assunto.

Depois de um tempo, Renato saiu com o semblante fechado e Suzan suspirou. Ela caminhou até o amigo.

– Ele contou?

– O Mateus ficou doido, Suzana! Como ele pode querer ir atrás do pai em uma situação dessas?

Suzan balançou a cabeça, concordando, e puxou Renato para o lado oposto de onde estavam, longe da multidão.

– Eu já tentei falar com o Mateus, mas é complicado.

— Ele não pode ir. Não consigo parar de pensar nas inúmeras desgraças que podem acontecer — disse Renato, sentando-se na areia. Suzan se sentou ao lado dele.

— Se eu disser uma coisa, você promete que não me chama de maluca?

— O que foi? Não me diga que você concorda com o Mateus?

— Não. Não sei. — Ela deu de ombros. — Eu entendo o lado dele, acho que se fosse meu pai também ia querer conferir se o dinheiro foi entregue.

— Sim, eu concordo neste ponto, mas, sei lá... É tudo muito louco.

— Eu não quero julgar o Mateus, ninguém pode julgar as pessoas até saberem exatamente pelo que elas estão passando. É fácil falar.

— Ei, você está me repreendendo? — perguntou Renato, assustado.

— Não, longe disso. Estou apenas dizendo que entendo o lado do Mateus, o motivo pelo qual ele quer ir. E estou pensando em ir atrás.

— Você está doida! — Renato se levantou, mas na mesma hora voltou a se sentar ao lado da amiga.

— Você prometeu que não ia me chamar de maluca — disse Suzan, colocando a mão no braço de Renato. — O Mateus vai atrás do pai, checar se o dinheiro foi entregue. E eu quero ir atrás, checar se o Mateus não vai fazer nenhuma besteira.

— Vocês dois andam vendo muito filme de ação. É doideira.

— Depende. Se ficarmos escondidos, ninguém vai nos ver. Estou pensando nisso desde que o Mateus me disse que vai atrás do pai. E quero que você vá comigo.

— Agora você endoidou de vez — disse Renato, rindo por causa do nervosismo. Ele sentiu as mãos suadas e respirou fundo, tentando se acalmar. — O que eu vou fazer lá?

— O mesmo que eu, vigiar o Mateus.

– Acho que devíamos avisar a polícia.

– Não! O Mateus foi taxativo: nada de polícia. Acho que ele tem medo de que o pai seja preso novamente.

Renato balançou a cabeça mais uma vez e ficou pensando no amigo. Seria uma barra se Vagner voltasse para a prisão. Tentou se colocar no lugar de Mateus e não conseguiu chegar a conclusão alguma.

– Onde vai ser esse encontro?

– No Alto da Floresta, o restaurante abandonado no Alto da Boa Vista. Conhece?

– Não. Acho que nunca passei pelo Alto, morei a vida toda no Leblon e nunca precisei ir lá.

– Eu sei onde fica.

Renato ficou calado por alguns segundos.

– Dê até amanhã para eu pensar no assunto, Suzana. Aí digo o que decidi.

Os dois se abraçaram, e Suzan saiu para procurar Mateus.

CAPÍTULO 27

O DIA AMANHECEU COM O CÉU carregado de nuvens cinzas. Não choveu, mas um vento frio percorria a cidade. A impressão era de que tudo estava triste. Pelo menos Mateus se sentia assim.

Após o fim da aula, foi até a lanchonete e encontrou Eulália.

– Estou indo embora – disse ele, dando um beijo na mãe.

– Já vai para o estágio?

– Sim – mentiu.

Mateus viu Suzan sentada a uma mesa ao lado de Paula e acenou. Ele abraçou a mãe.

– Vou falar com a Suzan.

Eulália concordou, e Mateus se afastou dela.

– Olá – disse ele, beijando Suzan.

– A Paulinha e eu estamos conversando sobre o luau, sente-se aí.

– Estão falando mal de quem? – perguntou Mateus, tentando se distrair, sem sucesso.

– Que horror, Enigmático, é essa a impressão que você tem de mim? – disse Paula.

– Estávamos conversando sobre como o luau foi um sucesso. Otavinho já programou outro para o semestre que vem. Acho que ele vai querer dois por ano – disse Suzan, deitando a cabeça no ombro de Mateus. Ele a abraçou e se sentiu seguro. Respirou fundo, tentando esconder da namorada o nervosismo e a apreensão.

— Ele adora festas — comentou Mateus.

— Quem não adora? — perguntou Paula.

Mateus estava prestes a fazer um comentário quando viu Vagner conversando com Eulália. Ele carregava uma mala de viagem feita de lona. Vagner olhou Mateus, acenou com a cabeça e saiu da lanchonete, deixando Eulália apreensiva.

— Eu preciso ir. — Ele olhou para Suzan e viu que ela percebeu, pelo olhar, o que iria acontecer. — Não vou demorar.

— Tome cuidado — sussurrou ela, para Paula não escutar.

— Vai dar tudo certo. Nos vemos em breve. — Ele beijou o topo da cabeça da namorada e se afastou. Suzan o observou.

— Preciso ir, Paulinha.

— Mas já?

— Já, combinei um almoço com a minha mãe — mentiu Suzan. Ela se afastou da lanchonete e foi até o prédio da Engenharia, onde havia marcado de se encontrar com Renato.

*

Renato até tentou almoçar naquele dia, mas, só de pensar no que Mateus estava se metendo, seu estômago se fechou para qualquer comida. Comeu uma tigela de açaí em uma das lanchonetes da universidade e voltou ao prédio da Engenharia para se encontrar com Suzan.

Quando entrou no carro da amiga, o celular tocou e o estômago de Renato se revirou ainda mais ao ver o nome do pai no visor do aparelho. Ele sentiu o açaí subir pela garganta, fechou os olhos e se concentrou no que era importante no momento.

— Meu filho, onde você está? Não apareceu na contrutora, nem o Mateus. Preciso dos dois aqui — disse Rogério. — As provas finais de um novo projeto que temos em vista chegaram. Um condomínio com vários prédios, que será construído em Vargem Grande.

Renato ficou calado, pensando no que fazer. Olhou Suzan, que parecia não estar prestando atenção à conversa.

– O Mateus pediu para avisar que vai se atrasar um pouco hoje – disse. – E esqueci de falar que eu também vou.

– Aconteceu alguma coisa? – perguntou Rogério, enquanto Suzan balançava a cabeça negativamente. Renato fechou os olhos e respirou fundo. Não aguentava mais guardar segredo e, afinal, eles já estavam a caminho do restaurante, não havia mais problema em contar para o pai sobre o encontro de Vagner.

– Não, ele... Bem, aconteceu algo com o pai dele. Não que tenha acontecido algo com ele, o pai dele está bem, mas Mateus precisava ver um treco do pai. Resolver uma parada junto dele. Dar um fim no problema do pai. Não dar um fim no pai, mas tentar viver em paz com tudo, saca? – Renato percebeu que estava se enrolando na explicação e decidiu ficar calado.

– Ele está com algum problema? – perguntou Rogério.

Renato não respondeu imediatamente.

– Não. Eu não sei. – Renato olhou para Suzan, que suplicava para que ele não contasse nada. – Eu não sei.

Rogério o pressionou a falar. Renato resistiu, mas não conseguiu segurar por muito tempo e contou sobre o dinheiro desviado, o encontro com Pedrosa e aonde ele e Suzan estavam indo.

*

O Alto da Boa Vista é um bairro nobre de classe alta da Zona Norte, localizado no topo do Maciço da Tijuca, que divide a cidade em zonas Norte, Sul, Oeste e Central. Possui vários locais de interesse turístico, como um dos acessos ao Cristo Redentor, o Parque Nacional da Tijuca e a Vista Chinesa.

O céu continuava carregado de nuvens cinzas, mas Mateus não reparou. Ele tinha o olhar perdido ao caminhar do carro até a entrada do Alto da Floresta. O restaurante recebera muitos anos atrás ilustres visitantes, que iam até o local para desfrutar de uma refeição em um ambiente aconchegante no meio da floresta. Mas, no início dos anos 1990, quando os imóveis do Alto da Boa Vista começaram a se desvalorizar, a construção foi abandonada por falta de investidores interessados em comprá-la.

A estrutura permanecia quase intacta, apenas algumas janelas haviam sido totalmente quebradas. Outras tinham pedaços de vidros pendurados. Lá dentro, algumas mesas e cadeiras estavam jogadas pelo chão. Mateus olhou através de uma das janelas a tempo de ver o pai guardar a bolsa de lona dentro de um armário, em um dos cantos do salão. Ele sentiu o sangue ferver por estar certo: Vagner não pretendia devolver o dinheiro facilmente. Depois que o pai se encaminhou para onde devia ser a cozinha, Mateus entrou no restaurante, tentando não pisar em nenhum vidro ou pedaço de madeira. Abriu o armário e pegou a bolsa, indo em direção à porta pela qual o pai passara instantes antes.

Através do vidro que havia no meio da porta, ele conseguiu ver o pai discutindo com Pedrosa, que o segurava pela gola da blusa. Ficou ali, parado, em dúvida sobre o que fazer, mas a lembrança de sua mãe com o braço quebrado ajudou na decisão. Respirou fundo e abriu a porta.

– É isso o que você está procurando? – disse Mateus, entrando na cozinha.

Foi quando ele percebeu que Pedrosa não havia ido sozinho ao encontro. Um outro homem, armado, que estava fora do seu campo de visão, se assustou com a abrupta e inesperada presença de Mateus. No instante em que Mateus entrou no cômodo, os sons das sirenes da polícia puderam ser ouvidos por todos.

*

Um som abafado percorreu o lado de fora do Alto da Serra, ofuscando as sirenes da polícia.

– O que foi isso? – perguntou Renato, olhando para os lados.

– Não sei – disse Suzan, sentindo seu sangue gelar.

– Pareceu um... tiro?

Suzan sentiu como se o coração parasse de bater e a respiração faltasse em seus pulmões. Olhou Renato, que pareceu ter o mesmo tipo de pressentimento. Ela saiu correndo, sem esperar pelo amigo ou pela polícia. Já podia sentir as lágrimas escorrendo pelo rosto e apenas um pensamento ocupava sua cabeça: Mateus.

Ela corria, mas parecia não sair do lugar, era como se tudo acontecesse em câmera lenta. Em menos de um minuto chegou até a entrada do restaurante, mas sentiu como se fossem horas. Foi abrindo espaço entre as mesas e cadeiras, seguida por vários policiais, aos quais ela não prestou atenção, até alcançar a cozinha e ver o que temia.

– Oh, meu Deus – gemeu e se abaixou, aproximando-se do namorado. – Mateus?

Ele estava caído no chão, com Vagner ao seu lado, balbuciando palavras que ela não entendeu. Suzan se ajoelhou e começou a tremer, sentindo um desespero grande tomar conta de seu corpo, mas percebeu Mateus abrir os olhos. Ela ajeitou a cabeça dele em seu colo e começou a passar uma das mãos no cabelo do namorado, enquanto enlaçava os dedos da outra nas mãos dele. Um braço a puxou, mas ela conseguiu se soltar e permanecer sentada.

– Oi, linda – sussurrou ele, fechando os olhos em seguida, o que fez Suzan entrar em pânico.

Algumas pessoas passavam por eles, mas ela não notava ninguém. Lágrimas desciam pelas suas bochechas, um soluço ficou preso na garganta, e ela sentia todos os seus sonhos evaporarem. Seu peito doía, como se fosse explodir, e Suzan teve a impressão de que o ar fora embora de seus pulmões. A cena toda era surreal e dolorida, como se o pior de seus pesadelos tivesse se tornado verdadeiro.

Suzan viu uma mancha vermelha na blusa de Mateus, mas desviou os olhos. Não podia olhar para o peito dele ou então enlouqueceria. Precisava se concentrar no rosto de Mateus, precisava cuidar do namorado.

– Não, não... Mateus, fale comigo. Olhe para mim – suplicou. Mateus abriu lentamente os olhos, o que acalmou um pouco seu coração. – Por favor, não me abandone.

– Nunca – disse ele, com um pouco de esforço.

Um grito soou ao lado dela, mas Suzan não virou o rosto. Provavelmente era Renato, mas não verificou. Ouvia vozes, alguém tocou seu ombro, mas ela só conseguia olhar para o rosto de Mateus. Era como se estivesse isolada em uma bolha. Escutava sons ao seu lado, mas não os distinguia, nem ninguém era nítido para ela, apenas Mateus. Nada naquele momento importava, a não ser ele. Precisava fazê-lo ficar com os olhos abertos, conversando com ela, em uma esperança de que tudo desse certo, por mais errado que estivesse.

– Eu amo você – disse, sentindo dor em suas palavras. Tentou controlar as lágrimas, sem sucesso.

– Eu sei.

Ele sorriu, o que fez o aperto no peito dela aumentar. Um enorme pavor tomou conta de seu corpo e ela tentou não entrar em pânico.

– Eu juro, eu te amo, estou apaixonada por você. De verdade. Não me abandone, por favor. Eu te amo. Fique comigo, fique comigo. Não me abandone.

Ele apenas sorriu e fechou os olhos.

CAPÍTULO 28

UM MÊS É MUITO TEMPO. Um mês é pouco tempo. Tudo depende da perspectiva. Para Suzan, um mês podia ser uma eternidade ou um fragmento no espaço. Quando se está sofrendo, um mês pode ser um longo martírio ou um curto suplício.

Era este o pensamento que ocupava sua cabeça, enquanto andava ao lado de Eulália. As duas não conversaram durante o trajeto de casa até ali, nem conversavam agora. Cada uma estava ocupada com suas lembranças.

Elas pararam em frente à lápide e Eulália tentou segurar o choro, sem sucesso. Suzan colocou um braço em volta dos ombros dela, confortando-a. "Quem vai me confortar?", pensou. Ela olhou em volta, percebendo o quanto um cemitério é um cenário solitário e triste.

– Você tem notícias do Renato? – perguntou Eulália, acordando Suzan de seus pensamentos.

– Não.

Suzan suspirou e fechou os olhos, lembrando-se de Renato. Após o tiroteio, Rogério conseguiu convencer o filho a ir para fora do país. Era algo que ele queria há muito tempo e de que Renato sempre se esquivara, mas depois da confusão no Alto da Boa Vista o filho foi convencido mais facilmente.

Depois de ir embora, Renato tentou contato com Suzan apenas uma vez. A despedida dos dois foi carregada de palavras duras e acusações. Ela não se conformava com a partida dele naquele momento difícil. Ele se sentiu impotente por não poder fazer nada. O que pareceu a Suzan foi que Renato queria fugir de qualquer modo, e ela não conseguiu perdoá-lo.

– Você não deve ser tão radical com ele – aconselhou Eulália. – Cada um tem uma reação a uma tragédia. Para o Renato, foi mais fácil ir embora, ainda mais com a insistência de anos por parte do Rogério para que isso acontecesse. Tente se colocar no lugar dele.

– Estou tentando.

Suzan abriu os olhos. Não queria falar de Renato. Ele fugiu, sumiu e não deu mais notícias para ela ou Eulália. Apenas Tatiana conversava com ele, mas Suzan não queria saber.

– Obrigada por fazer meu filho feliz nos últimos dias de vida dele – disse Eulália, emocionada, depois de um tempo. – Você não faz ideia de como isso foi importante para o Mateus e é importante para mim.

– Eu que preciso agradecer a ele, e a você por tê-lo criado como criou. – Suzan não conseguiu segurar as lágrimas diante da lápide fria que representava o lugar onde Mateus estava agora. Seu coração ficou apertado dentro do peito, uma sensação de vazio a ocupava por inteiro. Parecia que ia explodir, mas precisava se controlar, por Eulália. – Eu pensei que ficaríamos juntos para sempre.

– Vocês ficaram. Só que o para sempre dele não durou muito. Mas o tempo que durou, ele foi muito feliz, posso garantir.

Suzan sorriu. Elas ficaram mais alguns instantes quietas, lembrando-se de Mateus.

– O pior de se perder alguém é esperar que a pessoa apareça na sua frente a qualquer momento, mas você sabe que nunca mais vai acontecer – disse Suzan.

– Ele está ao seu lado, tenha certeza disso. Sempre estará.

– Eu tenho.

*

Desde que Mateus se fora, o tempo parecia se arrastar. E, a cada dia que se passava, Suzan se arrastava com ele. Nada mais a interessava, a rotina passou a ser algo mecânico em sua vida. Apenas acordava, ia para a universidade, voltava para casa. As festas, os amigos, as conversas diárias pelos corredores do prédio de Turismo ou na lanchonete, tudo fazia parte do passado.

O estágio na Agência Modelo era algo pelo qual, agora, ela agradecia. Ele ocupava sua cabeça, sem permitir distrações ou pensamentos tristes. Ela precisava ir lá só três vezes por semana, mas passou a aparecer de segunda a sexta. Ninguém reclamou, qualquer ajuda era bem-vinda e todos sabiam pelo que ela estava passando.

Foi no estágio que Tatiana a encontrou, três meses após o tiroteio. Fazia semanas que as duas não conversavam, Suzan havia tomado a decisão de se afastar de todos.

– Oi – disse Tatiana, entrando na Agência Modelo.

Suzan levantou os olhos e suspirou. Era a única pessoa na sala.

– Oi.

Tatiana se aproximou devagar e esboçou um sorriso. Suzan manteve o semblante triste.

– Como você está? – perguntou Tatiana, sem receber uma resposta de Suzan. – Estou indo encontrar o Renato na próxima semana. Quer mandar algum recado?

– Você realmente está me fazendo essa pergunta? – disse Suzan, e Tatiana percebeu a raiva na voz dela. – Quero que o Renato se dane.

– Suzan, tente entender o lado dele.

– Lado? O que há para entender? Ele fugiu, me abandonou na hora em que eu mais preciso dele.

– Ele ficou com medo, só isso.

– Só isso? – Suzan deu um sorriso de deboche. – Ele não pensou em mim, nem na tia Eulália. Fugiu como um medroso, nos abandonou. Eu quero que ele vá para o inferno.

Suzan pegou suas coisas e saiu, esbarrando em Paula, que entrava na sala naquele momento.

– O que aconteceu?

– Perguntei se ela queria mandar algum recado para o Renato.

– Ih, mexeu com fogo. – Paula jogou a bolsa em cima da mesa que agora ocupava em seu novo estágio na agência.

– Eu queria que ela o perdoasse. Sei que ficou parecendo que o Renato fugiu, mas foi o modo dele de lidar com a situação.

– Vamos combinar que ele fugiu mesmo. – disse Paula, sentando-se. – Mas entenda a situação da Suzan. Ela acabou de perder o namorado, o cara que esteve ao lado dela a vida toda, mas a quem ela custou a dar uma chance. E, quando resolveu dar a ele essa chance, perdeu o cara numa situação ridícula e estúpida.

– Estou tentando entender – disse Tatiana. Ela foi em direção à porta da sala. – Espero que um dia o Renato e a Suzan tenham a chance de conversar.

EPÍLOGO

Suzan remexia o copo vazio de chocolate quente, observando Renato. Após todos aqueles anos separados, era fácil notar seu amadurecimento, tanto por meio da conversa que tiveram quanto pelos traços que o rosto dele trazia.

– Sabia que eu ainda tenho aquele quadro que você me deu no meu aniversário de vinte anos?

Renato cerrou os olhos e ficou pensativo. Suzan percebeu que ele não sabia do que ela falava.

– O quadro do Portão de Brandemburgo. Ele é o motivo de eu amar tanto a Alemanha.

– Ah... Sim, eu me lembro. Foi o Mateus quem deu a ideia do quadro. – Os dois deram um sorriso triste, lembrando-se do antigo amigo. – Você não sentiu saudades de mim? – Renato perguntou, segurando as mãos de Suzan, que não respondeu – Você não gostava de mim? Não éramos amigos?

– Gostava.

– E?

– Bem, ele...o Mateus... ele não era só amizade. Era amor. – Suzan suspirou. – Você sumiu.

– Não foi minha culpa.

– Em parte, foi.

– Não tenho culpa se meu pai me mandou para fora do país depois do tiroteio e da morte do Mateus. Ele ficou paranoico.

– Todos ficamos, Renato. Mas você me abandonou quando eu mais precisei.

– Não abandonei. Eu apenas... Foi difícil. Quando aconteceu tudo na universidade, os policiais fizeram uma enorme busca na construtora, reviraram tudo, pressionaram a gente. – Renato parou um pouco para tomar fôlego. Ele fechou os olhos e apertou a parte superior do nariz. – Entrei em pânico, não vou negar. Fiquei com medo, sim, não sabia o que podia acontecer. Meu Deus, eu tinha apenas dezenove anos, Suzana, fiquei desesperado. Meu melhor amigo morreu em um tiroteio. Quando vi a chance de ir embora, eu fui. Sei que foi egoísmo da minha parte, mas eu quis manter contato, você que não me retornou. Foi difícil. – Renato olhou Suzan e ela percebeu que os olhos dele estavam molhados.

– Eu sei. Mas eu não desapareci. Você sabia onde me encontrar, podia ter voltado um dia.

– Eu tentei contato, mas você me ignorou.

– Você tentou contato uma vez, depois desistiu.

– A Tati me disse que você não queria falar comigo, então desisti. Depois de um tempo, ficou mais fácil conviver com sua ausência e a do Mateus.

– Ainda não consigo lidar com a falta dele. – Suzan guardou para si os pensamentos sobre o desaparecimento de Renato. – Você se casou com a Tatiana?

– Sim. – Renato sorriu, lembrando-se da esposa.

– Eu me afastei dela. Depois de algumas semanas, mal nos falávamos. Fiquei sabendo quando ela foi te encontrar no exterior, mas não quis maiores detalhes. Eu estava com muita raiva de você por ter me abandonado.

– Eu entendo – disse Renato, dando um sorriso frustrado. – Mas pensei que você ficaria feliz em me ver.

– E fiquei. Mas tudo mudou.

– Você sente a falta dele, né? Eu sinto.

— Sim. Eu fecho os olhos, penso nele, tento conversar, mas nada. É o que acontece quando se perde o amor da sua vida. Você sabe que ele não está mais ali por você, não importa o que faça.

— Ele não ia gostar de te ver assim.

— Eu sei, mas...

— Pensei que você havia superado, já se passaram dez anos.

— Para mim, parece que foi ontem. Existem certas coisas que a gente nunca supera.

Renato ficou em silêncio. Era estranho, os dois foram amigos durante anos e agora não sabiam mais sobre o que conversar. Ele se levantou e tirou a carteira do bolso.

— Olha, eu preciso ir, mas, tome, pode me ligar sempre que quiser, não vamos mais perder contato. Estou voltando para o Brasil no mês que vem — disse, entregando um cartão de visitas a Suzan. — Você pode me achar nas redes sociais também, é só me procurar.

Ele deu um beijo em sua testa e saiu. Ela ficou observando Renato passar pela porta. Olhou para o cartão e se levantou. Jogou na lixeira o copo descartável do chocolate quente e, junto, o cartão de Renato. Mesmo que mantivessem contato, jamais voltaria a ser como antes, e ela preferia guardar a lembrança de como fora a amizade deles dez anos atrás.

Suzan fechou o casaco e atravessou a porta da cafeteria para a rua fria de Berlim.

E se algumas escolhas tivessem sido diferentes?

CAPÍTULO 27

O DIA AMANHECEU COM O CÉU carregado de nuvens cinzas. Não choveu, mas um vento frio percorria a cidade. A impressão era de que tudo estava triste. Pelo menos Mateus se sentia assim.

Após o fim da aula, foi até a lanchonete e encontrou Eulália.

– Estou indo embora – disse ele, dando um beijo na mãe.

– Já vai para o estágio?

– Sim – mentiu.

Mateus viu Suzan sentada a uma mesa ao lado de Paula e acenou. Ele abraçou a mãe.

– Vou falar com a Suzan.

Eulália concordou, e Mateus se afastou dela.

– Olá – disse ele, beijando Suzan.

– A Paulinha e eu estamos conversando sobre o luau, sente-se aí.

– Estão falando mal de quem? – perguntou Mateus, tentando se distrair, sem sucesso.

– Que horror, Enigmático, é essa a impressão que você tem de mim? – disse Paula.

– Estávamos conversando sobre como o luau foi um sucesso. Otavinho já programou outro para o semestre que vem. Acho que ele vai querer dois por ano – disse Suzan, deitando a cabeça no ombro de Mateus. Ele a abraçou e se sentiu seguro. Respirou fundo, tentando esconder da namorada o nervosismo e a apreensão.

— Ele adora festas — comentou Mateus.

— Quem não adora? — perguntou Paula.

Mateus estava prestes a fazer um comentário quando viu Vagner conversando com Eulália. Ele carregava uma mala de viagem feita de lona. Vagner olhou Mateus, acenou com a cabeça e saiu da lanchonete, deixando Eulália apreensiva.

— Eu preciso ir. — Ele olhou para Suzan e viu que ela percebeu, pelo olhar, o que iria acontecer. — Não vou demorar.

— Tome cuidado — sussurrou ela, para Paula não escutar.

— Vai dar tudo certo. Nos vemos em breve. — Ele beijou o topo da cabeça da namorada e se afastou. Suzan o observou.

— Preciso ir, Paulinha.

— Mas já?

— Já, combinei um almoço com a minha mãe — mentiu Suzan. Ela se afastou da lanchonete e foi até o prédio da Engenharia, onde havia marcado de se encontrar com Renato.

*

Renato até tentou almoçar naquele dia, mas, só de pensar no que Mateus estava se metendo, seu estômago se fechou para qualquer comida. Comeu uma tigela de açaí em uma das lanchonetes da universidade e voltou ao prédio da Engenharia para se encontrar com Suzan.

Quando entrou no carro da amiga, o celular tocou e o estômago de Renato se revirou ainda mais ao ver o nome do pai no visor do aparelho. Ele sentiu o açaí subir pela garganta, fechou os olhos e se concentrou no que era importante no momento.

— Meu filho, onde você está? Não apareceu na construtora, nem o Mateus. Preciso dos dois aqui — disse Rogério. — As provas finais de um novo projeto que temos em vista chegaram. Um condomínio com vários prédios, que será construído em Vargem Grande.

Renato ficou calado, pensando no que fazer. Olhou Suzan, que parecia não estar prestando atenção à conversa.

— O Mateus pediu para avisar que vai se atrasar um pouco hoje — disse. — E esqueci de falar que eu também vou.

— Aconteceu alguma coisa? — perguntou Rogério, enquanto Suzan balançava a cabeça negativamente. Renato fechou os olhos e respirou fundo. Não aguentava mais guardar segredo e, afinal, eles já estavam a caminho do restaurante, não havia mais problema em contar para o pai sobre o encontro de Vagner.

— Não, ele... Bem, aconteceu algo com o pai dele. Não que tenha acontecido algo com ele, o pai dele está bem, mas Mateus precisava ver um treco do pai. Resolver uma parada junto dele. Dar um fim no problema do pai. Não dar um fim no pai, mas tentar viver em paz com tudo, saca? — Renato percebeu que estava se enrolando na explicação e decidiu ficar calado.

— Ele está com algum problema? — perguntou Rogério.

Renato não respondeu imediatamente.

— Não. Eu não sei. — Renato olhou para Suzan, que suplicava para que ele não contasse nada. — Eu não sei.

Rogério o pressionou a falar. Renato resistiu, mas não conseguiu segurar por muito tempo e contou sobre o dinheiro desviado, o encontro com Pedrosa e aonde ele e Suzan estavam indo.

*

O Alto da Boa Vista é um bairro nobre de classe alta da Zona Norte, localizado no topo do Maciço da Tijuca, que divide a cidade em zonas Norte, Sul, Oeste e Central. Possui vários locais de interesse turístico, como um dos acessos ao Cristo Redentor, o Parque Nacional da Tijuca e a Vista Chinesa.

O céu continuava carregado de nuvens cinzas, mas Mateus não reparou. Ele tinha o olhar perdido ao caminhar do carro até a entrada do Alto da Floresta. O restaurante recebera muitos anos atrás ilustres visitantes, que iam até o local para desfrutar de uma refeição em um ambiente aconchegante no meio da floresta. Mas, no início dos anos 1990, quando os imóveis do Alto da Boa Vista começaram a se desvalorizar, a construção foi abandonada por falta de investidores interessados em comprá-la.

A estrutura permanecia quase intacta, apenas algumas janelas haviam sido totalmente quebradas. Outras continham pedaços de vidros pendurados. Lá dentro, algumas mesas e cadeiras estavam jogadas pelo chão. Mateus olhou através de uma das janelas a tempo de ver o pai guardar a bolsa de lona dentro de um armário, em um dos cantos do salão. Ele sentiu o sangue ferver por estar certo: Vagner não pretendia devolver o dinheiro facilmente. Depois que o pai se encaminhou para onde devia ser a cozinha, Mateus entrou no restaurante, tentando não pisar em nenhum vidro ou pedaço de madeira. Abriu o armário e pegou a bolsa, indo na direção da porta pela qual o pai passara instantes antes.

Através do vidro que havia no meio da porta, ele conseguiu ver o pai discutindo com Pedrosa, que o segurava pela gola da blusa. Ficou ali, parado, em dúvida sobre o que fazer, mas a lembrança de sua mãe com o braço quebrado ajudou na decisão. Respirou fundo e tocou na porta, mas recuou um pouco, desistindo de entrar de imediato. Foi o tempo necessário para que ele visse que Pedrosa não havia ido sozinho ao encontro. Um outro homem, armado, estava ali, fora do seu campo de visão. Mateus virou-se para ir embora do restaurante no instante em que os sons das sirenes da polícia puderam ser ouvidos por todos.

– O que é isso? – perguntou Pedrosa, entrando no salão e vendo Mateus próximo à porta de entrada, com a bolsa de lona nas mãos.

– Mateus? – disse Vagner, parando ao lado de Pedrosa. Mateus se virou, deu um sorriso triste e tocou na porta para sair.

*

Um som abafado percorreu o lado de fora do Alto da Serra, ofuscando as sirenes da polícia.

— O que foi isso? – perguntou Renato, olhando para os lados.

— Não sei – disse Suzan, sentindo seu sangue gelar.

— Pareceu um... tiro?

Suzan sentiu como se o coração parasse de bater e a respiração faltasse em seus pulmões. Olhou Renato, que pareceu ter o mesmo tipo de pressentimento. Ela saiu correndo, sem esperar pelo amigo ou pela polícia. Já podia sentir as lágrimas escorrendo pelo rosto e apenas um pensamento ocupava sua cabeça: Mateus.

Ela corria, mas parecia não sair do lugar, era como se tudo acontecesse em câmera lenta. Em menos de um minuto chegou até a entrada do restaurante, mas sentiu como se fossem horas. Foi abrindo espaço entre as mesas e cadeiras, seguida por vários policiais, aos quais ela não prestou atenção, até alcançar a cozinha e ver o que temia.

— Oh, meu Deus – gemeu e se abaixou, aproximando-se do namorado. – Mateus?

Ele estava caído no chão, com Vagner ao seu lado, ferido e sangrando. Suzan se ajoelhou e começou a tremer, sentindo um desespero grande tomar conta de seu corpo, mas percebeu Mateus abrir os olhos. Ela ajeitou a cabeça dele em seu colo e começou a passar uma das mãos no cabelo do namorado, enquanto enlaçava os dedos da outra nas mãos dele. Um braço a puxou, mas ela conseguiu se soltar e permanecer sentada.

— Oi, linda – sussurrou ele, fechando os olhos em seguida, o que fez Suzan entrar em pânico.

Algumas pessoas passavam por eles, mas ela não notava ninguém. Algumas lágrimas desciam pelas suas bochechas, um soluço ficou preso na garganta, e ela sentia todos os seus sonhos evaporarem. Seu peito doía, como se fosse explodir, e Suzan teve a impressão de que o ar fora embora de seus pulmões. A cena toda era surreal e dolorida, como se o pior de seus pesadelos tivesse se tornado verdadeiro.

Suzan sentiu algo molhado na parte de trás da blusa de Mateus. Ao levantar a mão, viu uma mancha vermelha, mas desviou os olhos. Não podia pensar no que havia acontecido ou então enlouqueceria. Precisava se concentrar no rosto de Mateus, precisava cuidar do namorado.

– Não, não... Mateus, fale comigo. Olhe para mim – suplicou. Mateus abriu lentamente os olhos, o que acalmou um pouco seu coração. – Por favor, não me abandone.

– Nunca – disse ele, com um pouco de esforço.

Um grito soou ao lado dela, mas Suzan não virou o rosto. Provavelmente era Renato, mas não verificou. Algumas pessoas falavam coisas, alguém tocou seu ombro, mas ela só conseguia olhar para o rosto de Mateus. Era como se estivesse isolada em uma bolha. Ouvia sons ao seu lado, mas não os distinguia, nem ninguém era nítido para ela, apenas Mateus. Nada naquele momento importava, a não ser ele. Precisava fazê-lo ficar com os olhos abertos, conversando com ela, em uma esperança de que tudo desse certo, por mais errado que estivesse.

– Eu amo você – disse, sentindo dor em suas palavras. Tentou controlar as lágrimas, sem sucesso.

– Eu sei.

Ele sorriu, o que fez o aperto no peito dela aumentar. Um enorme pavor tomou conta de seu corpo e ela tentou não entrar em pânico.

– Eu juro, eu te amo, estou apaixonada por você. De verdade. Não me abandone, por favor. Eu te amo. Fique comigo, fique comigo. Não me abandone.

Ele apenas sorriu e fechou os olhos.

CAPÍTULO 28

A MANHÃ ESTAVA FRIA E CHUVOSA. Suzan demorou a chegar até a agência de viagens, que funcionava em uma rua movimentada de Jacarepaguá. Ainda não era a sua agência, mas a experiência que acumulava compensava o trânsito e a chefe chata que precisava aturar todos os dias.

Ela se sentou e ligou o computador. Ninguém havia chegado ainda. Não eram muitos funcionários, apenas ela, a chefe, que era dona da agência, uma secretária e uma faxineira.

Enquanto o computador ligava, pensou em fazer um café, mas desistiu. Seus pensamentos foram interrompidos pelo celular, que tocou. Ela se assustou ao ver o nome de Eulália no visor. Nos últimos anos, se falaram poucas vezes desde o tiroteio no Alto da Boa Vista.

Suzan sentiu o coração acelerar. O que Eulália queria? Após o terceiro toque, atendeu, com as mãos tremendo.

– Tenho novidades. Ele sai amanhã.

O coração dela parecia que ia parar. Prendeu a respiração e fechou os olhos.

– Que horas?

*

Três anos haviam se passado. Ela não o vira nenhuma vez desde o acontecido. Por telefone, ele implorou para que não fosse ao julgamento e ela aceitou, muito contra a vontade.

Tentou visitá-lo na prisão, mas ele se recusava a recebê-la. Não queria que o visse ali. Enviou várias cartas, que ficaram sem respostas. Ele queria que ela seguisse sua vida. Mas ela não desistiu dele, isso jamais.

Suzan estava parada em frente ao Complexo Penitenciário de Gericinó, mais conhecido como Bangu I. Eulália aceitou que ela fosse sozinha, era a melhor forma de eles se entenderem. A condição foi que Suzan o pegasse e o levasse direto para casa, onde Eulália preparou um almoço de boas-vindas.

O portão se abriu e o coração de Suzan acelerou. Seus olhos se encheram de lágrimas quando ela o viu; um sorriso surgiu em seu rosto. Era o mesmo Mateus de antes, um pouco envelhecido, amadurecido e embrutecido pelo sistema, mas era ele. Seu grande amor.

Mateus parou ao vê-la, mas Suzan não pensou duas vezes: correu em sua direção e envolveu o pescoço dele com os braços, beijando-o. Ele demorou a reagir, o corpo duro, que aos poucos foi relaxando. Suzan sentiu as mãos de Mateus envolverem sua cintura e ele retribuiu o beijo apaixonado que ela lhe dava.

– Meu Deus, como esperei por este momento – disse ela, com o rosto enterrado no pescoço dele, sem o soltar.

– O que você faz aqui?

Mateus conseguiu afastá-la o suficiente para olhar em seus olhos. Ela não havia mudado nada, mas estava mais bonita do que nunca.

– Vim te buscar.

– Mas minha mãe...

– Está em casa, fazendo o almoço. Venha!

Suzan puxou Mateus pela mão e o levou até o carro.

– Você... O que está acontecendo? – Ele se mostrou confuso quando entrou no carro e se sentou no banco do

passageiro. Suzan girou a chave na ignição, mas não arrancou.
— Eu falei que não era para me esperar, que era para você seguir sua vida.
— E eu segui, oras. Terminei a universidade e agora trabalho em uma agência. A dona é meio mala, mas não pretendo me demorar lá, só até conseguir a experiência de que preciso, afinal, sou praticamente uma recém-formada. Em breve, vou abrir a minha agência. Nossa, aliás, porque tenho grandes planos para você.

Mateus balançou a cabeça e desligou o carro.
— O que está acontecendo?
Suzan o olhou e disse, decidida:
— Eu te amo, sempre vou te amar. O que aconteceu foi um obstáculo nas nossas vidas, mas quero você comigo. Aonde quer que você vá, estarei lá, te apoiando. A menos que você diga que não me ama mais, não há motivos para não ficarmos juntos.
— Mas eu sou um ex-presidiário.
— Quem se importa? — perguntou Suzan, embora soubesse que muita gente se importava, a começar por sua mãe.

Helena não apoiava mais o namoro da filha desde que o tiroteio acontecera. Foram anos brigando, defendendo o namorado, dizendo que Pedrosa havia armado para cima de Vagner e levado o filho junto.

Após a confusão no restaurante, Vagner faleceu por causa do tiro que levou ao se jogar na frente de Mateus, tentando proteger o filho. Mateus teve um ferimento leve nas costas e foi preso por ocultação do dinheiro desviado da seguradora. Pedrosa e seu comparsa também foram presos, e os dois acusaram Mateus de ser cúmplice do pai. O julgamento não salvou Mateus, foi difícil provar que ele não sabia da existência do dinheiro, já que a bolsa fora encontrada em suas mãos e os bandidos o acusavam sem parar.

Todos os amigos se afastaram, mas Suzan não estava disposta a abrir mão de sua felicidade, não mais.

– Nem profissão eu tenho.
– Mateus, pare de se preocupar. Vai dar tudo certo.

Ele fechou os olhos e depois ficou encarando o vidro da frente do carro. Não tinha coragem de olhar para Suzan.

– Eu mudei. Sei que você mudou também, mas é diferente. Posso garantir, não sou mais a mesma pessoa. Passei por muita coisa ruim e não sei se consigo te fazer feliz.

Suzan sentiu um aperto no peito e uma vontade de abraçá-lo novamente, mas se controlou. Não queria que Mateus pensasse que ela estava com pena dele.

– Claro que consegue – sussurrou ela.

– Estou falando sério. – Ele se virou para encará-la, e Suzan percebeu que seu olhar parecia ainda mais triste do que quando ele era adolescente. – Aconteceu muita coisa enquanto eu estava preso. Eu mudei, minha visão da vida mudou.

Suzan se aproximou dele e segurou suas mãos.

– Imagino que sim, e estou disposta a ouvir tudo, se um dia quiser me contar. Mas também estou disposta a passar por isso com você, ao seu lado. Quero te fazer feliz e quero ter a chance de ser feliz com você. Só preciso de um sim.

Mateus ficou em silêncio por alguns instantes, tentando segurar, em vão, as lágrimas que teimavam em escorrer pelo seu rosto. Até que falou:

– Sim – sussurrou.

Mateus a puxou para si e a abraçou forte. Naquele momento, Suzan teve a mesma sensação de quando ficaram juntos pela primeira vez: tudo iria dar certo. Era bom sentir o calor do corpo de Mateus novamente.

– Vamos para casa, sua mãe está nos esperando – disse ela, dando a partida no carro.

Mateus fechou os olhos por alguns instantes. Quando tornou a abri-los, ficou observando a cidade.

– E o Renato?

Suzan bufou e ele a olhou.

– Não quero saber dele. Nunca mais quis.

– Minha mãe me deu notícias dele, disse que foi embora.

– Logo depois do tiroteio. Ele não foi nosso amigo.

– Não o culpe.

– Eu o culpo, sim! – gritou Suzan. Mateus acariciou o rosto dela, acalmando-a. – Não consegui acreditar que ele foi embora do Brasil assim que você foi preso. Você havia levado um tiro, sido acusado injustamente de ser cúmplice do seu pai e ele se mandou.

– Você sabe que o pai dele sempre quis isso, que o Renato fosse estudar fora do Brasil. Então, acredito que tenha sido fácil para o Rogério convencer o Renato a ir, depois que tudo aconteceu. Ele me mandou uma carta explicando. Não respondi, mas não porque o culpe, e sim porque não queria contato com ninguém. Você deveria ter perdoado ele.

– Não consigo.

Ela enxugou uma lágrima. A lembrança de Renato doía. Ela pensava que eles seriam amigos para sempre, mas ele a abandonara quando ela mais precisava dele.

– O pai dele o obrigou a ir embora. Não o culpe.

– Ninguém obriga ninguém a ir embora. Não quero falar dele, quero falar da gente.

Mateus ficou calado. Não iria pressioná-la, eles teriam muito tempo para falar de Renato. Por ele, podiam tentar entrar em contato com o antigo amigo, mas deixaria a decisão por conta de Suzan. Ele ficara três anos sem ninguém, não se importava de ter apenas Suzan e a mãe ao seu lado agora. O tempo que passara na prisão o tornara mais cético em relação a tudo, e sabia que ela teria um bom discernimento sobre o que fazer nesse caso. A única coisa que queria, agora, era ficar junto da antiga namorada. Como pôde se enganar todos estes anos, dizendo a si mesmo que a deixaria em paz? Agora, ali, ao lado dela, só conseguia pensar em abraçá-la, beijá-la e fazê-la feliz. E ele se daria esta felicidade. Depois de três anos preso, ele merecia.

– O que você tem em mente para mim? – perguntou Mateus.
– Muita coisa. – Suzan sorriu.

EPÍLOGO

Suzan remexia o copo vazio de chocolate quente, observando Renato. Após todos aqueles anos separados, era fácil notar seu amadurecimento, tanto por meio da conversa que tiveram quanto pelos traços que o rosto dele trazia.

– Sabia que eu ainda tenho aquele quadro que você me deu no meu aniversário de vinte anos?

Renato cerrou os olhos e ficou pensativo. Suzan percebeu que ele não sabia do que ela falava.

– O quadro do Portão de Brandemburgo. Ele é o motivo de eu amar tanto a Alemanha.

– Ah... Sim, eu me lembro. Foi o Mateus quem deu a ideia do quadro. – Os dois deram um sorriso triste, lembrando-se do antigo amigo. – Você não sentiu saudades de mim? – perguntou Renato, segurando as mãos de Suzan, que não respondeu. – Você não gostava de mim?

– Gostava. Éramos amigos, mas nos separamos.

– Não foi minha culpa.

– Em parte, foi.

– Eu não tenho culpa se meu pai me mandou para fora do país depois do tiroteio e da prisão do Mateus. Ele ficou paranoico.

– Todos ficamos, Renato. Mas você nos abandonou, abandonou o Mateus quando ele mais precisou.

– Não abandonei. Eu apenas... Foi difícil. – Renato parou

um pouco para tomar fôlego. Ele fechou os olhos e apertou a parte superior do nariz. – Entrei em pânico, não vou negar. Fiquei com medo, sim, não sabia o que podia acontecer. Meu Deus, eu tinha apenas dezenove anos, Suzana, fiquei desesperado. Meu melhor amigo foi atingido em um tiroteio, preso e acusado de ser cúmplice do pai. Quando vi a chance de ir embora, eu fui. Sei que foi egoísmo da minha parte, mas quis manter contato, você não me retornou. Foi difícil. – Renato olhou Suzan e ela percebeu que os olhos dele estavam molhados. – Tentei contato com ele várias vezes, sem sucesso

– Eu sei, comigo também foi assim, mas eu não desapareci. Você sabia onde me encontrar, onde encontrá-lo, podia ter voltado um dia. Você tentou contato uma vez, depois desistiu.

– A Tati me disse que você não queria falar comigo, então desisti. Depois de um tempo, ficou mais fácil conviver com a sua ausência e a do Mateus.

Suzan guardou para si os pensamentos sobre o desaparecimento de Renato.

– Você se casou com a Tatiana?

– Sim. – Renato sorriu, lembrando-se da esposa.

– Eu me afastei dela. Depois de algumas semanas, mal nos falávamos. Fiquei sabendo quando ela foi te encontrar no exterior, mas não quis maiores detalhes. Eu estava com muita raiva de você por ter nos abandonado.

– Eu entendo – disse Renato, dando um sorriso frustrado. – Pensei que você havia superado, já se passaram dez anos.

– Para mim, parece que foi ontem. Existem certas coisas que a gente nunca supera.

Os dois ficaram em silêncio, cada um com suas lembranças.

– Você tem notícias dele? Como ele está? – perguntou Renato.

– Ele está bem. Superando.
– Eu gostaria de reencontrá-lo. Sei que nunca mais vai ser a mesma coisa, mas eu gosto muito dele.
– Ele também gosta de você.
– Você o vê com frequência?
– Um pouco – mentiu.

Renato se levantou e tirou a carteira do bolso.

– Olha, eu preciso ir, mas, tome, pode me ligar sempre que quiser. Não vamos mais perder contato. Estou voltando para o Brasil no mês que vem – disse, entregando um cartão de visitas para Suzan. – Você pode me achar nas redes sociais também, é só me procurar.

Ele deu um beijo em sua testa e saiu. Ela ficou observando Renato passar pela porta. Olhou para o cartão e se levantou. Jogou na lixeira o copo descartável do chocolate quente e, junto, o cartão de Renato. Mesmo que mantivessem contato, jamais voltaria a ser como antes, e ela preferia guardar a lembrança de como fora a amizade deles dez anos atrás.

Suzan fechou o casaco e atravessou a porta da cafeteria para a rua fria de Berlim. Andou alguns quarteirões até chegar ao hotel, onde encontrou Mateus no saguão de entrada.

– Demoramos para descer? – perguntou ele, dando um beijo em Suzan.

– Não – disse ela, abaixando-se e olhando para a criança que estava de mãos dadas com Mateus. – Não vai dar um beijo em mim, filhota? – A menina sorriu e pulou no pescoço de Suzan. – Como ela está?

– Está ótima, depois do sorvete gigante que tomou.

Suzan soltou a filha e olhou Mateus.

– Desculpe deixar a Flávia por sua conta, mas eu queria muito ir no Tiergarten mais uma vez, antes de irmos embora.

– Não tem problema, estou aqui para ajudar. – Ele sorriu.
– Como foi o passeio?

- Bom.
- Alguma novidade?
- Não. Foi um passeio normal.

Ela sorriu enquanto ele levava as malas até a porta do hotel. Suzan o seguiu, de mãos dadas com Flávia.

IMPRESSÃO:

Pallotti
GRÁFICA EDITORA
IMAGEM DE QUALIDADE

Santa Maria - RS - Fone/Fax: (55) 3220.4500
www.pallotti.com.br